씽푸춘, 새벽 4시

씽푸춘, 새벽 4시

조미형 소설집

해피북미디어

차례

다시 바다에 서다 • 007

씽푸춘, 새벽 4시 • 039

스노우 트리 • 077

우리끼리 안녕 • 111

나비를 보다 • 141

연지연 꽃이 피면 • 175

잉커송 • 211

해설: 비정한 세상의 심연을 보다-황국명 • 243

작가의 말 • 267

다시 바다에 서다

11월 4일 금요일. 아주 긴 하루다. 비가 그친 저녁 무렵부터 북서쪽에서 찬바람이 불었다. 거리는 텅 비어 있다. 비에 젖은 낙엽 냄새가 공기 중에 떠다닌다. 가로등 아래에서 걸음을 멈추고 담배를 꺼냈다. 한동안 끊었다가 그를 만나지 못하게 되면서 다시 시작한 담배였다. 담배 연기는 어둠에 잡아먹히듯 눈앞에서 사라졌다. 휴대폰 폴더를 열고 단축 번호 1을 눌렀다. 신호가 간다. 나는 숨을 죽이고 신호음 끝의 그를 기다린다. 기대와 달리 엉뚱한 남자가 전화를 받는다. 영화사 사람이거나 병실 문 앞에서 그를 지키고 있는 남자일 게 분명했다.

"정미아 씨. 자꾸 이리로 전화를 하면 안 된다고 분명히 말했죠?"

낮고 무거운 그러면서 차가운 기계음에 가까운 목소리다. 남자의 말에 나는 뭔가 부당하다는, 분노가 치민다.

"우리도 다 생각이 있어서 하는 일이니까, 가만히 있어요. 제기랄, 전화기를 없애 버리든지 해야지……."

전화가 뚝 끊겼다. 나는 폴더를 소리 나게 덮었다. 분노를 삭이느라 천천히 발목을 돌렸다. 왼쪽으로 두 번, 오른쪽으로 두 번. 그리고 달리기 시작했다. 나는 차도를 건너다 말고 노란색 중앙선을 따라 달린다. 느린 속도로 택시가 내 옆을 지나간다. 택시 기사가 고개를 내밀고 나를 힐끔 본다. 밤 10시가 넘은 시간 거리는 충분히 밝다. 그러나 사람들은 눈에 띄지 않는다. 어딘가로 달려가는 택시 뒤로 황색불이 깜박인다.

축축한 공기에서 소금 냄새가 난다. 바닷가로 내려가는 계단을 미끄러지지 않게 내려간다. 나는 모래사장을 밟고 서서 어두움 저편 바다를 바라본다. 숨을 크게 들이쉰 후 달리기 시작했다. 늦은 밤, 모래사장을 달리는 것은 내가 살아 있음을 느끼게 한다. 몸이 지치면 머릿속은 가벼워진다. 거친 숨결이 입 밖으로 튀어나온다. 바다에는 아무것도 보이지 않는다. 규칙적으로 올라오는 내 발자국 소리가 전부다.

밤잠을 이루지 못하는 증상이 깊어진 것이 벌써 사 개월을 넘기고 있다. 정확히 126일째였다. 그날은 제민의 마지막 촬영이 있던 날이었다. 처음에는 환청이 들렸다. 얕은 잠에 들면 매번 제민의 경주용 자동차인 포뮬러 F1머신이 처참히 부서졌다. 끔직한 악몽이었다. 어떤 날은 불길에 휩싸인 그의 F1머신이 튕겨 올라 내 머리 위로 떨어지는 꿈도 꾸었다.

악몽에 시달리는 날이 많아지면서 나는 아무 일도 할 수 없게 되었다. 생업인 영화 번역일은 중단되었다. 더 이상 견뎌낼 수가 없던 어느 날 나는 병원을 찾았다. 건물 전체가 개별적으로 개원한 의사들이 모여 있는 그야말로 마트 같은 병원이었다. 병원은 잘 포장된 진열장 같았다. 의사는 갓 대학을 졸업한 청년처럼 젊어 보였다. 황갈색으로 물들인 긴 머리에 옅은 청색 셔츠를 입고 있었다. 그는 차트에 머리를 숙이고 질문을 던졌다.

"언제부터 잠이 안 왔죠?"

"한두 달 전부터요."

"이 개월 전에 특별히 기억나는 일이 있습니까? 누가 죽었다거나 사고를 당했다거나 크게 싸웠다거나 이별을 했다거나 하는 일 말이죠."

나는 대답하지 않았다. 의사에게 그 모든 꿈들을 이야기한다는 것은 불가능해 보였다. 이미 얼굴이 알려진 영화배우 신제민과 나의 이야기를 그가 어떻게 받아들일지 두려웠다. 의사는 굳어버린 내 표정을 흘끔 살펴보고 나서 차트에 알아보기 힘든 글씨로 휘갈겨 썼다.

"두통은 없습니까?"

나는 주머니 속에 손을 넣고 빨간 캡슐을 손끝으로 만진다. 약국에서 구입한 두통약이다.

"자주 있어요. 그리고 가슴이 두근거리고 답답해요. 목구멍을 스펀지 같은 걸로 막아 놓은 것 같이요. 이따금 아무런 까닭도 없이 깜짝 놀라기도 하고요."

의사가 날려 쓰는 글씨체는 국적을 알 수 없는 언어로 보인다.

"같이 사는 사람은 있겠죠? 그리고 지금 어떤 일을 하시죠?"

순간 눈앞이 뿌옇게 흐려진다. 잠긴 내 목에서는 듣기 거북한 말이 띄엄띄엄 나온다.

"혼자 살아요. 외화 번역 일을 하고 있습니다."

의사는 다시 몇 자를 적고 내 눈을 본다. 그리고 질문을 한다.

"독특한 일을 하시는군요. 어려울 때 가끔 친구라도 만나 대화도 나누고 그럽니까?"

의사는 내게 당연히 친구가 있을 것이라 단정하고 묻는다. 나는 친구라고 부를 만한 사람이 없다. 내게는 단 하나 제민이 있다. 그러나 제민을 친구라고 부르기엔 적절치 않다는 생각이 들었다. 그리고 문득 제민과의 관계를 규정지을 만한 단어가 없다는 사실을 깨닫게 되었다. 그렇다면 제민은 내게 무엇일까. 나는 무엇일까. 내가 머뭇거리고 대답을 못하고 있는 동안 의사는 시계를 흘낏 보고는 처방전 설명서를 읽듯 말한다.

"요즘 사람들은 마음이 언제나 초조하고 급해요. 길거리에 사람들 자동차 운전하는 것만 봐도 그렇죠. 단 몇 미터 앞서기 위해서 사생결단을 하고 달려들잖아요? 지하철 타는 것도 그렇고, 공부하는 거, 돈 버는 거, 연애하는 거…… 가족관계도 그렇고 사는 게 다 급해요. 일단 일주일 치 약을 드릴 테니까 다음 주에 다시 오세요."

의자에서 일어나지 않고 가만히 있는 나를 의사가 바라본다. 잠시 뭔가를 생각하는 듯 미간에 주름이 가늘게 잡힌다.

"매사를 긍정적으로 생각하시고, 선택과 포기를 빨리 결단하는 게 중요합니다. 내 것이 될 수 없는 것들은 일찌감치 포기할 수 있도록 훈련하세요. 암튼 운동이 도움이 됩니다. 조깅이 좋아요. 땀이 약간 배어 나올 만큼, 사십 분씩, 일주일에 나흘 정도만 하세요."

병원을 다녀온 그날 밤 나는 약을 먹었다. 세 개의 알약이었다. 분홍색, 자주색, 흰색 알약이다. 그러나 결과는 마찬가지였다. 조금 혼미해진 정신을 부여잡고 침대를 뒤척이는 게 고작이었다. 그래서 나만의 처방전을 내렸다. 아예 낮과 밤을 바꿔버리기로 한 것이다. 아침이 오면 침대에 눕고, 오후에 작업하고, 해가 지면 운동을 한다. 꽤 괜찮은 아이디어였다. 아침잠은 숙면은 아니라도, 불면으로 온몸이 허청거리지 않을 정도의 수면은 취할 수 있었다. 정오에 일어나 간단한 식사를 하고 번역 일을 했다. 해가 지면 조깅복을 입고 제민이 선물로 사 준 러닝화를 신고 집을 나왔다. 그리고 아침이 올 때까지 도시를 걷고 바다에 갔다.

도시는 밤이면 오히려 더욱 살아났다. 24시간 영업을 하는 할인 마트, 유리 건물 안의 형광 조명이 눈부신 헬스장, 인터넷 동호회 회원전용 세미나 시설을 갖춘 카페, 야식 전문 식당……. 도시는 잠들지 않는다. 반짝이는 네온사인은 사람들의 잠을 진공청소기처럼 흡수해 갔다. 정작 수면제가 필요한 것은 도시였다.

난 발걸음을 더욱 빨리 했다. 가벼운 조깅은 백 미터 달리기처럼 바뀌었다. 물비린내가 난다. 익숙해진 길을 따라 언덕을 오른다. 멀리 붉고 노란 불빛에 휩싸인 광안대교가 화려한 자태를 드러낸다. 그리고 눈 아래 그곳이 보였다. 녹색 십자가 아래 하얀색 건물. 갑작스레 거친 기침이 튀어나온다. 허리를 접고 한참 동안 기침을 한다. 해무 속에 생선 비늘이 있어 그것들이 내 몸속에서 번득이는 것 같다. 고개를 들어 녹색 십자가를 본다. 해무 때문에 길 잃은 별처럼 보인다. 포르말린 냄새와 향냄새가 뒤섞여 난다. 시멘트 바닥에 흰 국화꽃들이 이리저리 나뒹굴고 있다. 건물의 왼쪽 입구에 즐비하게 늘어선 화환에서 떨어져 나온 것들이다. 하얀 치마저고리를 입은 여인이 건물 벽에 기대어 있다. 검정 양복을 입고 팔에 황색 완장을 한 남자가 담배 몇 모금을 빨고 급하게 건물 안으로 쫓아 들어간다. 오른쪽 입구는 응급실, 왼쪽 입구는 영안실이다. 나는 다시 하늘을 본다. 응급실 쪽 6층 병실에 그가 있다. 잠든 그를 지키는 사람은 두 명이다. 두 명의 사내는 엔터테인먼트 K사 사람이다. 나는 그들과 세 번 만났고, 세 번 모두 건물 밖으로 쫓겨났다. 뭐, 사랑하는 사이라고! 그게 뭔데? 사내는 커다란 어깨를 흔들며 유들유들 말했었다.

제민은 내가 자신을 찾아왔다가 비참하게 쫓겨난 사실을 모를 것이다. 제민의 시간은 6월 30일 오후 3시에서 멈추어 있다. 지금은 11월 4일 밤 11시를 넘고 있다. 오늘은 그가 뜻하지 않은 자동차 사고와 함께 촬영을 마친 영화가 개봉한 날이다. 그 사실 때문에 나는 아침잠을 자지 못했다. 제민의 사고 장면이 고스란히 담겨진 영화를 본다는 것이 두려웠다. 하지만 일이 여기에서 그치지 않을 것 같은 불길한 암시 같은 것에 나는 하루 종일 시달려야 했다. 잠을 놓쳐 버린 나는 건물과 건물 사이를 먼지처럼 떠돌았다. 그리고 맨 마지막 상영 시간에 그의 영화를 보러 가기로 정했다. 한낮보다는 깊은 밤이 어쩐지 편할 것 같았기 때문이었다.

이제 그의 영화를 보러 갈 시간이다. 그를 만나는 시간. 그가 보고 싶다. 부쩍 간절해진 마음에 손등으로 거칠게 눈을 훔친다. 내 걸음은 점점 빨라진다. 그러다 후박나무 무성한 길을 달려 내려가기 시작했다.

“예약 확인해 드릴까요?”

그녀가 날 반갑게 맞는다. 나도 그녀의 얼굴을 안다. 하지만 이름이 기억나지 않는다. 그녀의 가슴에 달린 명찰에서 나는 그녀의 이름을 재빨리 읽어 내린다. 백나희. 상영관이 10개나 있는 복합 영화관 메가박스의 예약 카운터 담당. 사람들을 만나면서 가장 힘든 일이 이름을 기억하지 못한다는 점이다. 그것은 사회생활을 하는 나의 치명적인 약점이었다. 그래서 내가 선택한 공간이 가상의 공간이었다. 나는 외화 번역을 하면서 영화를 통해 무수히 많은 사람들을 만났지만 그들에게 이름은 의미가 없다. 영화 〈위기의 주부들〉에서 정원사와 놀아난 여자가 ‘이디'이건 '브리'이건 혹은 '리네트'이건 관계가 없다. 그러나 현실에서는 잠시 스치는 사람이라도 이름을 기억해 주기를 바란다. 이름 석 자를 위해서 살아가는 사람도 있는 게 사실이니까.

나는 지하 서점 앞 자판기에서 뽑아 온 이온 음료 캔 두 개 가운데 하나를 내밀었다. 무엇이든 두 개를 사 드는 것은 제민을 만난 후 생긴 습관이다. 한번 생긴 습관은 그 상황이 달라져도 쉽게 변하거나 고쳐지지 않는다. 그녀는 내가 내민 이온 음료를 받으며 생긋 웃는다. 그리고 몇 차례 키보드를 두드리고 주홍빛 바탕에 까만 글씨가 인쇄된 티켓을 내민다. 그녀는 익숙한 동작으로 빨간 색연필을 들고 상영시간과 상영관, 금액에 동그라미를 친다.

"확인해 드릴게요. 25시 8분, 6관이구요. 오늘 개봉작 〈게임의 규칙-하트 타임〉, 사천 원입니다."

마지막 심야 영화는 25시 8분이다. 자정을 넘긴 시간임에도 불구하고 그녀의 목소리는 맑다. 나는 티켓을 받았다.

"또 운동하고 오셨어요! 피곤하진 않으세요?"

그녀는 토씨 하나 틀리지 않고 같은 질문을 한다. 나는 흘러내리는 앞머리를 귀 뒤로 넘겨 눌렀다. 어깨 길이에서 컬한 생머리는 금세 귀 뒤를 벗어나 코와 입, 뺨에 달라붙는다.

"정말 영화를 좋아 하시나 봐요. 이렇게 밤에 꼭 영화를 보러 오시는 걸 보면. 잠도 안 주무시고."

나는 대답 대신 눈가를 덮는 머리카락을 손바닥으로 쓸어 올렸다. 치렁거리며 제멋대로 뻗치는 생머리가 오늘따라 계속 신경 쓰인다. 아마도 손에 쥔, 제민의 영화 티켓 때문일 것이다. 그녀가 고개를 내밀고 묻는다.

"하트타임에 주연으로 나온 신제민 씨 아시죠!"

다른 사람의 입에서 너무나 익숙하게 흘러나오는 그의 이름. 나는 머리를 세게 얻어맞은 것 같았다. 다시 그녀가 생끗 웃으면 말한다.

"텔레비전에도 나왔었잖아요. M채널에 나오는 영화 주제곡 죽이지 않아요? 하트타임 뮤직 비디오를 볼 때마다 저 울잖아요."

순간 내 가슴은 고통으로 뻐근해진다. 그녀는 복숭아 음료를 몇 모금 홀짝이고 말을 잇는다.

"이번 영화를 찍다가 사고를 당했다면서요. 어쩜 정말 안타까워요. 인터넷에 신제민 씨 검색어 1위잖아요. 그 사람 입원해 있는 병원에 매일 찾아가서 기도하는 팬이 한둘이 아니래요. 뇌사상태라는 말도 있고…… 마지막일 수도 있다는 말도 있어요."

무엇이 마지막이라는 걸까? 나는 손의 떨림을 숨기기 위해 두 손으로 캔을 감싸 쥐어야 했다. 그는 자고 있을 뿐인데. 곧 깨어날 텐데……. 내가 모르는 사람들이 나보다 그를 더 잘 알고 있다는 사실이 이해되지 않는다.

"그 사람 죽을지도 모른다는 소문나고 나서 대박 떴어요. 어쨌거나 오늘 영화에 류시형 역으로 나온 신제민 정말 멋져요!"

25시 3분. 나는 상영관 6관의 빨간 의자에 앉아 있다. 엉덩이를 의자 깊숙이 밀어 넣고, 등받이에 어깨를 기대고 눈을 감는다. 얇게 덮인 눈꺼풀 위로 형광 조명이 사그라지고 있다. 눈을 감는다. 팽팽하게 당겨져 있던 근육들이 이완되면서 신발이 무겁게 느껴진다. 운동화의 무게는 320그램. 최신형 러닝화다. 흰색 바탕에 초록색 선이 두 줄 붉은 선이 한 줄 들어 있다. 신발끈은 연녹색, 끈을 조율하는 구멍은 양쪽 합해서 12개. 인체 공학을 전문으로 하는 연구기관에서 기존의 러닝화에서 8그램을 줄였다는 획기적인 상품으로 광고된 신발이다. 외화 번역 일을 하면서부터 나는 숫자에 민감하게 반응하기 시작했다. 0.1초는 외화 번역에서도 중요하다. 관객들이 화면을 보면서 자막을 보는 시간, 내용 전달이 정확한 대화문을 만들어 내야 한다. 외화 자막은 시간과의 싸움이다. 0.1초를 다투는 제민은 시간을 부수는 일이 삶의 전부다. 카레이서인 그는 0.1초를 다툰다. 그러나 그는 시간을 단축하는 것이 아닌, 시간을 깨부수는 일이 삶의 전부다.

그를 만난 것은 일 년 전 새로 작업 들어가는 번역 문제로 영화사 사무실에 갔을 때였다. 그는 책상 위에 엉덩이를 걸치고 앉아 생수를 마시고 있었다. 생수병과 입술이 묘하게 하나가 되어 있는 모습에 나는 눈을 뗄 수 없었다. 부드럽게 움직이는 목울대가 내 시선을 사로잡았다. 그것은 내가 지금까지 보아 온 어떤 영화의 한 장면보다 아름다웠다.

그의 머리카락은 심하게 헝클어져 있었다. 옆 머리카락 몇 가닥은 밝은 황금색으로 염색이 되어 있었다. 올리브색 셔츠는 세탁을 자주 한 듯 물이 빠져 있고, 청바지는 구멍이 세 군데, 닳아 헤진 곳이 두 군데였고, 검은 얼룩이 무늬처럼 묻어 있었다. 낡은 옷은 조금 마른 그의 체형에 썩 잘 어울렸다. 책상을 짚고 있는 왼손 손등에 길쭉한 흉터가 있다. 주위의 피부가 당겨져 있다. 나도 모르게 얼굴을 찡그렸다. 그가 말했다.

"이건 포퓰러를 가지는 대가로 얻는 상처예요. 그렇게 아프지 않았어요. 사실 화상 입은 줄도 몰랐죠."

내가 상처에서 시선을 돌리자 그가 기다렸다는 듯 묻는다.

"저어, 우리 한번 만난 것 같은데. 혹시 미아… 정미아 맞죠?"

나는 물끄러미 그의 입술만 쳐다보았다. 그가 살짝 고개를 갸웃거리고는 얼굴을 앞으로 내밀고 내 얼굴을 살핀다.

"맞네! 언어의 주술사라는 정미아."

그는 익숙한 이름을 부르듯 내 이름을 부르며 손을 내밀었다. 왼손이다. 의지와 상관없이 어느새 나는 그의 손을 쥐고 있었다. 그의 손가락이 내 손등을 지그시 누르는 동안 내 손가락은 그의 화상 자국을 덮고 있다. 그의 옷에서 불 냄새와 기름 냄새가 났다. 그가 눈을 가리는 내 앞머리를 오른손 검지로 들어 올리면서 내 눈을 말끄러미 들여다보았다.

"이런, 나에 대한 기억이 전혀 없나 보네. 섭섭해지려고 하는데."

그는 정말 상처 입은 표정을 지었다. 나는 아무리 생각해도 그의 이름이 떠오르지 않았다. 하지만 그의 손등에 난 상처는 분명 눈에 익었다. 어디서 본 것일까? 남자는 여전히 내 손을 꽉 잡은 채로 말했다.

"나, 신제민이라고 해요."

그제야 생각났다. 씨네 월간지에 난 기사. '광란의 귀공자 신제민.' 포뮬러 레이서 국내 경기 2회 우승, 호주 그랑프리 2000년 우승. 현재 영화배우로 활동 시작. 신인 배우를 과감하게 선택한 영화사의 홍보기사였다. 〈게임의 규칙-하트타임〉 제작 발표회 기사였던 것으로 기억한다. 그가 나온 두 페이지 앞에 나에 대한 기사가 반 페이지 실렸다. 전면에 그의 사진이 실린 것과 달리 나는 증명사진 크기의 흑백 사진이 실렸다.

“영화를 보러 가기 전에 누가 번역했는지 먼저 확인해요. 그래서 이름을 기억하고 있지. 잡지에 난 흑백 사진보다 실물이 훨씬 좋은데. 내가 생각했던 모습이야. 자기가 번역한 영화의 대사는 정말이지 너무 실감 나서 외국에서 살고 있는 교포인가 했지. 유학파인가?”

그는 나를 알고 있었다. 내가 번역한 영화를 7편이나 찾아서 봤다고 했다. 나보다 더 많이 나에 대해 알고 있었다. 그는 아무렇지도 않은 몸짓으로 내게 페트병을 내밀었다. 그리고 싱긋 웃었다. 그때까지 느끼지 못한 갈증에 입안이 말랐다. 나는 그가 내민 페트병을 들고 물을 마셨다. 이상한 일이었지만 그 순간 내가 물을 마시는 것은 너무나 자연스러운 일이었다.

25시 8분. 노예들의 합창이 웅장한 오케스트라의 선율을 타고 흘러나온다. 그리고 잠시 후 출발선에 서 있는 900마력의 포뮬러머신에서 뿜어져 나오는 엔진 소리가 배경음악을 밀어낸다. 레이스가 시작된다. 카메라 앵글은 자신감으로 넘치는 제민의 얼굴을 따라 움직인다. 바람이 칼처럼 스쳐간다. 밝은 갈색으로 염색한 머리카락이 흔들린다. 눈앞을 덮는 머리카락을 쓸어 올리는 제민의 손가락으로 밝은 조명이 쏟아진다. 카메라는 제민을 모든 여자들의 연인으로 만들고 있다. 헬멧을 들고 있는 그의 왼손 넷째 손가락에 그와 함께 고른 반지가 있다. 나는 오른손 검지로 왼손 넷째 손가락을 더듬는다. 단단한 링이 손끝에 잡힌다. 두 개의 잎사귀가 마주한 반지, 손끝에 만져지는 잎사귀는 네 개다. 연인의 나무로 알려진 자귀나무 잎사귀 모양을 본 떠 만든 커플 반지. 그러나 지금 제민은 스크린 속에 있고, 나는 관객으로 영화관 의자에 앉아 그를 만난다. 손을 내밀면 그가 달려올 것 같다. 하지만 그는 너무 멀리 있다. 두 손을 주머니에 넣었다.

F1은 경주용 자동차의 모델 이름이다. 앞이 뾰족하고, 커다란 바퀴가 차체 높이만큼 튀어나온 특이한 모습이다. 차체 안으로 들어가는 순간 운전자는 머신의 일부가 된다. 이 차량들은 경주만을 위해 특별히 개발된 엔진을 탑재하고 있다. 또한 초고속 질주에서 노면의 접지력을 최대한 높이기 위해 타이어에 양각 무늬가 없는 슬릭타이어를 사용한다. 슬릭타이어가 만들어내는 굉음은 언제나 사람들을 압도한다. 속도를 더할수록 흥분한 관중들의 몸에서는 땀샘이 열린다. 공기는 사람들이 뿜어내는 열기와 땀 냄새로 끈적거린다. 어느새 나는 두 손을 마주 잡고 기도하고 있다. 눈을 부릅뜨고 질주하는 그 앞에 시간이 느

려지기를 아니 이대로 멈추어 버리기를 빈다.

초록색이 스크린 가득 넘친다. 초록색은 제민의 상징이다. 그의 F1 넘버 21. 그 뒤를 빨강색 F1 넘버 8이 쫓고 있다. 나선형으로 진입하던 넘버 8의 타이어에서 시커먼 연기가 피어올랐다. 제법 굵은 빗방울이 쏟아져 내리기 시작했다. 예보에 없던 비다. 그러나 머신은 멈추지 않는다. 아니 멈출 수 없다. 관중들이 일시에 자리에서 일어났다. 비 때문이 아니었다. 경기장 안에서 일어난 뜻밖의 상황 때문이었다. 넘버 8이 노면을 적신 비로 인해 속도 조절에 실패한 것이다. 슬로모션처럼 세 바퀴를 구른 넘버 8은 넘버 11의 뒷바퀴를 쳤다. 넘버 11은 순식간에 전복되어 옆으로 미끄러진다. 바닥 긁히는 소리와 함께 불꽃이 팍팍 터진다. 넘버 21이 앞서 주행하고 있다. 뒤쫓아 달리던 넘버 23은 사고 차를 교묘하게 빠져 앞으로 튕겨 나간다. 뒤에서 일어난 사고 같은 건 아랑곳하지 않는다. 오히려 그 사고를 즐기고 있을 터였다. 21번과 23번. 두 대의 머신은 같은 시위를 떠난 두 개의 화살처럼 질주한다. 한 치의 틈도 없이 붙어서 달리는 차체 주위로 연기가 피어난다. 두 대의 머신은 소리보다 앞서 달린다. 짧은 트랙을 80바퀴 주행하는 경기다. 전광판의 숫자가 번쩍이며 바뀔 때마다 관중석의 술렁거림도 높아진다. 속도계에 나타난 242.615 라는 숫자에 관중들은 함성을 내지른다. 달려! 더 달려! 달려! 열광하는 사람들의 목소리가 주행 횟수를 외친다. 일흔일곱…… 일흔여덟……. 카운트다운을 하듯이 그들은 머신을 결승점으로 밀어붙이고 있다.

모든 시선들이 선두를 달리는 두 대의 머신을 따라간다. 그들의 뒤쪽에 갑자기 나타난 넘버 7. 한 바퀴를 뒤쳐진 신참 레이서의 머신이다. 두 대의 머신은 거의 동시에 넘버 7의 뒤를 쳤다. 중심을 잃은 넘버 7은 트랙 안쪽으로 밀린다. 중심에 끼어버린 제민의 넘버 21은 공중으로 튕겨 올라 오십 미터 옆 시멘트벽에 부딪치고 바닥으로 떨어진다. 굉음은 곧 차체가 부서지는 파열음과 뒤섞이고 폭발음으로 이어진다. 불꽃이 순식간에 제민이 타고 있는 머신을 휘감는다. 불꽃이 커진다. 중심에서 붉은 꽃으로 핀 불은 커질수록 검붉어진다. 자동차, 사람, 하늘. 눈앞에 보이던 것들은 순식간에 사라지고 스크린 가득 검붉은 불꽃이 널름거린다.

극장 안은 쥐죽은 듯 고요하다. 관객들은 스크린 속에서 일어난 사고에 시선을 집중하고 있다. 특수 제작된 머신들이 장난감처럼 부서지고 있다. 찌그러지고 짓눌리고 분해되고 뾰족한 앞은 부러져 튕겨 나간다. 모두가 속도가 만들어 낸 파괴의 장면에 넋을 잃고 있다.

나는 옷자락을 쥐어뜯었다. 영화일 뿐야. 이건 진짜가 아니야. 편집된 거야. 나는 그 말을 주문을 외듯 되뇌었다. 턱이 아프다. 레이스 장면 동안 이를 앙다물고 있었음을 알았다. 손은 땀으로 축축하다. 스크린이 하얗게 변한다. 화면이 보이지 않는다. 눈이 아프다. 눈을 뜰 수 없다. 손바닥으로 눈앞을 가려도 백광현상은 막을 수 없다. 머리를 감싸 쥐고 흔든다. 나는 어딘가로 달려가고 있다. 숨이 목에 차오른다. 사람들이 아우성치는 소리가 들린다. 누군가 내 팔을 잡아당긴다. 오른팔이 떨어져 나간다. 끈적이는 붉은 피가 내 몸에 덕지덕지 달라붙는다. 또 다른 사람이 내 등을 밀치고 누른다. 등에 올라탄 사람을 떨쳐 버리기 위해 왼쪽 팔을 휘두른다. 허벅지 근육이 찢어지는지 칼끝으로 긋는 것 같은 통증이 계속된다. 가슴에는 작고 날카로운 손 하나가 들어가 헤집는 것 같다. 백광현상은 한동안 계속되었다. 어느 순간 등을 내리 누르던 사람, 팔을 잡아채 간 사람, 고막을 찢어대듯 비명을 질러 대던 사람들이 내 몸에서 떨어져 나간다. 눈부신 빛이 조금씩 사라진다. 질끈 감았던 눈을 떴다.

내 몸을 찢어발기던 그들은 모두 스크린 속으로 빨려 들어가 있다. 내 자리는 여전히 영화관 객석의 한가운데다. 눈앞에 그가 웃고 있다. 색색의 색종이가 꽃잎처럼 흩날리고 있다. 제민은 우승 트로피를 들고, 환하게 웃으며 샴페인을 터뜨리고 있다. 그의 머리 위로 샴페인 거품이 흰 눈처럼 붙는다. 레이싱 걸들이 그의 팔에 매달려 에스라인 몸매를 한껏 뽐내며 카메라맨들을 향해 포즈를 취하고 있다.

111분 짧고도 길었던 시간이 지나고 자막이 올라간다. 불이 켜진 극장 안에는 사람들이 허청허청 열려진 문을 빠져나간다. 누군가 흥분한 듯 큰 소리로 말한다.

"부서진 머신이 좀 아깝기는 하다. 돈이 얼마냐? 대단한데, 역시 신제민이야!"

"야, 저거 진짜 사고래."

"진짜면 어떠니 영화만 재밌으면 되지. 어차피 짜고 하는 건데."

"신제민 돈방석에 앉는 건데. 재수 더럽게 없기는 해. 오늘 내일 한다며?"

내 몸은 결승점을 지난 마라톤 선수처럼 땀에 절어 있다. 머릿속이 쿵쿵 울린다. 한꺼번에 떠오른 영상은 나를 꼼짝달싹할 수 없도록 의자에 묶어 두고 있다.

마지막 촬영이 있기 전날 제민은 나를 찾아왔다. 그가 오는 시간은 언제나 깊은 밤, 자정이나 새벽이다. 사람들의 눈을 피해서다. 그의 격렬한 애무가 만들어 놓은 열기가 사그라지고 나면 나는 그가 즐겨 먹는 야식을 만든다. 그는 담백한 국물에 여러 종류의 면을 넣어 먹는 것을 좋아한다. 냉장고에는 해산물과, 가다랑어포, 멸치, 다시마, 무, 양파가 항상 준비되어 있다. 나에게로 와서 그가 가장 먼저 하는 일은 오디오에 CD를 넣는 것이다. 그는 황병기의 가야금 연주곡 중에서 춘설만 고집스레 듣는다. 그는 소파에 다리를 뻗고 누워 눈을 감고 가야금 가락을 흥얼거린다.

"머신을 타고 나면 그 후유증이 한나절은 가는 것 같아. 땅이 휙휙 달려가고 내 몸이 빙빙 도는 것 같고 그래. 그런데 여기 와서 이 음악을 들으면 편해져. 그게 정미아 때문인지 가야금 덕분인지는 모르겠지만."

"부탁이 있어. 이번 촬영에 대역을 쓰면 안 될까?"

제민은 갑작스런 내 말에 희미하게 얼굴이 굳어졌다. 곧 헛기침을 하면서 말했다.

"난 레이서야. 사람들은 내가 직접 하기를 원해. 난 나를 대신하는 그 누구도 용납할 수 없어. 대역을 쓰면 영화배우로서 치명적이야. 알아 둬. 난 이미 그냥 사람이 아냐. 난 상품이고 레이스는 내 브랜드야."

그는 미소를 지으며 내 코를 살짝 쥐고 흔들었다. 나는 고개를 가로저으며 말했다.

"너무 위험해. 실제와 같은 속도를 낼 거잖아. 그럼 어떻게 되겠어? 죽을 수도 있다고!”

“영화 속에나 그렇지. 실제 촬영은 그렇지 않아. 몇 장면 나누어서 촬영 한 후 합성한다고. 위험하지 않아.”

제민의 설명에도 나는 불안감을 떨칠 수 없었다. 그것은 어쩌면 속도에 집착하는 제민을 너무 깊이 알아 버린 탓인지도 몰랐다. 제민은 나를 안심시키기 위해 자신이 처음 머신을 만난 날의 감격에 대해 말했다.

“선배의 소개로 포뮬러 경기장에서 아르바이트를 시작했어. 처음에는 타이어를 교체해 주는 일만 했지. 한 달 후 경기장에 갔어.”

제민은 잠시 생각에 잠겼다. 그리고 말을 이었다.

“햇살 아래 낮게 웅크린 머신에 시동을 거는 순간 알았지. 그 놈은 단순한 기계가 아니라는 걸 말이야. 놈의 엔진 소리가 나를 부르고 있었어. 최소 중량 600킬로그램으로 평균 시속 245킬로미터를 주행하지. 그때는 머신과 내가 하나가 되는 거야. 그 순간은 말로 표현하기 힘들어. 머신 속에서 비로소 몸은 의식으로부터 자유롭고, 의식은 몸으로부터 자유를 찾지. 내가 할 수 있는 일은 시간을 앞서가는 거야. 그게 내 인생의 목표니까. 난 그걸 위해 살아. 시간을 깨부수는 거.”

머리가 희끗한 중년 여인이 파란 쓰레기봉투를 들고 들어온다. 자리에 앉아 있는 나를 한번 쳐다보고는 좌석을 돌며 관객들이 두고 간 종이컵을 줍는다. 그 여자가 입구에서 문을 닫아야 한다고 말하고 있다.

상영관 6관을 나와 화장실로 달려갔다. 세면대에 물을 틀었다. 찬물을 얼굴에 끼얹었다. 울렁거리는 속이 금방이라도 뒤집혀 올라올 것 같았다. 먹은 것이라곤 생수 반 병에 이온 음료 캔 하나뿐이었다. 비치되어 있는 액체 비누를 꾹 누른다. 손바닥을 문지르고, 손가락 사이사이를 반복해서 씻는다. 거울에 비친 얼굴을 본다. 충혈된 눈 주위가 움푹 들어가 있다. 다크 서클이 진해서 무대 화장이라도 한 것처럼 보인다. 두 손으로 거울 속의 얼굴을 가린다.

그가 보고 싶다. 그는 지금 쉬고 있는 걸까, 자고 있는 걸까? 나는 화장실을 나와 엘리베이터를 타고 1층에 내렸다. 건물 주변 어디에도 사람은 보이지 않는다. 방금 전까지 영화를 본 사람들은 어디로 사라진 것일까? 몸은 무겁다. 팔, 다리, 어깨, 머리를 들고 서 있기도 힘들다. 의식은 뭔가에 걸려 체한 상태다. 그에게 말해야 한다. 그의 영화가 개봉되었다고 말하면, 깊은 잠에서 깨어날지도 모른다는 생각이 불현듯 몸을 움직이게 했다.

나는 병원을 향해 달렸다. 무슨 일이 있어도 영화 속의 이야기가 사실이 아님을 눈으로 확인해야 했다. 가쁜 숨소리가 몸을 재촉한다. 언덕을 올라 병원 건물 안으로 쑥 들어간다. 계단을 오른다. 새벽, 병원 계단은 침묵에 싸여 있다. 제민이 있는 중환자실 입구, 유리문 앞에 까만 정장 차림의 두 사내가 서서 내 앞을 가로막았다.

"곤란합니다. 누구도 들어갈 수 없습니다."

사내는 내 몸보다 족히 세 배는 되어 보였지만 나는 물러설 생각이 조금도 없었다. 나는 문을 가로막는 사내의 가슴을 밀었다. 사내는 꿈쩍도 하지 않았다. 도리어 내 손목을 잡아채 비틀었다. 어깨가 빠지는 것처럼 아팠다. 억양이라고는 없던 처음과 달리 싸늘한 어조로 말했다. 또 한 명의 사내가 내 앞으로 한 걸음 다가왔다. 사내의 귀 밑에서 목까지 긴 칼자국이 있었다. 내 옆에 바싹 다가선 사내는 고개를 숙여 내 귀에 대고 속삭였다. 사내의 음성은 얼음을 칼날로 치는 소리와 흡사했다.

"이봐, 정미아 씨. 그만 하시지. 이건 단순한 일이 아냐. 엄청난 돈이 걸린 대형 이벤트 같은 거라고. 썩 꺼져. 그쪽이 정말로 그를 생각한다면, 다시는 근처에 얼씬거리지도 마."

4시 25분. 나는 또다시 돌아설 수밖에 없었다. 드물게 별이 보인다. 어제 비를 뿌렸던 구름이 사라졌다는 증거다. 좋은 일이 생기려는 것일까. '선택과 포기를 빨리 결단하는 게 중요합니다. 내 것이 될 수 없는 것들은 일찌감치 포기할 수 있도록 훈련하세요.' 뜬금없이 의사의 말이 떠올랐다. 그날 의사의 말을 들으면서 난 제민을 떠올리고 있었다. 제민은 내게 선택의 대상일까, 포기의 대상일까. 의사는 내게 그것을 묻고 있는 것 같았다. 주머니에서 핸드폰을 꺼내 단축 번호 1을 눌렀다. 신호가 간다. 하나 둘 셋 넷…… 신호가 열 번째에 이르자 나는 폴더를 덮었다. 그의 전화기는 검정색 양복을 입은 사내들의 손아귀에 들려있을 것이 뻔했다. 어쨌건 그의 목소리를 들을 수 없었지만, 그의 전화에 신호를 보낼 수 있다는 것이 다행스러웠다.

문을 열고 들어선다. 현관 미등이 켜진다. 순간 그의 목소리가 들린다. '아! 배고파.' 나의 원룸에 들어서면서 그는 언제나 그렇게 말했다. 하지만 그는 보이지 않는다. 대신 샛노란 불빛만이 두터운 어둠에 둘러싸여 있다. 흙먼지 한 점 없는 제민의 흰색 러닝화 한 켤레가 가지런히 놓여 있다. 지난번 마지막 촬영을 가면서 바꿔 신고 간 운동화다. 제민의 러닝화 옆에 나는 신발을 벗어 가지런히 놓았다. 거실 벽에 걸린 시계를 본다. 바늘은 4시 48분을 가리키고 있다. 야광 초바늘이 매끄럽게 움직인다. 건전지가 다하는 그 순간까지 바늘은 쉬지 않고 움직일 것이다.

리모컨을 들고 전원 버튼을 누른다. 텔레비전이 살아난다. 엠넷와이드 연예뉴스는 24시간 방송이다. 그에 관한 소식을 들을 수 있는 유일한 통로이기도 하다. 그가 병원에서 나오면 다시 여행 이야길 꺼낼 생각이다. 물론 여행사를 통한 여행은 불가능하겠지만, 아무도 모르게 감쪽같이 사라질 방법이 있을 것 같았다. 생각이 거기에 이르자 가슴이 뛴다. 그에게 다시 전화를 해 볼까? 아니면 문자를 띄워 볼까?

"바로 어제 개봉된 영화 〈게임의 규칙-하트 타임〉의 주인공 신제민 씨는 포뮬러 드라이버 자격증을 가지고 있는 전문 레이서입니다."

제민이 화면에 나온다. 십대로 보이는 VJ가 화면 왼쪽에 나온다. 목소리가 통통 튄다. 음량을 높인다. 이어 제민의 얼굴이 화면에 나오고, VJ 여자의 목소리가 갑자기 차분하게 가라앉는다. 나는 볼륨을 높인다.

"그는 영화 〈게임의 규칙-하트 타임〉에 출현하면서 영화계의 주목을 받았죠. 대역 없이 직접 충돌장면을 촬영하던 지난 6월 30일 사고로 큰 부상을 입었습니다. 차체를 절단한 후 급히 병원으로 후송했으나 아직 의식이 깨어나지 않고 있다고 하네요. 대역을 쓰자는 영화사 관계자들의 조언을 신제민 씨는 끝내 거절했다고 합니다. 현장에 있었던 사람들은 119대원들이 출동한 후에야 그것이 연출된 장면이 아니라 실제 사고라는 사실을 알았다고 합니다. 감독은 생생한 사고 현장을 필름에 담았고, 그 장면은 영화에 그대로 사용되었습니다."

활짝 웃고 있는 제민의 얼굴 너머로 화살처럼 달리는 경주용 자동차들이 나타난다. 그러다 그것들이 서로 부딪혀 공중으로 튀어 오르더니 폭발음으로 이어진다. 이어 커다란 불길이 제민의 머신을 휘감는다. 브라운관 가득 널름거리는 검붉은 불꽃 앞에 제민은 여전히 활짝 웃고 있다.

"관객들에게 거짓 장면을 보여줄 수 없다며, 시속 250킬로미터로 달리는 자동차에 직접 몸을 실었던 영화배우 신제민 씨. 그의 숭고한 예술혼에 힘입어 영화 〈게임의 규칙-하트타임〉은 개봉 첫날부터 매진사태를 보이고 있습니다. 그럼 영화 〈게임의 규칙〉과 신제민 씨에 얽힌 감동의 드라마를 제작자와 감독님을 모시고 몇 말씀 나누어 보도록 하겠습니다."

숨이 막혔다. 나는 숨조차 쉴 수가 없는데 제민은 여전한 웃음을 입에 달고 세상을 바라보며 웃고 있었다.

"신제민 씨는 여전히 의식이 없는 상태에 있다고 합니다. 방금 들어온 소식에 의하면 오늘 밤이 고비라고 하는군요. 참으로 안타깝습니다."

온몸에 소름이 돋았다. 더 이상 이렇게 앉아서 기다릴 수만은 없다는 생각이 불길처럼 솟아났다. 나는 문을 박차고 뛰어나갔다. 복도를 달려 엘리베이터 속으로 들어가 닫힘 버튼과 1층을 번갈아 가며 계속 눌렀다.

새벽, 인적 없는 도로를 달린다. 아스팔트 위를 조급하게 뛰어가는 조깅화 소리가 과장되게 울린다. 병원 입구를 지나 계단으로 올라간다. 병실이 있는 6층 복도 계단 앞, 숨을 가다듬는다. 들이쉰 숨을 멈추고 고개를 내민다. 그의 병실을 지키고 있는 사내는 한 명뿐이다. 사내는 팔짱을 낀 채 벽에 기대어 고개를 숙이고 있다. 사내의 고개가 옆으로 휘청한다. 그는 자고 있었다.

조깅화는 모노륨 바닥에서 소리가 거의 나지 않았다. 지난 사 개월간 나를 가로막았던 문을 조용히 열었다. 순간 냄새가 확 끼쳐 왔다. 병원 특유의 크레졸 냄새에 뒤섞여 있는 것은 뜻밖에도 담배가 타는 냄새다. 꺾어진 벽 뒤로 VJ 여자의 목소리가 들린다. 조금 전 내가 원룸에서 들었던 그 텔레비전 프로그램이었다. 그것을 이 병실 안의 누군가가 보고 있었다. 하지만 제민은 인사불성일 터였다, 누구일까?

벽을 짚고 조금씩 다가간다. 브라운관에서 뿜어져 나와 출렁이는 빛살을 타고 낮은 흐느낌 같은 것이 들린다. 이것은 환청인가? 흐느낌 같기도 하고 교성 같기도 한 그 소리 속엔 여자의 음성도 섞여 있었다. 텔레비전에서 흘러나온 소리인가? 나는 장딴지에 힘을 주고 두어 발걸음을 옮겨 갔다. 끊어진 전선을 잡은 듯 움직일 때마다 근육들이 경련을 일으킨다. 벽의 모서리를 돌았다.

순간 내가 허상을 보고 있는 듯이 느껴졌다. 엉뚱하게도 침대 위에 벌거벗은 여자의 모습이 보였다. 그리고 여자의 풍만한 가슴을 어루만지고 있는 손. 그 손가락에는 자귀나무 잎사귀 모양의 반지가 끼워져 있었다. 어머나! 나를 발견한 여자가 소리를 쳤다. 이어 텔레비전의 불빛으로 그늘이 드리워진 여자 뒤에서 한 사내가 벌떡 일어나 앉았다. 그는 제민이었다. 땀으로 번들거리는 가슴, 헝클어진 머리카락. 그의 얼굴에 〈게임의 규칙-하트타임〉 뮤직비디오의 잔영이 농도 짙은 색감으로 일렁이고 있다.

"아니?!"

그의 시선이 커다랗게 일그러지며 내 얼굴에 꽂힌다. 그의 목소리는 다급했다. 하지만 당황한 것은 오히려 나였다. 산소마스크를 끼고 의식불명 상태로 누워 있어야 할 그였다. 무슨 일이 일어나고 있는 것일까? 출렁이는 바다 위에 서 있는 듯 다리가 후들거렸다.

“어떻게 들어왔어? 여긴 아무나 들어오면 안 돼.”

숨 막히는 침묵이 그와 나 사이에 보이지 않는 벽을 만든다. 투명한 벽 너머, 그의 얼굴이 눈에 띄게 굳어진다. 입술 끝이 기묘한 형상을 그리며 말려 올라간다.

그가 뭐라고 말했지만 내 귀에는 마치 벌떼가 달려들어 윙윙대는 소리처럼 들릴 뿐이었다. 그의 어깨 너머로 여자가 고개를 내밀었다. 나는 그녀를 알아볼 수 있었다. 올해의 레이싱 걸로 뽑혀 영화에 함께 출연을 했던 여자였다.

언제부터 입술을 깨물고 있었는지 비릿한 피가 내 입안으로 스민다. 내가 선택한 일, 가상의 공간에서도 이런 결말은 없었다. 이건 분명 누군가의 장난이다. 그것도 아주 지독한 장난. 그 순간 병실 안의 모든 것들이 나를 숨 막히게 했다. 침대에서 벌떡 일어선 그가 벌거벗은 모습으로 내 앞으로 다가와 어깨를 잡는다.

“돌아가! 네가 여기서 본 건 절대 비밀이야! 난 위독한 상태로, 사경을 헤매고 있어야 한단 말이야. 배우가 연기를 잘한다고 영화가 대박을 터트리는 건 아냐. 부탁이야! 제발…… 부탁한다!”

어깨에 그의 손가락이 파고든다. 나는 낚싯바늘에 걸려 수면

위에서 헐떡이는 고기처럼 숨이 가빠 온다. 평면 브라운관 속의 제민이 절정에 이른 포퓰러의 불꽃 속에서 걸어 나오고 있었다. 의식의 희미한 틈을 비집고 그의 목소리가 들어온다.

"이건 다 너와 나를 위한 거야. 나중에 이야기할게. 이번 일만 끝나면……."

나는 버럭 고함을 질렀다. 아냐. 아냐. 이건 아니야. 하지만 내 입술을 젖히고 나온 것은 거친 숨소리뿐이었다. 밤을 낮 삼아 달려야 했던 지난 126일간, 내 어두운 기억의 저편에서 무슨 일이 있었는지를 이제야 나는 깨달을 수 있었다. 나는 병실을 뛰쳐나왔다. 급한 발소리, 고함치는 소리가 채찍처럼 등줄기를 후려친다.

새벽 공기는 해무로 가득 채워져 있었다. 눈에 보이는 것은 온통 희멀건 잿빛이었다. 익숙한 냄새를 쫓아 바닷가 계단을 내려갔다. 바다에는 어느새 여명이 비치고 있었다. 아무 것도 존재하지 않는 그 빈 공간을 따라 나는 조금씩 발길을 옮겨 가고 있었다. 신발 위로 차가운 바닷물이 스며들었다.

씽푸춘, 새벽 4시

희한한 일이다. 소변이 마려우면 손등이 가렵다. 송충이가 손등을 파고드는 것처럼 피부 안쪽이 스멀거린다. 나는 손등을 긁으면서 아내를 불렀다. '이런 증상을 뭐라고 하지?' 아내는 대답이 없다. 맙소사, 금방이라도 오줌을 쌀 것 같은데. 가려움은 점점 더 심해져 갔다. 바늘로 손등을 찌르면 가려움이 사라질까? 그 순간 귀가 멍할 정도의 폭발음이 들렸다. 트드럭 창문 떨리는 소리가 났다. 귀를 틀어막았다. 폭발 소리는 점점 더 커졌다. 귓전을 때리는 폭발음에 내 몸은 내동댕이쳐졌다.

축축하다. 척추를 따라 쇠못이 박힌 듯 온몸이 얼얼하다. 장두목한테 채찍질 당한 자리가 도졌나 보다. 다리에 휘감긴 내복 바지의 끈적거림에 정신이 들기 시작했다. 흔들리는 시야 사이로 침대 다리가 보인다. 침대에서 떨어진 모양이다. 허청거리며 일어서자 창밖에는 번쩍거리는 불빛들이 요란하다. 창문에 불길이 붙은 듯 확 붉어졌다가 주홍빛이 퍼져 나갔다. 폭죽 소리에 욕지기가 치밀었다. 젠장, 잊고 있었다. 여긴 경주 토함산 자락에 있는 고향 집 따끈따끈한 아랫목이 아니라, 냉기가 뼛속까지 파고드는 중국 내륙 소도시 통링의 낡아 빠진 아파트다. 통링은 폭죽의 도시다. 한마디로 화약 상자 위에 앉아 있는 것 같다. 대낮에 폭죽이 터지는 건 그럭저럭 참을 만했다. 하지만 새벽녘에 터지는 폭죽에는 창자가 배배 꼬여 배앓이가 심해지곤 했다. 눈으로 스며든 화약가루가 뇌 속을 떠도는 것처럼 머릿속도 몽롱해졌다. 계속되는 불면증과 수시로 찾아드는 두통, 눈앞의 번쩍거림을 참기 위해 방바닥에 머리를 찧어 댔다. 가장 참을 수 없는 고통은 가려움이다. 긁다가 피가 나고 딱지가 앉기를 반복하는 동안에 가려움은 살 속으로 더 깊이 파고들어 갔다. 피부 안쪽이 가렵기 시작한 것은 생가죽을 만지기 시작한 무렵이다.

상하이에서 화장품 사업이 망한 후 나는 불법 체류자가 되어 버렸다. 빚쟁이를 피해 삼 년 전 통링으로 들어온 후 찾은 일거리가 생가죽 무두질 일이었다. 생가죽을 받으러 농장에 갈 때마다 산 채로 껍질을 벗겨지던 짐승들의 비명과 고통이 손등에 박힌 게 분명했다. 처음 농장을 찾았던 날, 내 나이 마흔에 바지에 생똥을 쌌다. 내장이 뒤집어져 코와 입으로 구토를 해댔고, 시퍼런 생물까지 게워 냈다. 내가 구역질로 내장이 비틀리는 동안 떡진 머리를 한 비쩍 마른 사내는 헐떡거리는 토끼 뒷다리를 잡고 뾰족한 칼끝으로 토끼 다리에 열십자를 그었다. 칼집을 따라 산 채로 가죽을 벗겼다. 시뻘건 생살과 가죽이 분리되어 가는 동안, 거꾸로 매달린 토끼는 끊임없이 버둥거리고 생살에서는 피가 흘러내렸다. 또 다른 사내는 담배를 질근질근 씹으며 거꾸로 매다는 일조차 귀찮다는 표정으로 토끼의 머리를 발로 꾹 밟고는 칼끝을 세워 재빠른 동작으로 가죽을 벗겨냈다. 발목에서부터 머리가죽까지 벗겨진 토끼는 붉은 생살을 드러냈다. 털이 벗겨진 토끼들은 바구니로 던져졌다. 그들 중 일부는 살아서 꿈틀거리고, 또 일부는 거친 숨을 헐떡거렸다. 토끼의 커다란 눈동자가 피로 물드는 순간, 나는 사채업자 손에 잡혀갔던 아내를 떠올렸다. 사채업자의 손에서 풀려난 아내는 한 달 동안이나 나를 알아보지 못했다. 늘 웃음으로 떨리던 입술은 비바람에 찢어진 봉숭아 꽃잎처럼 검었고, 생기를 잃은 눈동자는 창밖만 응시했다.

폭죽이 터졌다. 창문에는 황색 폭죽이 깨어진 유리조각처럼 흘러내렸다. 나는 휘적휘적 일어나 화장실로 들어갔다. 내복바지와 팬티를 벗어 빨래 통에 던져 넣고, 수건에 찬물을 묻혀 허벅지를 닦았다. 그러는 사이에도 폭죽은 계속 터졌다. 방으로 돌아와 베개에 머리를 대고 모로 누웠다. 달아나는 잠을 붙잡을 무렵 현관문이 부서져라 두드려 대는 소리가 났다. 장 두목 졸개 마쑹이었다. 베개로 귀를 틀어막으며 이불 속으로 파고들었다. 창밖에는 폭죽이, 현관문에는 사채업자 장 두목이 보낸 인간거머리 마쑹이 욕지거리를 퍼붓고 있다.

다시 눈을 떴을 때는 정오가 훌쩍 지나 있었다. 1월 1일이다. 간밤 얕은 꿈길은 고향 집이었다. 떡국을 끓이고 있는 어머니를 보았다. 분명 좋은 일이 있을 징조다. 어쩌면 아내와의 약속을 지킬 수 있을지도 모른다. 중국으로 화장품 사업을 확장하며 떠나온 지 오 년 만이었다. 오줌보가 가득 차지만 않았다면, 고향 집에서 세배를 드리고, 윷가락을 던지고 놀았을 것이다. 떡국을 못 먹은 아쉬움에 입안이 깔깔했다.

황량한 시멘트 벽을 본 순간 동상으로 얼어 버린 새끼발가락을 잘라 내고 싶다는 충동이 일었다. '제기랄, 꽃무늬 벽지까지는 바라지도 않는다. 허연 페인트라도 좀 발라 주고 월세금을 받아 가지. 개미 똥구멍에 빠져 죽을.' 냉기에 웅크려서 잠을 잔 탓인지 걸을 때마다 무릎에서 빠드득 소리가 났다. 물통의 얼음을 깨고 얼음물로 세수를 한 후 입안을 헹궈 냈다. 세수라고 해 봐야, 얼음물에 눈곱만 겨우 떼는 정도다. 뜨거운 물은 고사하고, 찬물도 구하기 힘드니 양치질은 생각도 못한다. 깔끔한 아내가 내 행동을 봤다면 또 다시 잔소리를 해 댈 게 분명하다. '여보, 찻물로 양치를 대신할 수는 없어!' 잔소리 좀 그만해! 빽 소리를 지르려다 입을 닫았다. 나는 거실을 힐끔 쳐다본 후 현관문을 나섰다. 문에 노란 딱지가 붙어 있다. 장 두목의 졸개 인간거머리 마쑝이 남겨 놓은 경고장이었다. 노란 딱지에 침을 뱉었다. 떼어 내면 자기네들을 무시한다며 길길이 날뛸 게 뻔하다.

삼 위안짜리 쐉씨 담배에 불을 붙여 깊이 빨아 댔다. 시장통 채소전에서 슬쩍한 담배도 한 개비 남았다. 화단 앞에서 여전히 불꽃이 타다닥거리는 폭죽 상자가 놓여 있다. 폭죽에서 떨어져 핏자국처럼 뿌려진 붉은 종잇조각이 발에 밟혔다. 악귀를 쫓고 행운을 가져온다는 폭죽은 계속 터졌다. 석탄난로에서 나올 법한 맵싸한 연기에 눈이 따갑다. 노점에서 오 각짜리 동전 하나를 주고 간장에 삶은 계란 하나를 사서 입안에 까 넣었다. 짭조름한 계란에서 메주콩 맛이 난다. 통링에서 생활하면서 간장 달걀로 아침을 때우기 시작했다. 아내가 끓여 주던 된장국 냄새가 기억나지 않는다. 내가 잃어버린 것이 냄새일까? 기억일까! 지금으로서는 알 수 없다. 서둘러 인민 시장으로 향했다. 차도를 건너려고 하는데 자전거 물결이 몰려왔다. 차르르 바퀴 돌아가는 소리에 어깨가 움츠려졌다. 뒤이어 버스와 자가용이 뒤엉켜 지나갔다. 신호등을 무시하고 달리는 차들 사이를 빠져나와 골목으로 접어들자 인민시장이 나타났다. 난전이 서는 날이면 시장의 규모는 길어진다. 잔뜩 찌푸린 날씨 탓인지 시장은 썰렁하다. 난전에는 붕어를 팔러 온 등 굽은 노인과 대가리를 날갯죽지에 감춘 채 졸고 있는 닭 한 마리를 끼고 앉은 할멈이 마주 보고 앉아 있었다. 길모퉁이에는 아침 끼니를 팔러 나온 수레 두 대에서 다진 야채를 밀가루 전병에 말아 튀겨 내고 있다. 기름 냄새에 속이 울렁거렸다. 움직일 때마다 머릿속에서 자갈 굴러가는 소리가 난다. 칼바람이 귀때기를 후려쳤다.

"췌진, 늙은 오리 있으면 한 마리만 줘."

췌진은 눈가가 쭉 찢어진 사십 대 사내로, 뾰족한 턱 때문에 털 빠진 족제비 같다. 겨우내 굶주린 족제비, 기회가 된다면 내 눈알을 파먹고 싶다는 표정이다. 마쓩의 정보원이라는 것을 모르는 사람이 없다. 췌진은 철망 속에서 오리를 잡아채 꺼냈다. 어깻죽지 털이 겨우 서너 개 붙어 있는 놈이었다. 나는 주머니에서 구겨진 지폐를 꺼냈다. 내 손에 든 지폐를 확인한 췌진이 손을 움직였다. 덜렁거리는 모가지에서 피가 솟았다. 통링에서는 오리나 닭 모가지를 댕강 자르지 않는다. 털만 뽑아내고 발톱에서 대가리 위에 달린 벼슬까지 통째로 삶아 먹는다. 피 묻은 손을 옷자락에 쓰윽 닦은 췌진은 핏물이 떨어지는 오리 다리를 노끈에 매달아 내밀었다. 핏물이 뚝뚝 떨어졌다.

'우라질 놈, 비닐봉지에 담아 주면 손톱이 몽땅 빠져 버릴 놈.'

오리 다리를 묶은 빨간 노끈은 비닐봉지 값 아낀다고 길바닥에서 주워 온 것이었다. 췌진에게 오리 값을 내밀었다. 나는 빨간 노끈을 허리춤에 꿰어 찼다. 등 뒤로 푸줏간 오토바이가 쌩 하니 지나간다. 배달 가는 사내의 어깨에는 배 가른 돼지가 핏물을 뚝뚝 흘리며 매달려 있다. 난전을 피해 요리조리 움직이는 오토바이를 따라 배가 갈라진 돼지 다리가 흔들거렸다. 발걸음을 돌려 공단 지역으로 들어가는 골목으로 들어섰다. 작업장으로 가는 골목길은 휑하다. 덜거덕거리며 달려가는 자전거에는 나무토막 세 개를 실은 노인네가 페달을 밟고 있다. 나는 한쪽 담벼락이 무너진 붉은 벽돌 건물로 들어갔다.

내가 일하는 작업장이다. 문을 등지고 창가 아래 작업대와 약품통이 있고, 테이블 옆에 검정 고무통 세 개가 있다. 전날 무두질하다 남겨 둔 양가죽과 들쥐 가죽이 바구니에 절반쯤 걸쳐진 채 딱딱하게 굳어 있었다. 뒤쪽에 달린 부엌으로 들어갔다. 물은 꽁꽁 얼어 있었다. 얼음을 깨 냄비에 담아 가스 불에 올렸다. 곧 냄비에서 김이 올라오기 시작했다. 뜨거운 물을 뿌려 가며 오리를 손질했다. 배를 가르고, 내장을 제거한 후 핏물을 씻어 냈다. 냄비에 오리를 넣고, 얼음덩어리와 물을 넣고 냄비 뚜껑을 닫았다. 얼음이 녹으면서 피식피식 소리가 났다. 뚜껑을 열고 얼음 조각을 더 넣었다. 손끝이 자꾸만 곱아들었다. 탕이 끓는 소리가 날 무렵 문을 열고 천민수가 들어왔다. 그는 텐진에서 의류 도매업을 하다 속옷까지 벗겨진 후 통링으로 흘러들어 와 배달 일로 하루하루를 보내고 있었다.

"어이쿠, 냄새 죽입니다."

너스레를 떠는 천민수와 눈인사를 나눈 후 식탁을 차렸다. 반찬이라고 해야 소금에 절인 짜사이 무침이 전부였다. 천민수가 나무 의자에 앉으려고 할 때 식당 문이 열리고 주현도가 후다닥 달려 들어왔다.

"젠장, 왜 이리 추워. 한바탕 눈이라도 퍼붓겠는데."

사십 대 후반인 그의 희끗한 머리카락이 짚북데기를 얹어 놓은 것처럼 보였다. 주현도는 발갛게 언 코를 주물렀다. 안 그래도 왜소한 체격이 추위로 웅크린 탓에 더 작아 보였다. 주현도와 나는 술병을 껴안아야만 잠들 수 있다는 공통점이 있었다. 주현도가 고개를 쑥 빼고는 코를 킁킁거렸다.

"으으, 냄새 죽이네. 뜨끈한 국물 한 사발 가득 퍼 줘. 파 쑹쑹 썰어 주고, 고춧가루 한 숟가락 팍 풀어 주면 더 좋지!"

쿨럭쿨럭 기침을 하며 주현도가 소리쳤다. 유난히 목청이 큰 주현도는 기계 소리에 귀가 먼 탓에 늘 소리를 버럭버럭 지른다. 그는 한국에서 프레스 기계를 수출한 회사의 기술자다. 기술 이전이 끝나는 삼월에 돌아가는 비행기 티켓을 가지고 있는 사내다.

냄비 뚜껑을 열었다. 뜨거운 김이 확 올라오면서 얼굴을 덮었다. 희끗한 국물 속에 늙은 오리 다리 두 개가 떡 벌어져 있다. 두 시간을 삶았는데, 오리 다리는 삶기 전과 별반 달라진 데가 없다. 하긴 고기를 먹을 작정이면 주먹만 한 놈으로 삶아야 했다. 식탁에 앉은 모두가 원하는 건 고기가 아니라, 뜨거운 국물이었다. 국자로 국물을 휘저었다. 혈관 곳곳에 파고든 대륙의 냉기를 쫓아내기에는 턱없이 부족할지 몰라도, 잠시 동안은 언 몸을 녹이는 데 이만한 것이 없었다. 감각을 잃어가는 발가락이나, 추위에 오그라진 페니스를 생각하면 입천장이 데일 정도로 뜨거운 국물이 필요했다. 후루룩 국물을 떠먹던 주현도의 이마에 땀방울이 맺혔다. 오리탕을 먹자며 돈을 낸 사람은 주현도였다. 빚을 갚아 나가는 천민수는 어디서 구했는지 술 한 병을 올려놓았다.

"새해 첫날인데 떡국은 못 먹어도 술 한 잔은 해야지요."

천민수는 가장자리가 깨어진 술잔에 빠이주를 따랐다.

"건빼이!"

나는 술잔 너머 천민수를 보았다. 천민수는 평소와 달랐다. 조금씩 빨라지는 말투와 탁자로 쏠리는 상체, 그는 어딘가 불안해 보였다. 팔짱을 끼었다 풀었다를 반복했다. 단숨에 입안에 빠이주를 탁 털어 넣은 천민수는 잔 가득 다시 술을 채웠다. 천민수의 눈가에 홍조가 퍼졌다. 기침을 하더니 얼굴까지 벌겋게 변했다. 연거푸 두 잔을 들이켠 천민수의 눈은 눈물로 번들거렸다. 얄궂게도 덩치 큰 사내가 울먹이자, 벽 사이로 숭숭 들어오는 바람이 더 차게 느껴졌다.

"여긴 사람을 짜부라들게 해요. 화력발전소에서 뿜어 대는 저 놈의 시꺼먼 연기 때문인 것 같은데, 아주 징글징글해요."

천민수의 말대로 통링은 화력발전소와 구리 광산으로 움직이는 도시다. 비라도 내리는 날이면 공기 중에 떠다니던 탄가루가 무겁게 내려앉았다. 나뭇잎의 잎맥조차 검게 물들어 아무리 비가 내려도 나무는 푸르러지지 않았다. 축축하고 검은 공기. 그것들은 코와 입을 통해 폐로 들어가 사람들의 몸속에 차곡차곡 쌓였다. 통링 사람들에게 화력발전소는 생업이고, 그것으로 끝이었다. 더 이상의 설명이나 이유가 필요치 않다. 천민수는 자신의 가슴을 두드리며 말했다.

"어떤 날은 내 몸뚱이가 연탄이 되는 악몽에 시달려요. 내 몸이, 허연 연탄재가 되어 담벼락 아래 던져져 있을 것 같아 아침

마다 더듬어 본다니깐요. 살 곳이 못 돼요. 이런 날은 할매 손이 생각나요."

천민수의 말에 나는 할 말을 잃었다. 내가 일하는 생가죽 작업장에는 온갖 짐승들의 생가죽과 손톱이 빠질 정도로 독한 약품, 하수구로 흘러가는 검은 구정물까지, 어디에서도 푸릇푸릇한 생명은 없었다. 다행인지 불행인지 냄새를 잃어버린 내게 그 모든 것들이 액자 속 그림 같다. 진정 참혹한 것은 사람이다. 쌍칼을 휘두르며 사람 뱃가죽을 닭 모가지 치듯 찔러 대는 장 두목, 피를 손가락으로 찍어 먹으며 킬킬거리는 인간거머리 마쑹, 오리 눈알을 별미로 꼽는 오리장수 췌진, 셋의 공통점은 시뻘건 것에 미쳐 있다는 것이다. 주현도는 술잔을 비우고 오리탕 국물을 후루룩 마셨다. 국그릇을 내려놓으며 주현도가 천민수를 향해 물었다.

"할매 손이 어땠는데?"

천민수는 큰 숨을 훅 내쉬고는 기어코 소맷부리로 눈가를 훔쳤다. 근육질의 사내가 훌쩍이는 모습에 주현도가 분위기를 바꾸려는 듯 말머리를 돌렸다.

"한국도 연휴잖아, 어쩌면 마누라가 올지도 모르겠어."

그의 말에 누구도 말이 없었다. 나는 식어 버린 탕 냄비를 가스레인지에 올리고 불을 켰다. 난방 시설이 전혀 없는 데다 벽돌로 지은 건물은 안과 밖이 별 차이가 없었다. 벽은 그저 바람막이 정도의 구실밖에 하지 못했다. 창밖에는 눈이 시작되고 있었다. 긴 하루가 될 듯했다. 지금쯤 고향 집에도 함박눈이 내릴 것이다. 통링에 내리는 눈과 고향 집에 내리는 눈이 다르다고 고향 집 어머니에게 말하면 분명 믿지 않으실 것이다.

천민수가 물기 어린 목소리로 입을 뗐다.

"어렸을 적, 제가 뱃구레가 약해서 조금만 먹으면 무시로 배가 아팠어요. 중학교 입학할 때 키나 체중이 열 살 애들 같았으니, 할매가 산을 타기 시작한 게 다 저 때문이었지요. 지리산에는 별별 약초가 다 있죠. 그중에서도 산더덕은 우리 할매 손목만치나 굵었는데, 고추장 항아리에 푹 박았다가 여름이면 밥상에 올라왔죠. 더덕 껍질을 손톱으로 벗겼는데, 난 우리 할매 손톱이 처음부터 더덕껍질마냥 꺼뭇하고 뻣뻣한 줄 알았다니깐요. 할매 더덕 딱 한 개만 먹었으면 이놈의 굴뚝 속 같은 통링에서도 살 만할 텐데 말입니다."

반쯤 감은 눈을 한 천민수는 입맛을 다시고 고인 침을 삼켰다. 데운 오리탕 국물이 두 번째로 돌았다.

어금니를 눌러 대는 질긴 오리고기는 아내의 삼계탕을 떠올리게 했다. 포항이 고향인 아내는 삼계탕에 전복을 넣었는데, 오한이 심한 감기 몸살에 특히 효과가 좋았다. 꼭 한 번만 먹을 수 있다면 눈알 하나라도 내놓을 수 있을 것 같다는 생각이 들었다. 김이 오르는 그릇 위에 얼굴을 들이댄 주현도가 내게 물었다.

"한국 가면 제일 먼저 뭘 먹고 싶소?"

한국에 가면? 갈 수만 있다면…… 목구멍이 간질거렸다. 순간적으로 멈췄던 심장에서 한꺼번에 피가 솟구치는 것 같았다. 입술을 달싹거렸다. 갈라진 목에서 낯선 목소리가 색색거렸다.

"뭐, 짜장면 한 그릇이면 더 이상 바랄 게 없죠."

그 말을 하는 순간 나도 모르게 눈물이 왈칵 솟구쳤다. 입술을 깨물고 고이는 눈물을 꾹꾹 눌렀다. 내 말에 주현도가 박수를 쳤다. 두 사람은 기다렸다는 듯 짜장면에 대해서 열띤 토론을 시작했다. 동해안 해안도로를 달리다 용궁사 앞에 가면 쟁반짜장이 끝내주게 맛나지. 부추를 넣어서 면발이 쫄깃하고 해물이 듬뿍 들어 골라 먹는 재미가 쏠쏠하지. 두툼한 갑오징어는 씹어 먹는 맛이 일품이고. 꼭 먹어 봐야 한다고 주현도가 말했다. 짜장은 돼지고기 기름에 자글자글 볶은 양파가 돋보이는 간짜장이 제일이라고 천민수가 목청을 돋웠다. 서로 침을 튀겨 가면 이야기를 했다. 어느새 전국 팔도를 돌아 상하이 짜장면이 나왔다. 납품업체가 있는 상하이에 출장을 갔다가 먹어 본 짜장은 개짜장이라고 불러야 한다고 주현도가 목소리를 높여 말했다.

"삼선, 사천도 아닌 개짜장이야! 아닌 것이 그런 척하고 흉내를 내는디! 나리가 아닌 것이 나리인 척하니 개나리요. 구멍이 아닌데 구멍이라고 우기는 개구멍, 불알이 아닌 것이 영락없이 불알같이 생겼으니 개불알 아닌가."

왁자한 웃음이 터졌다. 커져 가던 웃음소리가 절정에 올랐다가 뚝 끊어졌다. 눈바람이 창문을 때리는 덜컥 소리에 세 사람의 시선이 일제히 창으로 날아갔다. 그렇게 한참을 창문을 바라보았다. 아무리 크게 웃어도 금방이라도 창문을 깨고 들어올 것 같은 눈바람소리를 이길 수는 없었다. 오리탕에는 기름띠가 떠올랐고, 부엌 쪽문으로 들이친 바람에 벽에 걸어 둔 국자가 덜거덕덜거덕 흔들렸다. 나는 왜 뜬금없이 짜장면이 먹고 싶다고 했을까. 천민수는 정말 더덕 고추장장아찌 한 입으로 통링의 탁한 공기를 참아 낼 수 있다고 믿는 걸까. 모든 게 혼란스럽다. 신년 첫날, 고향의 음식들 대신 대륙의 차가운 냉기만 그득했다. 사람도 음식처럼 고향을 떠나면 제 모습을 잃어버리는 것은 아닐까? 문득 생각했다. 내 삶이 끝난 시점이 상하이 땅을 밟은 그 순간부터라고.

오 년 전 상하이는 내게 새로운 도전이고, 아내의 웃음이었다. 화장품 판매로를 뚫다 제조공장까지 확장을 했다. 와이탄

만천루의 조명등처럼 사업은 불이 붙었다. 기초 화장품만을 생산하던 라인에서 색조 화장품까지 생산하기 위한 공장 증설작업에 들어갔다. 현금 가방을 든 투자자들이 몰려왔고, 껀뻬이를 외치며 술잔이 오갔다. 공장 상량식이 있던 날, 아내는 내가 선물한 푸른 보석, 라피스 라즐리 팔찌와 목걸이를 반짝이며 내 팔에 안겨 있었다. 아내가 움직일 때마다 드레스 자락에서 사르락사르락 소리가 났다. 그러다 정전이 된 것처럼 모든 것이 사라져 버렸다. 모든 것이 사라지는 데 삼 개월도 걸리지 않았다. 관공서 일을 맡아 하던 현지인 부사장이 기술을 팔아넘기고 투자금을 빼내 도망갔다. 공장에는 성난 직원들이 물건을 들고 나갔고, 식칼과 몽둥이를 든 사람들이 내 뒤를 쫓아다녔다. 현금 가방을 넘겨주며 술잔을 내밀었던 투자자들은 순식간에 채권자들로 돌변했다. 선택의 여지없이 사채를 끌어왔다. 사채업자 뒤에는 장기 적출을 전문으로 하는 칼잡이들이 있었다. 내 눈앞에서 아내가 끌려갔다. 아내의 머리카락이 배달되어 왔을 때 내게는 사채업자의 전화번호가 적힌 종이 한 장만 남아 있었다. 나는 부러진 팔로 사채업자들이 내민 책 한 권 두께의 서류에 사인을 했다. 사채업자는 또 다른 사채업자에게 나를 넘겼고, 나를 인계 받는 사채업자는 일거리를 주겠다는 연락을 해왔다. 한 달 뒤, 기차표를 손에 쥐고 눈물조차 말라 버린 아내를 데리고 대륙의 깊은 곳으로 들어갔다. 통링에서 나를 기다린 사람은 장 두목 일당이었다. 기차에서 시작된 아내의 기침은 오랫동안 계속 되었다.

식당 문이 벌컥 열리고 눈바람이 먼저 들이쳤다. 식탁보가 펄럭거리고, 벽이 흔들릴 정도로 문이 꽝 닫혔다. 시꺼먼 벙거지 모자를 덮어쓴 사내 둘이 문 앞을 가로막았다. 장 두목과 인간거머리 마쓩이었다. 장 두목의 시꺼먼 얼굴에는 푸른 살기가 어른거렸다. 콧구멍이 벌렁거릴 때마다 허연 콧김이 훅훅 나왔다. 벙거지와 어깨 위에 흰 눈이 앉아 있었다. 장 두목의 두 눈은 핏발이 선 데다 찢어진 눈가에는 피딱지가 검붉게 앉아 있었다. 주현도와 천민수는 자리에서 벌떡 일어나 부엌으로 피했다. 마쓩은 평소와 달랐다. 왼쪽 귀에는 피가 배인 거즈가 붙어 있고, 다리를 절뚝거렸다. 마쓩의 번득거리는 눈은 살기로 충전되어 있었다. 마쓩이 말고기를 질겅거리면서 까만 눈알을 이리저리 굴렸다. 장 두목이 엄지손가락을 까닥했다. 나는 엉거주춤 장 두목 앞에 섰다. 마쓩이 품에서 피 묻은 외상 장부를 꺼내 내게 던졌다. 장 두목의 주먹이 마쓩의 얼굴을 후려쳤다. 마쓩이 나동그라져 바닥으로 굴렀다. 입안이 터졌는지 피가 흘렀다. 엉거주춤 일어선 마쓩이 입을 우물우물 하더니 나를 향해 핏물이 섞인 침을 뱉었다. 장 두목의 눈썹이 올라갔다. 나는 뒷걸음으로 부엌으로 들어갔다. 주현도와 천민수를 밖으로 내보내는 게 우선이었다.

"얼른 가요. 씽푸춘에서 만납시다."

두 사람은 장 두목의 눈치를 보며 이러지도 저러지도 못하고 있었다. 나는 선반 뒤쪽의 반찬 통에서 지폐 뭉치를 꺼냈다. 일주일 이자로 턱없이 모자라는 돈이었지만 방법이 없었다. 이른 아침, 이자를 받으러 온 마쑹에게 문을 열어 주지 않았던 것이 화근이었다. 노란 딱지가 지금 목을 조르고 있었다. 작업장까지 찾아올 정도라면 장 두목이 눈치를 챈 게 분명했다. 나는 두 사람을 내보낸 후 장 두목 앞에 쭈그려 앉았다. 서 있기에는 다리가 눈에 띄게 후들거렸다. 돌돌 만 지폐 뭉치를 장 두목 앞에 놓았다. 마쑹이 지폐를 세기 시작했다. 장 두목의 뱀눈은 지폐가 아닌, 내 눈에서 떠나지 않았다.

"148위안인데요. 두목."

장 두목이 오리탕 냄비에 침을 퉤 뱉었다. 마쑹이 입술을 실룩거리며 무언가 말을 하려다 입을 닫았다. 장 두목이 허리춤에 손을 얹었다. 쌍칼 손잡이에서 찰칵 소리가 났다.

"선택권을 주지. 난 너그러운 사람이야."

아편 잎을 씹어 대느라 성한 이빨이라고 하나도 없는 장 두목의 말에는 바람 소리가 났다. 그 어눌함이 이빨을 드러낸 독사를 떠올리게 했다. 일주일 전 대낮에 시장 통에서 노인의 허벅지에 칼을 꽂아 두고 국수를 먹은 놈이었다. 엉뚱하게도 내 머릿속에는 장 두목의 가죽을 벗겨 내는 작업으로 분주했다. 뱀 가죽은 돈이 꽤 나가는데, 장 두목의 가죽은 신발 밑창으로나 써야겠다. 마약에 찌든 가죽은 품질이 떨어지니까 말이다. 마쓺이 장 두목을 향해 고개를 조아리고 두 손을 가슴 앞에 모았다. 핏방울이 묻은 마쓺의 얼굴이 비굴한 웃음으로 뒤틀리면서 더 흉측하게 보였다. 장 두목이 모가지를 좌우로 뚜둑뚜둑 꺾으며 가래침을 퉤퉤 뱉었다. 오리탕 기름띠 위에 가래침이 달라붙었다. 마쓺이 나를 쏘아보며 손으로 목을 따는 시늉을 했다.

"발전소로 가. 아니면 화원으로 가도 좋겠지."

쭉 찢어진 장 두목의 눈이 내 온몸을 훑었다. 화원. 말이 화원이지 실상은 남창이었다. 화원을 피해 발전소로 들어간다 해도 길어야 반년이었다. 장 두목의 손에서 화력 발전소로 들어간 사람치고 살아남은 자는 없었다. 둘 중 뭐가 되었든 살아서 고향으로 돌아갈 수는 없었다. 사채 빚을 떠넘겨 받은 장 두목은 외상 장부까지 움켜쥐고 내 목숨을 저울질하고 있었다. 나는 잠시 숨을 고른 후 입을 열었다. 어차피 끝날 목숨이라면 마지막 패를 써도 손해날 건 없을 듯했다.

"좋습니다. 갈 때 가더라도 우리 카드나 한 판 돌리죠. 신년

인데. 어떻습니까?"

내 말에 장 두목의 입에서 기괴한 소리가 나왔다. 장 두목은 노름이라면 사족을 못 쓰는 위인이었다. 어쩌면 카드 한 판에 모든 것이 뒤집어질 수 있지 않을까. 간밤 고향 집과 어머니를 본 꿈이라면 충분히 장 두목을 엎을 수 있을지도 모른다는 생각이 들었다. 마슝은 장 두목과 내 얼굴을 번갈아 보며 피가 고인 침을 뱉어 내려다 꿀꺽 삼켜 버렸다.

"판돈은?"

나는 탁자 밑의 여행 가방을 가리켰다. 쇠 자물쇠가 세 개나 달려 있는 가방이었다. 먹이를 발견한 매처럼 장 두목 눈이 번들거렸다. 그의 계산은 속이 드러나 보였다. 가방 안에 뭐가 들어 있든지, 어차피 자신의 손아귀에 떨어질 텐데. 비웃음이 비어져 나오는 장 두목 입술이 실룩거렸다. 장 두목이 손가락을 까딱하자 마슝이 주머니에서 카드 두 벌을 꺼냈다. 어차피 갑작스레 쏟아진 눈 속에 갇힌 시간은 무료할 뿐이니까. 마슝이 뭐라고 입을 열려고 하다 장 두목의 매서운 눈초리에 입술을 꽉 깨물었다. 나는 카드를 펼치며 말했다.

"그럴 리야 없겠지만, 혹시라도 내가 이기면 빚 청산하는 걸로 합시다."

내 말에 장 두목의 눈꼬리가 가늘어졌다. 마슝이 고개를 흔들며 재빨리 입을 놀렸다.

"두목, 그냥 목부터 따죠."

장 두목이 마쓸의 얼굴을 후려갈겼다.

"홍주나 가져와."

마쓸은 비틀거리며 문을 열고 나갔다. 나는 카드를 섞으며 속으로 쌍욕을 퍼부었다. 장 두목이 뺏어 간 돈은 원금에 이자를 합쳐 열 배는 넘었다. 그럼에도 불구하고 그놈의 장부에서는 줄어드는 건 고사하고 갚아야 할 돈이 늘어 가기만 했다.

기회는 더 이상 없다. 겨드랑이가 축축해져 왔다. 두 달 전, 이자를 제때 내지 않았다가 장 두목한테 소금물에 푹 담군 채찍으로 맞은 등줄기가 타는 듯 아파 왔다. 고통도 재생시키는 힘을 가진 악랄한 장 두목이다. 마쓸이 벌컥 문을 열고 들어왔다. 눈바람이 휙 몰아치며 탁자를 덮고 있던 보자기가 펄럭거렸다. 마쓸이 홍주를 장 두목 옆에 놓았다. 장 두목이 카드를 잡고 다시 섞기 시작했다.

신기한 일이다. 순간 들이친 눈바람에서 찔레꽃 향이 났다. 희미하지만 찔레꽃 향이 분명하다. 냄새가 돌아오고 있는 것인지, 기억 속의 향기를 떠올린 것인지 판단하기도 전에 장 두목이 카드 한 장을 탁자 위로 던졌다.

"뱀 피 삼십."

독침 같은 장 두목 말에 심장이 벌렁거렸다. 이 주일 전이었다. 진눈깨비가 내린 날이었다. 마쑹이 내게 뱀 포대를 던졌다. 사채 이자 대신 겨울 잠자던 뱀을 잡아 넘긴 노인의 것이었다. 포대에는 스물여덟 마리가 담겨 있었다. 그런데 장 두목은 서른 마리의 뱀 피를 내놓으라고 하고 있다. 매번 같은 식으로 가죽을 부풀렸다. 마슝은 실실거리며 가죽은 손질에 따라 늘어난다고 억지를 부렸다. 당연히 가죽은 모자랐다. 가죽을 몽땅 챙겨가면서 부족한 양은 작업 비용으로 제하는 식이었다.

나는 하트 8을 버리고 카드 한 장을 가져왔다. 클로버 5다. 장 두목의 손에서 두 번째 카드가 떨어졌다. 마쑹이 코를 실룩거렸다.

“양피 일곱 근.”

장 두목의 떨어진 카드는 클로버 4, 나는 클로버 5를 버렸다. 내심 튀어나오려는 욕지거리를 삼키느라 입술을 깨물었다. ‘돼지 불알에 목구멍 막혀 죽을 놈, 장염으로 죽은 새끼 양 두 마리 가죽이 일곱 근이면, 네놈 가죽은 열 근은 되겠다.’

가슴 언저리에서 시작된 통증이 서서히 온몸으로 퍼지면서 눈앞이 어찔어찔해 왔다. 눈바람이 더 거세졌는지 창문이 부르르 떨렸다. 팔짱을 끼고 앉아 있던 마쑹이 기침을 쿨럭쿨럭 해댔다. 시간이 지날수록 장 두목의 손에 쥔 카드가 줄어들었다.

탁자 위에는 뒤집어진 카드들이 쌓여 갔다. 카드 두 벌로 하는 통링식 게임은 복잡하고, 하는 사람에 따라 수많은 변수들이 있었다. 이미 잃을 게 없는 내게는 가지는 것보다 버리는 게 쉬웠다. 남은 카드는 석 장. 나는 카드를 펼쳤다. 까맣게 변한 앞니가 드러나고, 장 두목이 카드를 던졌다. 뒤집어진 카드 더미 위로 떨어진 장 두목의 카드는 다이아몬드 1, 클로버 1, 하트 2였다. 꿈길이 좋기는 개뿔이나!

"네놈 가죽을 벗겨 저울에 올리면 몇 근이나 나올까!"

장 두목이 마쏭에게 소리쳤다.

"이놈 가죽을 머리부터 벗겨."

기다렸다는 듯 마쏭의 주먹이 날아왔다. 어이없게도 턱에 날아온 주먹 한 방에 바닥으로 굴러 떨어졌다. 장 두목이 작업대 위에 있던 칼을 집어 들었다. 뱀 대가리를 작업대에 고정하는 송곳칼이 내 이마에 박혔다. 피가 칼끝에서 콧잔등 위로 흘러내렸다. 장 두목이 벌떡 일어났다. 넘어진 의자를 발로 걷어차면서 소리쳤다.

"네놈이 훔쳐간 내 물건. 이제 슬슬 털어놓고 싶을 텐데!"

예전 같으면 벌써 오줌을 지렸을 텐데, 이상하게도 칼끝이 이마를 파고들어도 두렵지 않다. 내 속에 또 다른 무엇인가가 장 두목을 비웃고 있었다. 나도 모르게 실실 웃음이 나왔다. 장 두목이 내 빰을 후려갈겼다. 얼굴이 획 돌아갔다. 입안에서 뜨끈한 핏덩어리가 나왔다. 마쓩이 무두질 망치로 여행 가방의 자물쇠를 부쉈다. 가방이 열리고 옷가지들이 쏟아졌다. 모두 여름옷들이었다. 아내의 푸른색 시폰 원피스가 바람에 펄럭거렸다. 장 두목의 얼굴 근육들이 경련을 일으키듯 꿈틀꿈틀했다.

"쥐새끼 같은 놈. 내가 가죽 쪼가리 몇 개 때문에 내 손에 피 묻힐 것 같아! 양귀비, 양귀비 어디로 빼돌렸어."

마쓩의 주먹이 날아왔다. 눈초리가 찢어졌다. 눈앞이 벌겋게 보였다. 고향 집 마루에서 보던 노을빛이다. 입안에서 핏덩어리가 씹혔다. 혓바닥에 부러진 치아들이 뚜룩 굴렀다. 쿨럭, 기침에 핏덩어리 치아가 장 두목 신발 위로 떨어졌다. 날뛰는 모습이 사타구니에 밤송이라도 들어간 꼴이다. 장 두목이 괴성을 질러댔다. 자꾸만 웃음이 나오려고 했다. 정작 웃음은 목 안에 갇혀 컥컥거렸다. 비릿한 핏덩어리가 목을 넘었다. '씹땡, 늙은 오리 고기조차 못 먹겠군.' 나도 모르게 웅얼거린 신음에 마슝의 발길질이 날아왔다. 장 두목이 소리를 질러 댔다. 이미 내 귀는 제 기능을 잃고 윙윙거리던 터라 장 두목의 살기는 소음에 불과했다. 마쓩이 내 무릎을 걷어찼다. 다리가 푹 꺾이면서 주저앉았다. 장 두목의 칼끝이 눈 밑을 파고들었다.

"오리탕보다는 말이야 네놈 눈알 탕에 구미가 당기는데!"

칼끝을 뱅글뱅글 돌렸다. 순간 아무것도 보이지 않았다. 지글거리는 고통만이 왼쪽 눈두덩에 가득했다. 눈알이 빠질 것 같았다. 배꼽 아래에서부터 조금씩 올라오기 시작한 웃음은 탄산음료 거품처럼 보글거렸다. 목젖을 간질이는 웃음에 나는 참지 못하고 웃고 말았다. 장 두목이 그렇게 듣고 싶어 한 말을 해 주었다.

"그것 말이야, 말린 양귀비. 하도 먹을 게 없어서 아침저녁으로 삶아 먹었어."

장 두목의 입이 쩍 벌어졌다. 한번 터진 웃음은 쉽게 가라앉지 않았다. 웃음인지 비명인지 조금씩 커질 때마다 입술을 타고, 턱 밑으로 침과 피가 흘렀다. 주먹이 날아왔다. 내 목에서 튀어나오는 꺽꺽 소리에 장 두목의 주먹과 마쑝의 발길질이 박자를 맞추었다. 웃음소리가 커질수록 장 두목과 마쑝의 헉헉대는 숨소리도 거칠어졌다. 장 두목이 내 목을 졸랐다.

"잘 들어, 네놈의 모든 건 바로 나, 장쑤쯔의 것이다! 상하이 형님한테서 넘겨받은 그 순간부터 넌 내 거였어. 내 물건 가져와. 내 물건에 손끝이라도 닿은 놈들 전부 이름 불어야 할 거야. 네 놈 하나 죽이는 거 쥐새끼 밟아 죽이는 것보다 쉽지. 근데 왜 그러지 않았냐고? 쥐새끼를 잡을 때는 말이야 구석에 몰아넣고 한꺼번에 죽여야 하거든. 한 시간 안에 내 물건 안 가져오면 네

놈을 숯불구이로 만들어 주겠어."

장 두목이 쓰러진 내 얼굴을 발로 짓이겼다.

얼마의 시간이 흘렀는지 덜커덩거리는 창문 소리만 났다. 다행히도 두 개의 눈알은 제자리에 있었다. 왼쪽 무릎에 뭉개진 양파가 들러붙어 있는 느낌이었다. 아무래도 무릎뼈가 깨어진 모양이었다. 왼쪽 눈은 흐릿하고 오른쪽은 그런대로 보였다. 왼쪽 무릎이 접혀지지 않았다. 고무통을 붙잡고 간신히 상체를 일으켰다. 장 두목이 발로 으깬 왼손 새끼손가락은 감각이 없었다. 작업대 아래 쓰레기통을 쏟았다. 재단하면서 잘린 가죽조각에서 끈으로 쓸 수 있는 것들을 찾아냈다. 새끼손가락에는 면실 굵기의 뱀 가죽을 칭칭 감았다. 무릎에는 셔츠를 찢어 상처를 감싼 후 가죽을 묶을 때 사용하는 고무줄로 동여맸다. 피만 멎으면 상처는 시간이 약이리라. 여전히 가슴 언저리가 숯불을 품은 것처럼 화끈거렸다. 헛웃음이 자꾸만 나오려고 했다. 나는 은근히 장 두목의 쌍칼을 기다리고 있었다. 통링에서 더 이상 살고 싶지 않았다. 토함산 자락, 아름드리 소나무로 둘러싸인 고향 집에 가고 싶었다. 살아서 돌아갈 수 없다면 죽어서라도 가리라 마음먹고 있었던 터였다. 꿈길에서 본 고향 집이 자꾸만 눈앞에 아른거린다. '우라질 놈의 새끼 장쑤쯔' 입술이 찢어져 움직여지지 않는다. 바람을 등지고 작업대에 앉았다. 팔을 뻗어 창틀 아래 벽돌 하나를 들어냈다. 벽돌이 빠진 자리에 작은 구멍이 드러났다. 구멍에서 신문 뭉치를 꺼내어 풀었다. 돌돌 말아 놓은 양피였다. 또다시 웃음이 터지려고 했지만, 웃음소리는 목구멍을 넘어오지 않았다. 가죽은 양피 중에서도 가장 질이 좋은 배 부위였다. 아내를 생각하자 통증도 참을 만했다.

아내는 상하이 구도심에 있는 신천지를 좋아했다. 프랑스 조계지였던 신천지는 상하이 속의 작은 프랑스로 불렸다. 아내는 노천카페 테이블에 앉아 모카라떼를 즐겨 마셨다. 입술에 묻어나는 하얀 생크림을 혀끝으로 핥아 먹으며 까르르 웃었다. 모카라떼를 마시며 아내는 뜬금없이 이상한 말을 하고는 했다.

"햇살에서 냄새가 나. 맡아 봐."

나는 이해하지 못했다. 아니, 이해하려고 하지 않았다. 내 눈에는 햇살을 가득 받으며 웃고 있는 아내의 얼굴만 보였기 때문이다. 아내의 얼굴 위로 드리워진 나뭇잎 그늘이 흔들렸다. 아내를 보고 있으면 온몸이 따뜻해졌다. 아내는 메이크업 일을 했었는데 자신의 얼굴에는 색조 화장을 거의 하지 않았다. 선크림만은 꼭 챙겨 발랐는데, 그럴 때면 내 얼굴과 목덜미에도 꼼꼼하게 발라 주곤 했었다. 내 귓불을 스치던 아내의 손길이 기억난다. 아내가 말한 햇살의 냄새는 어떤 냄새일까? 통링에서는 햇살을 보기 힘들다. 하늘과 대기는 늘 흐리고, 공기는 축축하다. 양피를 가르는 가위 소리만 스윽스윽 울렸다. 장 두목의 눈은 정확했다. 마약에 절어 기억이 흐려지고 있다는 소문이 있었지만 그래도 장 두목을 당해 낼 사람은 아직 없었다. 장 두목은 인간 사냥꾼이고, 사냥감을 요리하는 간수다. 사냥감이 제 값을 잃으면 뒤처리까지 하는 까마귀이기도 했다. 장 두목이 거래하는 물건에 손을 댄 것은 아내의 약값 때문이었다. 불법체류자 신분으로 병원은 엄두도 낼 수 없었다. 약국에서 약을 사는 것조차 쉽지 않았다. 약삭빠른 약사는 웃돈을 찔러주지 않으면 약을 내주지 않았다. 약국을 찾는 횟수에 비례해서 약값이 올라갔다. 양귀비는 돈이 되고 기침약이 되었다. 나는 아내와 한 약속을 지키고 싶다.

'여보, 신천지 타이캉루 거리엔 지금쯤이면 부겐빌리아 꽃이 피었겠지. 우리가 앉았던 노천카페 탁자에는 파란 식탁보가 펼쳐져 있고, 하얀 냅킨이 놓여 있겠지! 분수에서는 물줄기가 올라오고, 작은 무지개도 보일 거야. 아, 커피 향기가 나. 여보, 맡아 봐. 모카라떼야. 한 잔만 마시고 싶다. 그러면 기침도 떨어질 것 같아.'

아내는 눈을 감고 오래전 그날의 햇살을 찾기라도 하듯 허공으로 손을 뻗었다. 아내의 기침이 잦아질수록 장두목의 물건을 훔치는 나의 손놀림은 재빨라졌다. 양귀비뿐만 아니라 가죽도 조금씩 떼어 놓았다. 말린 양귀비는 골목 어귀를 돌면서 조금씩 넘겼다. 그리고 빼돌린 피로 손지갑을 만들어 팔았다. 일부는 약값으로, 또 일부는 한국으로 돌아갈 비용으로 벽돌 틈에 숨겼다. 내가 만든 손지갑을 보면 아내는 뭐라고 할까? 이 지갑이 닫히지 않을 정도로 돈을 가득 넣어 주리라 다짐했다. 그 돈이 누구의 돈이든 상관없다. 아내의 웃음소리를 들을 수 있다면 장쑤쯔의 주머니를 터는 것쯤은 아무것도 아니다. 부러진 새끼손가락이 덜렁거려 바느질이 쉽지 않다. 세 번 꿰매면 두 번은 어김없이 손끝을 찔렀다. 가스 불을 켜고 인두를 올렸다. 달궈진 인두 끝을 세워 이름을 새겼다.

홍신아. 아내의 이름은 신아다. 후두 떨어진 눈물이 인두 위로 떨어졌다. 파시식 소리에 나는 고개를 들었다. 창문에는 이미 어둠이 내리고 있었다. 아내에게 선물할 손지갑을 품속에 넣었다. 작업대 뒤에서 대나무를 꺼내 목발처럼 잡아 보았다. 그럭저럭 힘이 되었다.

밖에 나오자 내리던 눈은 멈춰 있었다. 눈길이라 다리를 질질 끌면서 걸어가느라 시간이 배로 걸렸다. 씽푸춘을 밝히는 황색 전등 불빛이 어른거리는 골목 입구에 주현도가 서성이고 있었다. 나를 발견한 주현도가 달려왔다.

"죽은 줄 알았어. 가 봐야 하나, 기다려야 하나 얼마나 조마조마했는지. 달려가서 어떻게든 돕고 싶었는데 도무지 발길이 떨어져야지."

찢어지고 피멍이 든 내 몰골이 보기 힘든 듯 주현도가 고개를 돌렸다. 나는 입술을 달싹거렸다. 찢어진 입술에서 피맛이 났다.

"장 두목 주먹도 이젠 끝난 거죠."

내 말에 주현도의 눈빛이 흐려졌다. 주현도는 내 몸을 살피고는 한숨을 내쉬었다.

"아물기만 하면 부러지고 깨지고, 그놈의 사채 빚은 어떻게 줄어들지를 않나!"

나는 일 년 전에 사채 상환에 관련된 모든 계산을 그만두었다. 장부의 숫자들은 매번 뒤집어져 있었다. 발을 옮기다 눈길에 대나무 막대가 미끄러졌다. 주현도가 어깨를 밀어 넣으며 나를 붙잡았다.

"병원으로 가자니 공안에 바로 체포될 게 뻔하고, 약국도 문을 닫았으니 어떻게 해야 할지 모르겠어."

나는 그의 팔을 잡으며 말했다.

"괜찮아요. 이 정도 상처에 약은 무슨! 가서 술이나 마셔요."

씽푸춘은 통링에서 가장 후미지고 낮은 지대에 있으면서, 가

난이 전부인 사람들이 모여 사는 판자촌이다. 유일하게 새벽 4시까지 술을 파는 포장마차들이 있었다. 구석 테이블에 앉았다. 테이블 옆의 가로수에 황색 백열등이 바람에 이리저리 흔들렸다. 삐걱거리는 나무 탁자 위로 길쭉한 사각모양의 쇠 통에 숯불이 담겨 올라왔다. 내 얼굴을 본 천민수가 고개를 저었다. 주문을 하는 천민수의 목청이 유난히 카랑카랑했다.

"닭 날개, 오돌뼈, 양고기 꼬치 각각 열 개에 맥주 세 병."

돈 가방을 옆구리에 찬 유징이 날렵한 손놀림으로 숯불에 꼬치를 올렸다. 싸락눈이 흩뿌리듯 소금이 뿌려지고, 후추가 뿌려졌다. 소금이 숯불에 탁닥 튀면서 불꽃이 확 일었다. 벌겋게 달아오른 숯불 위로 꼬치들이 올라가고, 지글지글 기름이 타는 소리에 맞추어 유징의 손이 춤을 추듯 움직였다. 향신료를 치지 말라고 주현도가 소리쳤다. 유징이 어깨 너머로 주현도를 힐끗 보고는 향신료 통을 내려놓았다. 칼춤을 추는 무희처럼 유징의 손목은 꼬치를 뒤집어 돌리기를 반복했다. 그 사이 유징의 아내가 맥주와 플라스틱 컵을 가져왔다. 탁자 위의 숯불 통에 꼬치들이 올라왔다. 황색 전등을 따라 씽푸춘으로 들어오는 사람들이 늘어났다. 옆 테이블에 우르르 몰려온 젊은이들 몰려와 앉았다. 곧 소란스러움이 불꽃처럼 터지기 시작했다.

"좋을 때다. 나는 저 나이 때 뭘 했는지 왜 기억이 안 날까?"

주현도의 말에 천민수가 오돌뼈를 또독또독 씹으며 말했다.

"뭐, 술이나 펐겠죠. 아니면 최루탄 가스에 콧물 눈물로 그림을 그렸던가요."

아, 기억을 더듬는 것조차 귀찮다. 나는 맥주잔을 기울였다. 부러진 손가락에 감아 놓은 뱀 피가 눈에 들어왔다. 피식 웃음이 나오려 했다. 지난 시간을 더듬어 어디에 쓸 것인가. 자꾸만 시선이 옆 테이블의 젊은이들에 갔다. 금방이라도 부러질 듯 낡은 나무의자, 엉성한 나무탁자에 둘러앉은 청년들과 아가씨들의 얼굴에서는 긴장이나, 슬픔, 초조함이라도 찾아볼 수 없었다. 그들의 표정은 빨랫줄에서 흔들리는 수건 같았다. 천민수가 꼬치를 만들고 있는 유징을 턱으로 가리키며 물었다.

"저 젊은이는 수입이 꽤 될 텐데. 늘 같은 옷만 입네요."

"한겨울에 씻을 물도 없는데 빨래는 무슨! 저렇게 아껴야 부자 되는 거야."

주현도의 말에 천민수가 콧방귀로 응수했다. 나는 유징의 소문을 조금은 알고 있다. 유징의 행복은 붉은 백 위안짜리 지폐 모으기였다. 노란 고무줄로 한 뭉치씩 묶어서 가방에 넣을 때 유징의 표정은 결연하기까지 했다. 술기운이 돌면서 무릎의 통증도 옅어져 갔다. 천민수가 물었다.

"여긴 노천 술집 같은데 왜 씽푸춘이라 해요?"

주현도가 꼬치를 들고 양고기 한 조각을 빼 먹으며 말했다.

"우리말로 바꾸면 행복촌이야. 둘러봐. 행복해 보이지 않냐."

주현도의 너스레가 이어졌다.

"이게 바로 행복이지. 더 이상 뭘 바라겠어. 퇴근길에 낡은 나무의자에 앉아 숯불에 손 쬐면서 맥주 한 잔에, 꼬치 안주. 캬, 좋잖아. 이 맛이 바로 사는 재미지."

"하긴, 꼬치 맛은 끝내줘요. 가격도 꼬치 한 개에 한국 돈으로 백 원이니."

천민수의 말에 술잔을 기울이며 모르게 말이 나왔다.

"백 원의 행복이라! 좋지. 사는 게 뭐 별겁니까. 지나고 나면 다 똑같아요. 술 한 잔 할 수 있으면 좋고, 잔 부딪칠 사람이 있으면 그게 바로 행복이지요."

비명처럼 쏟아지는 내 말에 두 사람은 술잔을 든 채 가만히 있었다.

아내는 사채업자의 손에 뺏긴 푸른 보석에 대해서 한 마디도 하지 않았다. 잘려 나간 머리카락이나, 하얀 목덜미에 남은 밧줄 흔적, 허벅지 안쪽에 길게 난 칼자국까지도 침묵으로 일관했다. 악몽에 시달릴 때조차 아내는 이를 악물었다. 그들에게 잡혀 있던 일주일 동안 무슨 일이 있었는지 나는 끝끝내 묻지 못했다. 맥주를 단숨에 들이켰다. 목구멍이 꽉 막혔다. 말문을 연아내는 뜨거운 모카라떼를 마시고 싶다고 몇 번이고 이야기했다. 차가운 맥주가 뜨거운 고추기름마냥 목줄기부터 배꼽까지 화끈거렸다. 참으로 단순하고 간결한 결론이다. 제기랄, 내 인생도 꼬치에 낀 오돌뼈처럼 꽂았다 뺐다를 할 수 있다면, 나는 미련 없이 상하이를 빼 버리겠다. 백 원의 행복! 꼬치가 행복이라고! 판자촌이 행복촌이라니! 고래고래 소리치고 싶은데 말이 나오지 않는다. 나는 품속의 손지갑을 확인하고 맥주를 마셨다. 아내가 손지갑을 좋아할까? 좋아할 것이다. 아내가 다시 웃을 수만 있다면 장 두목의 쌍칼은 두렵지 않다. 닭고기를 씹었다. 고소하고 짭짜래한 맛이 퍼진다. 술기운인지, 흘린 피 때문에 정신이 혼미한 탓인지 나도 모르게 중얼거렸다.

"집사람이 신천지에 가 보고 싶대요. 거긴 상하이의 작은 프랑스라고 커피 맛이, 집사람 말로는 자유의 맛이래요. 그래서 말이지요, 곧 갈 겁니다. 아 참! 거기 커피를 마시면 햇살의 냄새도 맡을 수 있대요. 햇살! 햇살!"

두 사람이 뭐라고 말을 했지만, 내 귀에는 들리지 않았다. 바람결에 아내의 기침소리만 계속 들렸다. 씽푸춘에서는 내일을 걱정할 필요가 없다. 어차피 밤이 지나면 해가 뜬다. 그저 맥주를 마시고 꼬치를 씹으면 된다. 맥주잔이 채워지고, 안주를 추가로 주문했다. 양고기 꼬치가 숯불 위로 올랐다. 테이블 아래로 길고양이들이 돌아다녔다. 숯불 위에서 익어 가는 기름 냄새에 몰려온 고양이들이었다. 어떻게 알았는지 고양이들은 술이 거나하게 취한 사람들 주변만 어슬렁거렸다. 꼬치 하나를 담벼락을 향해 던졌다. 먹이를 향해 달려가며 내지르는 고양이들의 표독스런 울음에 유징의 찡그린 얼굴이 겹쳐졌다. 천민수가 손에 턱을 괴고 말했다.

"예전에는 돈 많이 벌어서 해 주고 싶은 거 다 해 주는 게 행복이었는데, 아닌 것 같아요."

천민수가 고개를 숙였다.

"매일 싸워도 좋으니까, 마누라 궁뎅이 툭툭 치고, 앙앙 울어 밤을 꼴딱 새워도 좋으니 딸이 보고 싶다구요."

주현도가 말없이 술잔을 채워 주었다. 바람에 통 속의 숯불이 훅 일어났다.

씽푸춘을 나선 시간은 새벽 3시가 훌쩍 넘어 있었다. 주현도와 천민수가 양쪽에서 내 팔을 부축해서 함께 걸었다. 아파트가 보이자 피로와 통증이 한꺼번에 밀려왔다. 다리는 모래주머니를 찬 것처럼 무겁고, 피딱지가 앉은 얼굴은 누군가 잡아 뜯기라도 하는 듯 쓰라렸다. 아파트 단지에 들어서자, 소방차가 웽웽거리고 폭죽이 터지고 있었다. 사람들이 모여 웅성거리고 소방차가 물을 뿌려 대고 있었다. 나는 불꽃이 널름거리는 곳으로 고개를 들었다. 4층, 우리 집이었다. 아내가 있고 내가 상처투성이 육신을 누일 수 있는 집이었다. 나는 천민수와 주현도의 팔을 뿌리치고 앞으로 나아갔다. 다리가 자꾸만 휘청거렸다. 어디선가 괴물이 울부짖는 소리가 들렸다. 그것은 내 입에서 나오는 소리라는 것을 나는 알지 못했다. 입구에서 소방원이 가로막았다. 나는 그의 옷자락을 붙잡고 소리쳤다.

"신아가 집에 있어. 비키란 말이야! 홍신아! 홍신아!"

그들은 내 말을 알아듣지 못했다. 아니, 들으려고도 하지 않았다. 나를 밀쳐 냈다. 불길은 베란다를 완전히 뒤덮고 검은 연기가 뭉클뭉클 뿜어져 나왔다. 불길이 점점 더 거세어지고 있었다. 나는 팔을 휘두르며 목이 터져라 아내의 이름을 소리쳐 불렀다. 불길은 삽시간에 집 전체로 퍼졌다. 천민수와 주현도가 나를 일으켜 세우며 내 귀에다 대고 소리쳤다.

"정신 차려! 자네 아내는 없어. 한 달 전에 돌아갔잖아. 폐렴이 악화되었을 때 쉬고 싶다고 했었잖아. 자네 품에서 편하게 잠들었어. 이제 그만 놓아줘."

나는 팔을 휘둘렀지만 여전히 두 사람의 팔에 붙잡혀 있었다. 소방차에서 뿜어낸 물이 계단을 타고 줄줄 흘러내렸다. 주현도가 나를 돌려세웠다.

"자네가 선반에 올려 둔 유골함은 무사할 거야. 그러니 좀 진

정해.”

웅성거리는 사람들 속에서 두런대는 소리가 들려왔다.

“좋겠다. 신년부터 시뻘건 불이 덮쳤으니 부자 되겠어.”

나는 사람들의 손을 뿌리치고 계단을 올라갔다. 사이렌 소리가 멀어져 가고 어디선가 폭죽이 터졌다. 기다렸다는 듯 여기저기서 폭죽 터지는 소리가 이어졌다.

스노우 트리

왜 유베스초냐고 묻는 형의 목소리가 무겁다. 전화를 받으며 창문 커튼을 걷었다. 성에가 낀 유리창 너머 희끗희끗 눈발이 날린다. 눈 때문이라고 대답하려다 '그냥'이라고 말했다.

"갑작스런 눈보라로 차에 갇힌 운전자가 죽었다는 뉴스가 한국에서도 나오고 있어."

"형, 아무리 그래도 돌아가지 않아."

잠시 형이 머뭇거리는 사이 머릿속을 맴돌던 말을 꺼냈다.

"북해도는 거의 매일 눈이 와. 형이 있는 그곳은 눈이 내리지 않지. 대신 온갖 것들이 모여 있었잖아. 특히 냄새 말이야."

형과 내가 살았던 옛집은 항구가 보이는 언덕이었다. 골목을 따라 횟집과 생선구이 식당들이 있었다. 비닐 앞치마를 두른 주인들은 내장을 꺼내고 비늘을 친 생선을 불판에 올렸다. 집으로 올라가는 골목길은 매캐한 불 냄새와 비린내가 심했다.

“형, 이곳 유베스초는 눈이 많이 와서 그런지 바닷가에 가도 비린내가 안 나.”

정말이냐고 묻는 형의 목소리가 부드럽게 풀린다. 신발을 신고 현관문을 나섰다. 눈바람이 얼굴을 때렸다. 형의 이야기를 듣는 동안 기억 속의 냄새들이 떠올랐다.

물비린내, 생선 비린내, 풀 비린내. 습하고 미끈한 비린내가 가로등에서 나고, 버스 손잡이에서도 났었다. 바람을 타고 예고도 없이 들이닥치는 생멸치 비린내는 속까지 뒤집어지게 심했다. 그런 날은 배꼽 아래가 단단하게 뭉치면서 설사를 하곤 했다. 시퍼런 물똥은 생쑥을 짓이겨 놓은 것 같았다. 생쑥이라는 말에 전화기 너머 숨을 삼키는 소리가 들렸다. 나지막이 묻는 형의 목소리가 떨린다. 어깨를 펴고 찬 공기를 들이마셨다. 콧날이 찡하다. 밤새 내린 눈이 가로수에 쌓여 있다 와르르 떨어졌다.

“약쑥 냄새였지. 아직도 생각나니?”

약쑥은 아버지가 뜯어 왔다. 아버지는 대문 옆 수돗가에 쭈그려 앉아 빨간 고무대야 가득 물을 받아서 쑥을 살살 흔들어 가며 씻었다. 바구니에 건진 쑥에서 물이 빠지면 돌절구에 넣고 찧었다. 나는 아버지 뒤에서 버들강아지풀을 콧구멍에 넣고 뱅글뱅글 돌렸을 때처럼 재채기를 했었다. 바람에 날린 눈이 코를 간질거렸다. 불쑥 떠오른 기억을 형에게 말했다.

"집 나오던 날 쑥 냄새가 났어. 배가 아파서 화장실에 앉아 있는데, 갑자기 겨드랑이가 가려운 거야. 막 긁었지. 얼마나 긁었던지 손톱에 피가 묻어나데."

"그렇게 싫어?"

"형, 그만 좀 물어봐라."

"왜?"

"그냥, 싫은 건 싫은 거야."

가만히 생각에 잠긴 형의 모습이 떠올랐다. 말들이 입안에 맴돌았다. 전화로 할 수 있는 말들이 아니었다. 희미하지만 토독토독 소리가 들렸다. 형은 집게손가락을 까딱거리는 버릇이 있었다. 형이 물었다.

"유베스초에 봄이 오면, 알래스카라도 갈 거니? 네가 어디를 가든, 거기에 있다는 거 알고 있는 거야?"

횡단보도 앞에 사람들이 서 있다. 휴대전화를 입에 바싹 붙이고 말했다.

"무슨 말인지 알아. 문제가 내 안에 있듯이 답도 내 안에 있다는 거잖아. 봄이 오면 북해도에는 라벤더가 지천으로 피어난대. 세이초가 라벤더 농장에서 일하자고 하더라. 언덕에 앉아 라벤더 꽃이 일렁거리는 걸 보는 건, 눈에 갇힌 겨울과는 달라

보일 거야. 하늘을 품은 호수에서 수영도 할 거야. 팬티도 벗어야 한대. 그래야 수초에 걸려 빨려 들어가지 않는다네. 벌거벗고 수영이라니! 형, 해 보고 싶지 않아? 이곳? 지금? 어떠냐고? 눈이 펄펄 내리고 있지. 눈송이가 얼마나 커다란지 벌어진 밤송이만 해."

형은 눈길 조심하라는 말을 하며 전화를 끊었다.

"류지!"

앞머리를 바싹 세운 세이초가 내 어깨를 툭 쳤다. 나는 휴대폰을 주머니에 넣으며 세이초를 보았다.

"짜식, 눈이 그렇게 좋냐. 지겹지도 않아! 눈! 눈!"

세이초는 가로수 아래 수북하게 쌓인 눈을 발로 퍽퍽 찼다. 나는 떨어지는 눈송이를 입으로 후 불었다. 어찌나 가벼운지 입김에 떠밀려 날아가는 모습이 꽃잎 같다. 북해도 눈은 가볍다. 하늘하늘 날리는 눈송이는 조팝꽃처럼 보이기도 한다. 내리는 눈을 보고 있으며 눈두덩이 간질거리고 목 안이 서늘해진다. 꼭 눈송이가 심장에 달라붙어 파르르 떨리는 것 같다.

"류지, 눈 축제로 공원에 사람들이 모여 있어. 내가 오면서 봤는데 판타스틱 코스프레도 있더라. 우리도 가자."

눈을 반짝이며 세이초가 발을 구른다. 장단을 맞춰 나도 발을 굴렀다. 어깨에 앉은 눈이 떨어졌다. 발목까지 내려오는 방한복에 털모자를 쓴 세이초가 바구니를 내밀었다. 클럽 홍보물이 담긴 플라스틱 바구니였다. 호객 물품을 나눠 주는 것이 나와 세이초가 하는 업무의 시작이었다. 나는 바구니를 받으며 말했다.

"코스프레라면 만화나 영화에 나오는 인물처럼 분장하는 거지?"

세이초가 고개를 끄덕이며 말했다.

"재밌을 거야. 의상은 클럽에서 구하면 돼. 몇몇 친구한테 빌릴 수도 있어."

바구니를 들고 지하도 동쪽 출구 앞으로 걸어갔다. 세이초가 물었다.

"형한테 무슨 일 있어? 오면서 보니까 통화하는 것 같아서 말이야."

느리게 달리는 차바퀴를 따라 하얀 눈가루가 나풀거린다.

"형이 새 휴대폰을 샀다고. 며칠 전에 술 마시다 잃어버렸다나 봐."

하늘에서는 하염없이 눈이 내린다. 앞이 안 보일 정도로 눈 내리는 날이 많아졌다. 일을 하기에는 함박눈이 진눈깨비보다 수월하다. 질척거리는 길을 걸으면 괜히 기분도 가라앉는다. 땅거미가 내리기 전이지만 가로등 불빛이 도로를 환하게 밝히고 있었다. 보슬보슬한 눈송이들이 벌꿀색 가로등 불빛에 나풀거렸다. 거리를 따라 길게 조성된 상가 건물에서 번져 나오는 주홍빛 온기가 사람들의 시선을 끌었다. 쇼핑센터 앞 광장 스피커에는 모차르트의 피아노 선율이 흐르고 있다. 음을 따라 흥얼거렸다. 북해도에 도착했을 때 마주한 것도 음악이었다. 가로등에 설치된 스피커에서 흘러나오는 왈츠는 발걸음을 멈추게 했다. 분명 사 분의 삼 박자, 경쾌한 춤곡인데 목울대를 조이는 울컥함에 입술을 깨물어야 했다.

건너편 시계탑이 다섯 시를 알렸다. 도심 아래 사방으로 펼쳐진 거대한 지하 통로를 통해 사람들이 곧 지상으로 올라올 시간이다. 눈바람이 꽤 차다. 눈발이 굵어지면서 차들은 속도를 줄이고 있다. 영업 시작을 알리는 간판 불들이 하나둘 켜지고 있다.

W-1 클럽 간판 디자인은 북극성에서 따왔다고 한다. 붉은 벽돌 건물에 걸린 거대한 별모양 조명은 밤이면 도심 어디에서나 볼 수 있다. 북해도 최고의 클럽이라는 명성에 걸맞게 밤이면 사람들이 몰려들었다. 주방에서 일하는 세이초의 삼촌이 손써 준 덕분에 클럽 아르바이트 자리를 얻었다.

호객용 물품이 담긴 바구니를 확인했다. 휴대용 티슈, 핫팩, 사탕이 가지런하게 담겨 있다. 세이초는 바구니를 들고 사방을 두리번거린다. 나는 외투 지퍼를 목까지 올리고 지하도 입구를 응시했다. 가방을 든 중년 사내들이 지하도를 올라온다. 사람들 속으로 들어갔다. 서로 눈짓을 주고받으며 누가 얼마나 빨리 돌리나 내기한다. 얼마 지나지 않아 어깨에 눈이 쌓였다. 장갑을 끼고는 있지만 시간이 지날수록 손끝이 뻣뻣해진다. 티슈가 빠진 자리에 눈이 들어와 있다. 소복이 앉은 눈은 빙수처럼 보인다. 통통한 팥을 뿌리면 영락없이 팥빙수다. 팥이 든 음식이라면 침부터 꼴깍 삼키던 형의 얼굴이 떠올랐다. 휴지로 코를 팽 풀고 클럽 안으로 뛰어 들어갔다.

클럽 입구는 붉은 카펫이 깔려 있다. 조명이 들어온 클럽은 또 다른 세상이다. 천장에는 스노우 볼들이 빙글빙글 돌아가며 색색의 조명을 비추고, 홀 중앙에는 레이저 조명이 불꽃처럼 퍼지고 있다. 테이블 세팅으로 바쁜 직원들의 손 위에서 반짝거리는 식기들이 공중을 떠다니듯 움직인다. 뮤직하우스 디제이는 현란한 손놀림으로 댄스음악을 믹싱하고 있다. 중앙 대리석 기둥 옆에는 성인 키를 훌쩍 넘는 배가 불룩한 금색 화병 두 개가 복도와 무대를 구분하고 있었다. 화병에는 금방이라도 톡 터질 것 같은 홍매화 가지와 붉은 카라가 풍성하게 꽂혀 있다. W-1 클럽이 손님들을 매혹시키는 이유는 무엇보다 유리 바닥 때문이었다. 특수 유리는 사람들의 움직임에 따라 다양한 색으로 바뀐다.

유니폼으로 갈아입기 위해 탈의실로 들어갔다. 방한외투와 장화를 벗고 빗으로 머리를 쓸어 넘긴다. 빳빳하게 다린 셔츠가 맨살에 닿는 느낌에 어깨를 폈다. 조끼와 재킷을 입고 나비넥타이 주름을 잡았다. 반질반질하게 닦아 둔 구두를 신는 것으로 준비를 마쳤다. 거울 앞에서 매무새를 확인한다. 코끝이 아주 조금 붉어진 것 빼고는 어제와 다르지 않다. 앞머리를 세이초처럼 세워 볼까, 어쩌면 하얗게 탈색을 해도 좋겠다. 앞머리를 자른 게 한 달 전인가? 아니 이 주 전쯤인 것 같은데 눈썹을 덮고 있다. 준비를 마친 세이초가 서둘러 나가며 소리쳤다.

"류지, 맥주 오케이?"

손가락을 모아 오케이 사인을 보냈다. 호객 상품 돌리기에서 간발의 차로 이긴 세이초가 원하는 건 맥주 한 캔이다. 어제는 세이초가 맥주를 샀고, 서로 머리를 맞대고 어묵 국물을 나누어 마셨다. 아주 오래된 친구처럼 킬킬거리며 유부 주머니를 반으로 나눠 먹었다. 쫄깃한 곤약을 질겅거리며 누드 사진 잡지를 넘겨보다 누가 돈을 낼 것인지 동전 던지기를 했다.

나는 세이초를 지난 가을 오아사 역에서 부닥쳤다. 한쪽 어깨에 걸쳐져 있던 세이초의 배낭이 휙 돌아가면서 내 머리를 쳤다. 떨어진 내 안경을 세이초가 밟아 버린 것은 어쩔 수 없는 사고였다. 그런데도 세이초는 귀까지 벌겋게 달아오르더니 연신 미안하다는 말을 반복했다. 그것도 모자라 머리를 숙이고 또 숙였다. 꼭 목이 꺾어진 자동인형 같았다. 나는 그 모습에서 내 뒤통수를 치던 아버지를 보았다. 환각처럼 세이초 뒤에 아버지가 서서 뒤통수를 치는 것 같았다. 내 의지와 상관없이 뱃속에서 어머니를 힘들게 했다는 이유로 늘 못마땅해 하던 아버지였다. 세이초는 호리호리한 체격에 갸름한 얼굴, 여드름 자국이 남아있는 얼굴까지 나와 비슷했다. 다른 점이라면 세이초는 닭벼슬처럼 빳빳하게 앞머리를 세웠고, 나는 귀를 덮고 목덜미까지 내려온 머리에 니트 모자를 푹 눌러쓰고 있었다.

세이초는 아쿠시마 섬에 가려는 길이었다. 아쿠시마는 일본열도 최남단에 있는 섬으로 열대성 기후라고 엽서를 보여 주며 말했다. 내가 일본의 북해도에서도 눈이 많이 오기로 유명한 도시로 온 날, 세이초는 눈이 싫어 팬티만 입고 살려고 아쿠시마 섬으로 가려고 했다. 세이초는 안경 수리를 맡기고 내 손을 잡은 채 주점으로 들어갔다. 작은 테이블을 사이에 두고 마주 앉자 서로의 무릎이 닿았다. 한국어와 일본어, 영어에 손짓까지 하며 이야기를 하느라 두 사람 모두 기차를 타야 한다는 사실을 잊어버렸다. 그날 세이초와 내가 무슨 일로 논쟁을 벌였는지 아무리 생각해도 기억나지 않았다. 어렴풋하게 기억나는 장면은 세이초의 손가락이 끊임없이 움직이는 동안 생맥주가 줄어들지 않았다는 것과, 안주로 먹었던 덮밥에 얇게 채를 친 우엉이 들어 있었다는 거다. 나는 세이초와 열아홉 겨울을 함께 맞이했다.

클럽에 손님들이 들기 시작했다. 줄지어 서서 인사를 하고, 안내에 들어갔다. 웃음소리에 이어 한 무리의 여자들이 몰려들어 왔다. 여자들이 밟고 지나간 빨간 카펫 위로 눈자국이 우르르 찍힌다. 코트를 벗는 여자들의 옷차림이 시선을 끈다. 까만 레이스 브래지어에 박힌 큐빅이 별처럼 반짝거렸다. 샛노란 미니 드레스는 수선화 꽃모양이다. 허벅지까지 오는 흰색 하이힐 부츠를 신은 여자들은 각기 다른 색의 가발을 쓰고 있다. 코스프레 마니아들이다. 눈 축제 행사 가방을 들고 있다. 눈꼬리에는 반짝이 별 장식을 붙이고 입술은 까맣다. 분홍색 가발을 쓴 여자가 나를 향해 가볍게 손을 흔들며 윙크를 날린다. 마스카라 칠한 기다란 속눈썹이 파닥거리자 내 뱃속도 파닥거린다. 돌돌 말린 여자의 분홍가발은 솜사탕 같다. 나도 모르게 침을 삼켰다. 입안이 마르고 목이 칼칼해져 온다. 혀뿌리에서 쓴맛이 올라왔다. 순간 눈앞이 아득해진다. 여자의 분홍가발이 동글동글 뭉치더니 솜사탕으로 변했다.

"솜사탕이 달지 않아."

내 말에 형은 웃지 않았다. 돌절구가 수돗가에 뒹굴고 있고, 현관문은 활짝 열려 있었다. 내 손을 잡아끄는 형의 얼굴은 매운 고추를 삼킨 듯 벌겋다. 꽉 깨문 입술 때문에 형의 얼굴은 입이 없는 사람처럼 보였다. 한 시간 전, 집 앞에서 놀던 내게 돈을 준 것은 이모였다. 종종걸음으로 달려오던 이모는 내 뺨에 묻은 흙먼지를 닦아 주고 지갑에서 돈을 꺼내 주었다. 나는 잽싸게 달렸다. 얼마 전 학교 앞 문구점에 들여 놓은 솜사탕 기계가 눈앞에 선했다. 헐레벌떡 달려서 가게 문을 확 밀치고 들어갔을 때, 심장이 터질 것처럼 벌렁거렸다. 문구점 아저씨는 기계에 설탕을 넣고 전원 버튼을 눌렀다. 윙윙 소리가 나면서 거미줄 같은 실들이 나오기 시작했다. 곧 달달한 냄새가 나풀나풀 피어났다. 침이 고였다. 이모가 준 지폐 한 장은 솜사탕 두 개 값이었다. 하얀 솜사탕, 분홍색 솜사탕. 나는 양손 가득 구름을 잡은 듯 몸이 둥둥 떠오르는 것 같았다. 조심조심 혀끝으로 살짝 당기면서 재빨리 입에 넣고 녹여 먹었다. 입안에서 풀어지는 가느다란 촉감과 달달함에 눈을 감고 침을 삼켰다. 머리만큼 커다란 솜사탕 두 개가 그렇게 쉽게 없어질 줄 몰랐다. 하나는 내가 먹고, 하나는 형 준다고 들고 있었는데, 집 앞에 왔을 때 내 손에는 나무막대 두 개만 들려 있었다. 누군가에게 뺏긴 것처럼 화나고, 형이 뭐라고 할까 봐 무섭기도 했다. 형의 얼굴을 본 순간 나도 모르게 솜사탕이 달지 않다고 말해 버렸다. 형이 내 손목을 잡아챘다. 갑작스레 대문 밖으로 끌고 나왔다. 발이 꼬이면서 넘어졌다. 팔꿈치에 생채기가 난 줄도 모른 채 형에게 끌려갔다. 큰길로 나왔을 때 이모부가 우리를 차에 태웠고, 차 안에서 형은 고개를 숙이고 내내 훌쩍거렸다. 나는 형에게 아무 말도 할 수 없었다. 내 손에는 여전히 나무막대 두 개가 들려 있었다.

연거푸 얼음물을 마시며 홀을 돌고 있다. 시간이 지날수록 새하얀 유니폼이 몸을 옥죄어 온다. 사람들의 열기로 데워진 공기는 사막처럼 버석거린다. 갈증이 가시지 않는다. 목덜미에 땀이 맺히고, 다리가 후들거린다. 얼음물을 마셔도 목 안이 따갑다. 늦은 점심으로 먹은 카레돈가스 때문인지도 모른다. 돈가스 소스에 갈증을 일으키는 조미료가 들어갔을 것이다. 아니라면 목이 타들어 가는 갈증이 계속될 이유가 없다.

분홍색 가발이 엉덩이를 흔들며 지나간다. 이상하게 분홍색 가발이 계속 눈에 띈다. 곧 영업 마감을 알리는 종이 울리고 종이 꽃가루가 천장에서 쏟아지면 건물이 들썩거릴 정도로 함성이 터질 것이다. 코스프레 여자들이 주문한 칵테일은 각각 색이 다른 레인보우다. 은색 쟁반에 칵테일 다섯 잔을 올리고 여자들에게 갔다. 분홍색 가발은 북해도 바다를 떠올리게 하는 블루 칵테일을 선택했다. 희고 가느다란 손가락으로 잔을 든 여자가 몸을 흔들며 내게 다가왔다. 뜨거운 입김이 목덜미에 닿았다. 반사적으로 몸을 뺐다. 여자의 입술이 닿았던 목덜미를 손끝으로 문질렀다. 열에 들뜬 여자의 눈과 마주쳤다. 눈동자가 풀려 있다. 꽤 많이 마신 게 분명하다. 여자가 입술을 삐죽 내밀고 속삭였다.

"스노우 트리-스노우 트리"

정수리를 관통하는 날카로운 통증에 눈을 질끈 감았다. 아찔함에 눈을 깜박이자 시야가 흐릿하다. 분홍색 가발이 내 목에 팔을 두르고 입술을 내밀고 있다. 몸이 움직여지지 않는다. 눈앞에 펼쳐지는 모든 일들이 유리벽을 사이에 두고 일어나는 것처럼 멍해졌다. 여자가 내 목에 팔을 감고 빙글빙글 돌았다. 여자가 노래를 부른다. 사람들의 팔다리가 등나무 넝쿨처럼 보이고, 온통 하얀 얼굴들이 기괴한 소리를 지른다.

"류지! 정신 차려!"

세이초가 내 등을 두드린다. 사레들린 듯 기침이 튀어나왔다. 나는 기둥에 기대어 앉았다. 세이초 목소리가 흐릿해지는 의식을 잡아당겼다.

"류지, 왜 그래? 갑자기 무슨 일이야! 어디 아파?"

내 등을 토닥이는 세이초의 손바닥 온기가 조금씩 느껴졌다. 음악이 바뀌었다. 재즈에서 빠른 댄스 리듬이다. 누군가 내 앞에 쪼그려 앉았다. 분홍색 가발이다. 여자가 팔을 뻗더니 내 이마에 손바닥을 댔다. 눈이 마주쳤다. 여자가 양손으로 내 얼굴을 잡더니 키스했다. 세이초가 여자의 어깨를 밀쳤다. 엉덩방아를 찧은 여자가 웃는다. 떨리는 손으로 나와 세이초를 가리키며 말했다.

"너네 둘, 애인?"

분홍색 가발 몇 가닥이 여자의 하얀 목에 감겨 있다. 세이초가 말했다.

"장난 그만 치고 네 친구들에게 돌아가는 게 어때!"

내 얼굴을 빤히 쳐다보던 여자가 입술을 삐죽였다. 한숨처럼 여자가 중얼거렸다.

"나만 혼자잖아. 왜 나만 혼자여야 하지?"

여전히 멍한 상태로 주저앉아 있는 나를 보며 여자는 흘러내린 드레스 어깨끈을 끌어 올렸다. 여자의 노란 미니 원피스는 여름 해변에서나 어울릴 차림이다. 여자의 떨리는 목소리에는 물기가 배어 있었다. 나는 잇몸을 짓누르는 텁텁함에 머리가 띵했다. 여자의 시선이 나를 붙잡고 있다.

"너, 나 알아?"

내 말에 여자는 손으로 입을 가리며 쿡 웃고는 세이초를 돌아보았다. 웃음기 사라진 여자의 얼굴이 몇 살은 더 나이 들어 보인다. 여자가 세이초에게 말했다.

"끝날 때 되지 않았어? 내 코트 가져다 줘."

여자의 말에 세이초가 입을 씰룩거렸다. 어쨌든 여자는 클럽 고객이고, 부당한 지시만 아니면 따라야 한다. 세이초는 내게 눈짓을 하고는 획 돌아섰다. 내 옆에 털썩 앉은 여자는 손목에 달랑거리는 작은 백을 열고 담배를 꺼내 불을 붙였다. 담뱃불이 빨갛게 타들어 간다. 여자의 양 볼이 쏙 들어갔다. 담배를 쥔 여자의 손가락이 다르르 떨렸다. 연달아 길게 빨아들인 여자가 후 소리를 내며 연기를 뱉어 냈다.

"넌, 예전이나 지금이나 변한 게 없다."

도대체 무슨 말을 하는 걸까? 여자가 담배 연기를 후 내뿜으며 말한다.

"류지현! 나 정말 모르겠어?"

지현. 그 이름이었던 때가 까마득하다. 되짚어 보면 십 년도 아니고, 일 년하고 넉 달이 지났을 뿐인데. 나는 어느새 류지현이 아닌 류지가 되어 있었다.

"기억해야 하나? 네가 뭐라도 돼?"

여자는 눈을 감고 얼굴을 뒤로 젖혔다. 클럽 중앙 플로어 천장에 매달려 있는 황금색 종이 땡그렁 울렸다. 여자의 얼굴에 종이 꽃가루가 내린다. 긴 속눈썹, 콧날에도 내린다. 여자의 숨결에 맞춰 가슴이 오르내린다. 봉곳하게 솟은 가슴 골짜기로 사륵사륵 종이꽃이 떨어진다. 눈을 뗄 수 없다. 알 수 없는 무언가가 치민다. 코끝이 알싸해지고 눈두덩이 화끈거린다. 제길, 세이초는 뭘 하느라 아직인 걸까. 고개를 든 여자와 눈이 마주쳤다. 여자의 입술이 내 입술에 닿았다. 여자의 입술은 차가우면서 부드럽고 따뜻하다. 꽃눈이 내린다.

눈. 모든 것이 눈에서 시작되었다.

설악산 대청봉에 첫눈이 내렸다는 뉴스는 아버지를 흔들어 놓았다. 수산 공판장 배달 일을 쉬는 날이 많아졌다. 마당을 서성이며 자주 먼 하늘을 바라보았다. 밥상을 앞에 두고도 카메라 렌즈를 만지는 손길이 늘어났다. 카메라를 잡은 아버지는 말을 거의 하지 않았다. 해마다 그랬던 것처럼 담벼락에 비스듬히 서 있는 엄나무 잎이 갈색으로 물들어 떨어지자 아버지는 가방을 꾸렸다. 내 기억 속의 아버지는 카메라로 남아 있다. 아버지는 싫다는 형과 내 얼굴에 카메라를 바싹 대고 사진을 찍었다. 사진에는 콧구멍, 귓불, 넘어져 생채기가 난 무릎, 구멍 난 양말에 톡 튀어나온 발가락 등 한 부분만 커다랗게 담겨 있었다. 형과 나는 사진을 펼쳐 놓고 서로 자기 것을 골라내며 깔깔거렸다. 형과 내 모습 전체가 찍힌 사진은 한 장도 없었다. 렌즈를 닦고 있는 아버지께 형이 물었다.

"왜 이렇게 찍어요?"

아버지는 부드러운 천으로 렌즈를 닦으며 말했다.

"그렇게 봐야만 비로소 제대로 볼 수 있으니까."

나는 무엇을 제대로 본다는 것인지 알 수 없었다. 형과 나는 눈을 커다랗게 뜨고 사진을 이리저리 돌려가며 들여다보았다. 형은 내 발가락 사진을 보며 진지한 표정으로 발톱에 낀 때가 제대로 보인다고 했다. 나는 킬킬거리고 웃느라 눈꼬리에 눈물이 맺히는 줄도 몰랐다.

아버지는 눈을 찾아 산을 다녔다. 어머니는 아버지가 눈꽃을 가득 담아 돌아올 것이라고 했다. 눈꽃을 보면 봄이 기적같이 느껴진다고 하셨다. 아버지는 오래전부터 카메라에 담고 싶었던 나무가 있다고 했다. 어머니는 형과 내가 태어나기 전에 아버지와 그 나무를 본 적이 있다고 했다. 말을 하는 어머니 얼굴은 전등이 켜진 크리스마스 트리처럼 환했다. 겨울 동안 어머니는 이

모네 식당에 일을 다녔다. 아버지가 떠나고 이십 일이 지났을 때였다. 나는 자다가 형이 머리를 때리는 바람에 잠이 깼다.

"너, 자기 전에 꼭 오줌 누라고 했지."

전날 밤은 유난히 바람이 세차게 불었다. 마당에 굴러다니는 세숫대야 소리에 놀라서 형과 나는 어머니 옆에서 잠이 들었다. 형의 야단에 바지 앞을 만져 보았다.

"나, 아니야!"

형이 눈을 부라렸다. 이불을 들치고 축축함을 손바닥으로 좇았다. 형과 나는 벌어진 입을 다물지 못했다. 어머니 이부자리가 축축하게 젖어 있었다. 형이 무릎으로 기어 어머니에게 다가갔다. 거친 숨소리가 들렸다. 나는 형의 옷자락을 잡아당겼다.

어머니를 깨우기 위해 팔을 잡았다. 뜨거웠다. 어머니 몸은 불덩어리 같았다. 아무리 흔들어도 어머니는 깨어나지 않았다. 내가 울먹거리는 사이 형은 이모에게 전화를 했다. 어머니는 구급차에 실려 병원으로 갔다. 병원에서는 어머니 병이 급성 뇌수막염이라고 했다. 어머니는 겨울을 병원에서 보냈다.

봄이 마당까지 들어왔다. 엄나무 가지에 뾰족한 새순이 돋아났다. 아버지가 카메라 렌즈에 뚜껑을 덮었다. 어깨 줄을 가지런하게 모은 카메라를 선반에 올렸다. 무릎을 꿇고 안방 구석구석 물걸레질까지 마친 아버지는 두터운 요를 깔았다. 학교에 갔다 왔을 때, 아버지가 펴 놓은 이부자리에 어머니가 누워 계셨다. 그날 이후, 아버지는 수돗가에 앉아 절구에 쑥을 찧었다. 어머니는 아버지 팔에 기대어 쑥 즙 한 수저를 삼키고 다시 누웠다. 그런 다음 찧은 쑥 덩어리를 천에 감싸고 형과 나에게 나가 놀라고 하시며 아버지는 방문을 닫았다. 가끔 이모가 오는 날이면 아버지는 외출을 하셨다. 대문이 닫히고 골목길을 빠져나가는 아버지 뒷모습이 보이지 않으면 안방에서 이모의 울음과 한숨이 새어 나왔다. 이모는 꺽꺽 울면서 버럭 소리를 질렀다.

"이런다고 암 덩어리가 없어지냐고!"

열린 문틈으로 나는 어머니 배 위에 얹혀 있는 쑥을 싼 천을 보았다. 반팔 옷을 입은 엄마 팔은 내 팔만큼 가늘어져 있었다. 형은 어머니 키가 줄어든 것 같다고 말했다. 눈물바람을 하는 이모의 입을 통해 어머니 병을 알았다. 뇌수막염으로 입원했을 때 어머니의 몸에는 이미 암 세포가 퍼져 있었다고 했다. 이모는 나를 붙잡고 이야기를 들려주었다. 내가 태어날 무렵 어머니는 많이 아팠다고 했다. 임신중독증으로 시력까지 잃을 뻔했다고 했다. 이모는 내 머리를 쓰다듬으며 엄마를 쏙 빼닮았다는 말을 몇 번이나 반복했다. 이모 말에 아버지는 고개를 돌리며 끙하고 못마땅한 듯 혀를 찼다. 집 안에는 언제나 비릿한 쑥 냄새가 났다. 쑥 냄새는 어머니가 드시는 약 냄새와 뒤섞여 안

방 공기를 짓눌렀다. 어머니가 잠이 들고, 아버지는 쑥을 뜯으러 나가는 오후 세 시. 형과 나는 조심조심 아버지가 작업실로 사용하는 작은방으로 들어갔다. 형은 선반에 놓여 있는 아버지 카메라를 향해 손가락을 까딱이며 말했다.

"찰칵! 찰칵!"

나는 형의 옆에서 혀를 굴렸다.

"차르르 차르르."

필름 돌아가는 소리를 내느라 혀를 굴리면 혀뿌리에 침이 고였다. 어머니는 누워서 일어나지 못했고, 아버지는 쑥을 뜯어와, 씻고, 절구질을 했다. 가을은 처음부터 없었던 것처럼 빠르게 지나고 겨울이 왔다. 형이 고등학교 교복을 맞췄다. 교복을 찾아 온 날, 아버지는 어머니에게 사흘을 약속하고 집을 나갔다. 아버지는 혼자 산에 갔다. 선반의 카메라들도 함께 갔다. 아버지 대신 형과 내가 교대로 어머니 옆에 있었다. 사흘 후, 아버지는 돌아오지 않았다. 하루가 가고, 또 사흘이 지났다. 형은 졸업식에 혼자 갔다. 나도 6학년이 되니까 형이 쓰던 자전거를 달라고 해야지 하는 생각을 하고 있었다. 텔레비전에서는 늦겨울 추위가 극성이라는 뉴스가 나왔다. 태백산 눈꽃 소식을 전하며 헬기가 촬영한 온통 하얀 눈에 덮인 산 능선이 화면을 가득 채웠다. 모로 누워 있던 어머니가 실눈으로 뉴스를 보더니 나를 불렀다.

"지현아, 밖에 눈 오니?"

"아니, 여긴 눈 안 오잖아요."

어머니가 다시 무어라 말했다. 처음에는 무슨 말인지 알아듣지 못했다. 형이 숟가락을 든 채 물었다.

"어머니, 물 드릴까요?"

그즈음 어머니는 미숫가루 같은 가루를 물에 타서 빨대로 먹는 것이 식사의 전부였다. 어머니의 눈꺼풀이 떨렸다. 어머니는 고집스레 같은 말을 했고, 형과 내가 알아듣자 그제야 지친 숨을 쉬며 입가에 미소를 지었다. 나는 어머니가 한 말이 무슨 뜻이냐고 형에게 물었다.

"스노우 트리?"

형은 입을 꾹 다문 채 텔레비전만 뚫어져라 보았다.

다음 날, 일요일 정오가 지나도 어머니는 눈을 뜨지 않았다. 내가 담벼락 구멍에 돌멩이를 집어넣는 동안 형이 이모에게 전화를 했다. 이모는 내게 지폐 한 장을 줬고, 나는 그 돈으로 솜사탕을 샀다. 돌아보면 그날 솜사탕이 달지 않다고 튀어나온 말을 생각하면 소름이 돋는다. 어쩌면 날름날름 솜사탕을 삼킬 때, 어머니의 마지막 숨을 느끼고 있었던 것인지도 모른다. 어머니와 이어져 있던 끈들이 혀끝에서 녹아내리던 솜사탕처럼 끊어지고 있었던 것이다. 설탕 알갱이 하나가 가느다란 실이 되어 뭉실한 솜사탕 덩어리가 되었다가 막대만 남았듯, 어머니는 나와 형을 만들어 놓고 딱딱하게 굳은 요 한 장만 남기고 가셨다. 이모부 연락을 받고 산에서 내려온 아버지는 자정이 넘어 병원에 도착했다.

어머니 장례식은 수런대는 소리도 없었고, 큰 울음도 없었다. 형은 교복을 입고 내내 서 있었고, 나는 형의 옆에서 앉았다 일어나기를 반복했다. 이모가 내민 국그릇에는 밥 한 덩이가 들어 있었다. 아버지는 시래기 국그릇을 물끄러미 바라보기만 했다. 하얗게 마른 아버지 입술은 움직이지 않았다. 형은 돌아앉아 고개를 숙이고 숟가락을 들었다. 나는 형의 옆에서 국그릇을 들고 후룩후룩 마셨다. 목을 뒤로 살짝 젖히고 국을 후룩거리는 동안 나는 곁눈질로 아버지를 살폈다. 언제 아버지 손바닥이 내 뒤통수로 날아오나 본 것이다. 아버지는 내 뒤통수를 치지 않았다. 고개 쳐들지 말라는 소리도 하지 않았다. 멍한 눈으로 나를 물끄러미 바라보기만 했다. 나는 아버지가 내 뒤통수를 쳐 주기를 바랐다. 눈알이 빠지도록 세게 때려 줬으면 했는데, 아버지는 나를 처음 보는 사람처럼 쳐다보았다. 어머니는 머리부터 발끝까지 하얀 천을 두르고 불길 속으로 들어가셨다. 가슴에 어머니 영정 사진을 안고 집으로 돌아온 형은 벽에 기대어 잠이 들었다. 나는 어머니가 누워 계시던 요에 웅크려 있다 잠이 들었다. 잠결에 담을 넘어오는 기름 냄새에 배에서 꾸르륵 소리가 났다. 날이 밝으면 설날이었다. 서늘한 한기에 잠이 깼다. 아랫배를 묵직하게 누르는 느낌에 밖으로 나왔을 때 바람이 불고 있었다. 나는 현관문을 반쯤 열어 둔 채 화단을 향해 오줌을 싸기 시작했다. 그런데 선득한 바람에 희미한 소리가 났다. 뒷머리가 쭈뼛거렸다. 나는 형을 불렀다. 형을 부르는 목소리는 내 귀에도 들리지 않을 정도로 작았다. 엄마를 불렀다가 아차 싶었다. 고개를 돌리는데 마당에 괴물이 팔을 벌리고 달려들었다. 나는 비명을 질렀고, 형이 뛰어나와 내 목을 끌어안을 때까지 비명은 멈추지 않았다. 내가 화단에 오줌을 싸다 본 괴물은 아버지였다. 엄나무 가지에 목을 맨 아버지는 허수아비처럼 허연 모습으로 축 늘어져 있었다.

여자의 혀끝이 집요하게 파고든다. 나는 여자의 어깨를 잡고 확 밀쳤다. 여자의 눈가에 눈물이 맺혔다. 여자는 웃는다. 눈웃음에 눈물이 떨어졌다. 세이초가 여자의 옷을 들고 성큼성큼 걸어왔다. 여자는 코트를 입으며 말했다.

"나 말이야, 지현아. 네 형하고 끝낼 거야. 아니 끝났어!"

여자가 쏟아 내는 말들이 머릿속을 휘젓는다. 여자는 허벅지에서 하늘거리는 치맛단을 손끝으로 매만지며 말했다.

"얼마 전에 집에 갔다가 네 형 만났어. 다시 시작하자고."

반짝거리는 눈빛만으로도 여자는 예쁘다. 여자가 웃는다. 두 눈 가득 퍼지는 웃음을 보자 그제야 여자가 기억났다. "영비" 나도 모르게 튀어나온 말에 여자가 고개를 끄덕였다. 학교 앞 문구점 딸, 형의 자전거 뒷자리에 앉아 골목을 내달리던 단발머리 여자, 파마머리 엄마한테 머리채 잡혀 끌려간 후 볼 수 없었다. 그때 영비 엄마가 고개를 흔들며 '자식 두고 생목숨 끊은 무서운 집구석 소름 끼친다.'고 했던 말이 떠올랐다. 여자가 코트를 입으며 말했다.

"나 꽤 잘나가는 애니 기획자야. 도쿄 있어. 이번 눈 축제에 우리 회사도 참여했거든. 내일까지 있을 거야."

코트 허리 벨트를 묶던 여자의 눈과 마주쳤다. 긴 속눈썹을 깜박이며 말했다.

"류지현! 나랑 데이트 할래?"

여자의 입꼬리가 올라갔다. 분명 웃는 얼굴인데 눈에는 눈물이 그렁거렸다. 나도 모르게 팔꿈치를 만지며 여자를 바라보았다. 오래전 생채기가 났던 자리에는 아무런 흔적도 없다. 누군가를 잃어버린 상처에도 딱지가 앉을까. 여자는 떨리는 입술을 깨물고 코트 안쪽에서 무언가를 꺼내 내밀었다. 휴대폰이었다.

액정에 노란 공룡 스티커가 붙어 있다. 내가 장난으로 붙여 준 스티커가 있다. 형이 잃어버렸다는 폰이 분명했다.

"나 참 멍청하지. 폰에 내 사진 한 장은 있을 줄 알았다."

여자는 자존심이 상한 듯 입술을 삐죽이더니 손가락으로 내 앞머리를 헝클었다.

"일 년 만에 한국 가서 네 형을 만나 뭐 한 줄 아니? 내가 도쿄에 있다고 했더니 두 시간 동안 네 얘기만 하더라. 도대체 난 뭘까 하는 생각이 들더라."

여자의 눈이 가늘어지며 잠시 먼 곳을 응시했다.

"짜증나고 미워서 네 형 휴대폰을 가져와 버렸어. 그런데 안녕이라고 못 하겠더라."

여자는 입술을 깨물며 고개를 돌린다. 친구들이 부르자 코트자락을 펄럭이며 돌아섰다. 세이초가 나를 일으켜 세우며 묻는다.

"여자 친구? 저 애 때문에 도망 온 거야?"

풋, 나도 모르게 쓴웃음이 나왔다.

"여자 친구? 맞아. 내가 아니라 형."

세이초 눈이 휘둥그레진다. 까만 눈동자가 내 입술에 와서 멈춘다. 세이초는 무언가 더 물으려고 하다가 입을 다물었다. 그녀의 키스는 내가 아닌, 형에게 한 거라는 것을 굳이 말하지 않았다. 형의 휴대폰 전원 버튼을 눌렀다. 화면 가득 새파란 하늘이 나타났다. 손끝을 움직였다. 아버지 카메라를 향해 형과 함께 손가락을 까딱였던 것처럼, 휴대폰 속 사진을 열어 본다. 언제 찍었는지 기억조차 나지 않는 내 모습이 있다. 사진을 넘겼다. 형이 나타났다. 아버지 카메라를 손에 든 형이 전시장 입구에 서 있다. 세이초가 사진을 들여다보며 물었다. 얼마 전, 형이 전화로 알려 준 사진전이었다. 아버지에게 사진을 배운 몇몇 지인들이 뜻을 모아 사진전을 열었다고 했다.

"스노우 트리! 사진전이 스노우 트리야?"

"응. 알아?"

내 말에 세이초가 고개를 끄덕였다.

"여긴 온통 눈이잖아. 겨울이면 나무들이 눈에 파묻히지. 스노우 트리가 신성한 힘을 가지고 있다고 믿는 사람들도 있어."

신성한 힘이라는 말에 나도 모르게 중얼거렸다.

"난 눈 속에 갇힌 걸까, 아니면 눈의 계절이 영원히 반복되기를 바라는 걸까?"

무슨 말이냐는 듯 세이초가 내 얼굴을 보다가 다시 사진을 본다. 사진은 겨울 산 정상에 우뚝 서 있는 나무 한 그루다. 나뭇가지마다 눈꽃이 피어 있었다. 사진은 며칠째 이어진 눈보라가 그치고 일출이 시작되는 시간에 찍은 것이었다. 온전히 자신을 드러낸 나무는 고고하면서도 시리도록 처연해 보였다. 순간적으로 뒤통수가 뜨끔하다. 손끝으로 사진을 확대했다. 액자 아래 작은 글씨가 보인다. '스노우 트리-생명' 나는 뒷머리를 쓸어내렸다. 사진을 물끄러미 보던 세이초가 가만히 나를 바라보았다.

유베스초에 첫눈이 내리던 날, 세이초와 나는 광장 벤치에 앉아 맥주를 마셨다. 어머니 얼굴조차 기억 못한다는 세이초 말에 내 가슴에 박혀 있는 어머니를 이야기했다. 하루하루 말라가던 어머니 팔, 다리, 뼈가 드러난 손등과 손가락, 아버지를 찾던 바스러질 듯 가늘게 끊어지던 목소리가 생생하다고 말했다. 하염없이 내리는 눈은 뭉쳐 있던 기억을 풀어내게 했다. 눈 때문이었다. 몰아치지 않고, 찌르지 않으면서 가만가만 덮어서 감싸주었다. 눈은 그랬다. 나는 그날 처음으로 스노우 트리에 집착했던 아버지를, 아버지가 아닌 사내로 보기 시작했다.

"도대체 이 사진을 찍기 위해 얼마나 있었을까? 몇 날 며칠을 세웠겠는데."

세이초는 작은 액정에서 눈을 떼지 못한다.

"사진 했던 거야?"

내 말에 세이초가 고개를 흔든다.

“아냐. 내가 무슨. 손님들한테서 귀동냥한 것밖에 몰라.”

“스노우 트리가 그렇게 대단해?”

세이초가 어깨를 으쓱하며 말했다.

“사진가들 사이에서는 대단한가 봐. 마음에 드는 사진 한 장 찍기가 정말 어렵대. 날씨가 딱 맞아떨어져야 하니까. 신이 허락해야만 찍을 수 있다는 말도 있지.”

사진 옆에 서 있는 형은 낡은 야상 점퍼에 청바지 차림이다. 어깨에는 아버지가 들고 다니던 카메라를 메고 있다. 입술을 움직였다. 아버지가 찍은 마지막 사진. 어머니가 기다렸던 스노우 트리. 그런데 말이 나오지 않았다. 나는 지금 눈의 도시 유베스초에서 온몸으로 눈을 마주하고 있다. 북해도 폭설은 국경을 넘어 뉴스에 보도되고, 형은 거의 매일같이 전화했다. 그러다 아버지 이야기를 조금씩 나누기 시작했다.

‘아버지에게 카메라는 세상을 바라보는 창이었어. 그 창에는 항상 어머니가 있었지. 어머니의 죽음은 세상 모든 창문이 닫혀버린 느낌이었을 거야. 숨을 쉴 수 없는 작은 상자에 갇힌 듯했겠지. 분명 그랬을 거야.’

형은 아버지를 용서하라고 했다. 아버지는 어머니를 잃은 상실감을 견디지 못했다고 했다. 형의 말이 이어지는 동안, 숨죽이고 살았던 시간들이 들썩거렸다.

아버지의 자살 후, 해가 뜨면 학교를 가고, 저녁에는 이모가 하는 식당에서 일을 했다. 그러는 동안 형은 고등학교를 졸업하고 교대 근무를 하는 자동차 공장에 들어갔다. 형이 아버지 카메라를 들고 내 고등학교 졸업식에 왔을 때, 나는 더 이상 참지 못하고 소리를 질렀다. 형은 아버지 이야기를 하지 말아야 했다.

"졸업 축하한다. 아버지와 어머니도 좋아하실 거야."

그 말에 나는 욕을 퍼부었다.

"씨팔, 비겁한 겁쟁이를 누가 아버지래. 그딴 말 할 거면 형도 꺼져 버려!"

욱했던 것은 순전히 내 이기심 때문이었다. 가족들에 둘러싸여 있는 친구들 틈에서 회색 작업복을 입은 형을 본다는 것은 정말이지 기분 더러웠다. 나보다 네 살 많은 형이 무채색으로 서 있는데, 사람들은 형이 눈에 보이지 않는 것처럼 어깨로 툭 치며 밀고 지나갔다. 형은 이리저리 밀리면서도 아무런 소리조차 내지 않았다. 거기다 사진 찍자며 카메라를 들이미는데, 아버지 카메라였다. 렌즈와 마주친 순간, 나무가 되어 있던 아버지가 떠올랐다. 나도 모르게 온갖 욕을 하며 손에 잡히는 대로 집어던지고 팔을 휘둘렀다. 형이 주먹을 날렸다. 자동차 조립라

인에서 일하며 생긴 근육인지 주먹이 꽤 셌다. 나와 형은 서로 주먹을 날리며 치고 욕을 하며 뒤엉켜 굴렀다.

두 달 후, 배를 타고 큐슈로 왔다. 큐슈에서 유베스초까지 이동할 때마다 나는 형에게 휴대폰으로 사진을 전송했다. 형과 나만의 대화는 그렇게 이어졌다. 내가 형을 떠났던 것은 두려움 때문이었다. 형이 아버지 카메라를 목에 두르고 나타났을 때, 내가 본 것은 형이 떠나는 모습이었다. 아버지 어머니처럼 말도 없이 갑작스럽게 떠날 것 같았다. 형의 숨소리를 확인하며 밤을 새웠다. 밤이면 나는 어머니를 보낸 그날 밤으로 돌아가 있었다. 아침이면 나를 짓누르는 불안감에 울분이 치솟았다. 선택해야 했다. 떠나는 형의 뒷모습을 보거나, 아니면 내가 떠나야 했다. 두려움은 내게 속삭였다. 먼저 떠나라고. 또다시 버림받고 싶으냐고. 큐슈에서 북으로 조금씩 올라가는 동안 반팔 티셔츠에 긴팔 점퍼를 입고, 점퍼에 목도리를 두르듯 눈을 마주할 준비를 했다. 아니, 가슴에 박혀 버린 상실감을 마주하기 위해 안간힘을 쓰고 있었다.

클럽 뒷정리를 하는 동안 대설 특보가 내렸다. 지배인이 클럽 직원 숙소에서 자라는 말을 했다. 바닥에 뒹구는 종이꽃가루를 치우고 나자 새벽 네 시였다. 집이 가까운 몇몇은 걸어서

간다며 클럽을 나갔다. 세이초가 유니폼을 벗으며 말했다.

"맥주 할래?"

처음 만났을 때처럼 세이초가 어색하게 나를 본다. 나는 세이초의 어깨에 팔을 두르고 확 잡아끌었다.

"당연하지! 눈 오는 날엔 맥주가 최고지."

클럽을 나서자 눈발이 얼굴을 때렸다. 눈을 만드는 기계가 최대치로 돌아가는 것처럼 접시꽃만 한 눈송이들이 쏟아지고 있다. 모퉁이만 돌면 편의점인데 온통 눈에 휩싸여 편의점 간판 불빛이 아득히 멀게 보인다. 세이초가 조심스레 물었다.

"류지, 형 보러 갈 거야?"

"가야지. 언젠가는……."

주머니 속 휴대전화를 만지작거렸다. 형은 내 옆에 있다. 나는 세이초에 말했다.

"형이 사진을 하려나 봐."

세이초는 말없이 내 어깨를 툭 치며 씨익 웃었다. 횡단보도 앞에 섰다. 편의점이 보인다. 뽀얀 김이 서린 유리창 너머 형광등 불빛에 편의점 안이 따뜻하게 보인다. 빨간 신호등이 졸립다는 듯 깜박인다. 나는 형의 휴대전화를 꺼내 눈에 푹 파묻힌 거리에 초점을 맞춘다.

우리끼리 안녕

계속해서 울리는 휴대전화를 잠결에 귀에 댔다. "일어나라. 일어나라." 단짝 일오 전화다. 비트박스 리듬으로 잠을 깨운다. 비틀거리며 일어나 세수를 하고 바지를 입는데 휴대전화가 떨린다. 일오가 등교를 재촉하는 문자까지 보냈다. 새벽 4시가 넘어 잠들었던 탓에 몸이 무겁다. 반팔 티셔츠를 입고 교복 상의는 가방에 구겨 넣었다. 슬리퍼를 끌고 밖으로 나오자 따가운 햇살이 눈을 찔렀다. 6월 날씨치고는 덥다. 얼굴에 닿는 햇볕은 바싹 마른 수세미처럼 까칠하다. 영락없이 시연이 같다. 시연이가 화를 내면 나는 온몸이 따끔거린다. 때밀이 타월로 사정없이 박박 문지르는 느낌이다. 교문을 통과하려면 쌩하니 달려야 한다. 오토바이에 올랐다. 시동을 걸고 천천히 클러치를 연결한다. 쿨럭거리는 엔진 소리가 귀에 거슬렸다. 중고로 구입한 오토바이는 단기통 엔진이라 연비는 좋은데 힘이 약하고 고장이 잦다. 엑셀을 힘껏 당긴다.

교실은 어제와 비슷하다. 마치 시공간이 꽈배기 모양으로 꼬인 것처럼 같은 날이 반복되는 느낌이다. 교실 공기는 요구르트를 쏟아 놓은 듯 시큼한 냄새가 풍기는데, 나무 바닥의 찌든 냄새와 서른 명의 학생들 몸에서 나는 땀 냄새라는 것을 깨달았다. 덩치 큰 몇몇은 덥수룩한 머리에 교복 상의는 조끼처럼 걸치고 발로 의자를 차며 책상을 밀치고 지나간다. 교실은 유기견 보호소 같다. 팔꿈치 닿았다고 침 뱉고, 눈만 마주쳐도 으르렁댔다.

나는 아까부터 시연을 보고 있다. 내 책상에서, 대각선 방향으로 두 자리 앞이다. 밤새 잠을 못 잤는지 엎드려 있다. 뭐라고 말을 꺼내야 하는데 틈을 주지 않는다.

시연은 며칠 전부터 유난히 까칠하다. 어제는 내가 하는 말마다 말꼬리를 잡고 늘어졌다. 톡톡 쏘아붙이는 말투에는 짜증이 묻어났고, 입으로 손톱을 물어뜯기까지 했다. 내 딴에는 기분을 풀어 주려고, “오 섹시한 분위기!”라고 평소 잘 안 하던 낮간지러운 말을 했다. 포크로 와플을 잘게 부수던 시연이 나를 빤히 쳐다보았다. 질렸다는 표정을 짓더니 “장난칠 기분 아니란 말이야!”라고 말했다. 평소와 다른 까칠한 말투에 나는 흠칫했다. 내가 좋아하는 시연은 장대비에 찢어진 우산을 들고도 웃는 상큼한 성격이다. 삐치는 성격이 아니었다. 딴 놈이 생겼나? 머릿속에는 온갖 잡다한 이유들이 둥둥 떠다녔다. 시연은 포크로 쟁반을 톡톡 치면서 뭐라고 중얼거렸다. 무슨 말인지 귀에 들어오지 않았다. 사실 내 눈은 시연의 입술에 사로잡혀 있었다. 빨갛게 상기된 뺨을 만지고 싶어 손가락이 근질거리고, 도톰한 입술에 내 심장이 퉁탕거렸다. 나는 고개를 숙여 입을 맞추었다. 갑자기 시연이 벌떡 일어나더니 손바닥에 얼굴을 묻고 “죽어 버렸으면 좋겠어.”라고 말했다.

붙잡기도 전에 시연이가 뛰쳐나갔다. 도무지 무슨 일인지 알 수 없었다. 가게 유리창에 내 모습이 비쳤다. 어정쩡한 자세로 서 있는 꼴이 얼간이 같았다. 삼 초 정도 그렇게 있는데, 덜 마른 속옷을 입은 것처럼 축축하고 찝찝한 기분이 가시지 않았다. 테이블에는 형체를 알아볼 수 없도록 으깨 놓은 블루베리 와플이 꺼뭇한 덩어리로 남아 있었다. 먹고 싶다고 난리 치더니 한 입도 안 먹었다.

오전 수업 내내 시연만 쳐다봤더니 목이 뻐근하다. 등짝을

퍽 치는 손길에 고개를 돌렸다. 단짝 일오다. 턱으로 시연을 가리키며 무슨 일이 있느냐고 묻는다. 나도 그걸 알고 싶다. 점심시간을 알리는 벨이 울리는 동시에 의자를 밀치는 소리가 요란하게 났다. 교실을 빠져나가는 아이들 사이로 기집애 두 명이 주머니에 손을 넣고 걸어왔다. 몇 번인가 오토바이를 태워 달라고 했는데 거절한 뒤부터 나만 보면 눈을 흘기고 침을 찍찍 뱉었다. 기집애들이 목도리 도마뱀처럼 턱을 쳐들고 걸어왔다. 커트머리 기집애가 시연이 머리카락에 손가락을 집어넣고 뱅글뱅글 돌리며 말했다.

"떡집! 밤새 떡 치고 뻗은 거야?"

"소녀 가장. 떡 배달하라니까 왜 안 해? 떡값 준다니까."

동그란 얼굴에 비비크림을 덕지덕지 바른 애가 씹고 있던 껌을 시연의 머리카락에 붙인다. 둘이서 시연의 어깨를 툭툭 쳤다. 시연이 어깨가 들썩거린다. 나는 의자를 밀고 벌떡 일어났다. 일오가 내 허리를 잡고 고개를 저었다. 일을 크게 만들지 말라는 듯 눈을 깜박인다. 일오와 나는 징계 벌점이 목구멍까지 차 있는 상태다. 한 건이라도 걸리면 둘 다 퇴학이 확실했다. 이 사실을 뻔히 알고 하는 짓이다. 이를 악물고 참으려는데 머리카락에 껌을 붙인 애가 나를 보면서 이죽거렸다.

"미혼모도 학교 다닐 수 있니? 퇴학 아냐? 너 애 가졌다며!"

나는 얼굴을 한 대 얻어터진 것처럼 귀가 멍하고 눈앞이 흐릿하게 보였다. 시연이 벌떡 일어나더니, 배를 불룩 내밀고 엉덩이를 흔드는 여자애를 향해 달려들었다. 그제야 시연이 보냈던 무수한 신호들이 제대로 보였다. 곧 교실은 머리카락을 잡아 뜯으며 괴성을 질러 대는 싸움판이 되었다. 나는 시연을 향해 몸을 날렸다.

상담실 의자는 딱딱하다. 의자 다리는 녹슬어 조금만 움직여도 끼익 소리가 났다. 채 삭히지 못한 분노 때문에 다리가 제멋대로 덜덜거린다. 일오가 내 허벅지를 손바닥으로 꾹 누른다. 볼펜으로 책상을 두드리는 학년부장은 눈알을 부라리며 소리를 지르고 있다. 그러든가 말든가 내 눈에는 아무것도 보이지 않는다. 뺨에 손톱 자국이 길게 난 시연의 얼굴이 머릿속에서 지워지지 않는다. 시연은 가방도 놔두고 학교를 나가 버렸다. 바로 쫓아갔어야 하는데 학년부장 손에 뒷목을 잡히는 바람에 상담실로 끌려왔다. 학년부장은 더럽게 침을 많이 튀긴다. 귀밑머리가 허연 학년부장은 한바탕 훈계에 협박을 한 후, 신세 타령으로 옮겨 갔다.

"니들 때문에 선생님이 대사증후군으로 고생하는 거야. 제발 조용히 있다가 졸업해라. 부탁이다. 응! 그냥 엎드려 자. 자는 게 힘드냐? 교실에서, 그것도 여학생들을 상대로 미친개처럼 물고 뜯어! 니들이 개냐?"

짜증이 확 일었다. 시끄럽게만 안 하면 뭔 짓을 해도 된다는 말인가. 덥다고 에어컨 앞에 앉아서 꼼짝도 안 하면서 소리만 지르는 꼴이라니, 속이 뒤틀린다.

"개같이 살면 안 됩니까?"

학년부장 얼굴이 순식간에 벌겋게 변했다. 두툼한 손바닥으로 책상을 내리쳤다.

"이 자식이 더위 처먹고 돌았나! 뭐라고? 너 진짜 퇴학당해 볼래!"

퇴학, 수도 없이 들었던 말이다. 이번 일로 징계를 받으면 어차피 퇴학이다. 지긋지긋하다. 어차피 안 되는 놈들이라고 대놓고 말하더니, 가슴에서 뜨거운 불이 확 올라왔다.

"맘대로 해요. 다 때려치우면 되잖아요. 이제 가도 되죠!"

벌떡 일어나자 의자가 뒤로 발라당 뒤집어졌다. 발로 의자를 걷어차는데 일오가 따라 일어났다. 학년부장은 입을 벌리고 "어어" 소리만 냈다. 상담실 문을 닫는 순간 학년부장이 내지른 고함이 들렸다. 소리만 요란할 뿐 쫓아오지 않았다.

교문을 벗어나자 생뚱맞게 배에서 꾸룩 소리가 났다. 가만히 있어도 땀이 솟는 날씨에 뜬금없이 국밥이 생각났다. 뚝배기에 담긴 허연 돼지비계 수육에 땡초를 고추장에 찍어 먹고 싶다. 일오가 부른다. 나는 바지춤을 끌렀다. 일오와 나란히 학교 담벼락에 오줌을 쌌다.

떡집 앞에 오토바이를 세웠다. 가게 문을 열고 들어가자 떡시루를 씻던 시연의 할머니가 허리를 펴고 일어났다. 할머니는 들고 있던 수세미를 집어 던졌다. 수세미는 내 발 앞에 툭 떨어졌다. 일오가 성큼 다가가 능청스레 인사를 하자 할머니가 버럭 소리를 질렀다.

"이 미친놈들을 봤나. 어딜 들어와! 당장 나가거라."

일오는 할머니 손에 있던 떡시루를 낚아채 씻기 시작했다. 갑자기 소리를 질러 기운이 빠졌는지 할머니가 한숨을 쉬었다. 플라스틱 의자에 엉덩이를 걸치며 힘없이 말했다.

"시연이 찾지 마라. 다시는 안 온다 하고 집 나갔다."

할머니 목소리가 가늘게 떨린다. 말끝에 물기가 묻어났다.

"헛구역질에 물도 못 삼켜서 채소 가게에 물어봤더니만 그 여편네가 소문을 낸 거라."

가게에 달린 작은방으로 갔다. 시연이가 할머니와 생활하는 방이다. 옷가지가 어지럽게 흩어져 있고 바닥에 액자가 떨어져 있다. 사진 속 할머니 품에 안긴 아기는 시연이다. 시연이 엄마는 아기를 맡기고 집을 나갔다. 아빠는 어쩌다 전화를 하는데, 그 어쩌다가 돈 부쳐 달라는 말이 전부라고 했다. 시연은 가끔 내게 물었다.

"할머니 돌아가시면 아빠는 누구한테 전화할까? 딸이 엄마 얼굴을 모른다는 게 이상하지 않아? 방금 지나친 아줌마가 내 엄마면 어떡해? 나만 기다리는 건가?"

그럴 때마다 아니라고 말해 주고 싶었는데 나도 엄마에 대해 아는 게 없었다. 뭐라고 말해야 할지 몰라 휴대전화로 웹툰 보는 척을 했다.

떡집을 나오는데 할머니가 장생포에 사촌 언니가 산다는 말을 했다. 시연이에게 전화를 걸었다. 신호음이 뚜 하더니 끊어진다. 후둑 빗방울이 떨어졌다. 서너 발자국을 걷기도 전에 후두두 비가 쏟아졌다. 뚜벅뚜벅 걷는데 나도 모르게 어깨가 떨렸다. 얼굴을 때리는 빗줄기가 차라리 반가웠다. 눈두덩이 화끈거렸다. 빗방울 떨어지는 길에서 흙냄새가 올라왔다. 뱃속이 울렁거리고 가슴 언저리가 찌르르 한다. 마치 가늘고 긴 바늘이 가슴을 쿡 찌르고 같은 자리를 또다시 찌르는 것 같다. 먹구름이 깔리고 사방이 어둑어둑해졌다. 물기로 번질거리는 도로에 자동차 헤드라이트가 번쩍거린다. 일오가 내 어깨에 팔을 올렸다.

간간이 가로수를 흔드는 바람에서 바싹 마른 흙냄새가 났다. 일오와 나는 학교 가는 시간에 가게로 출근했다. 학교를 뛰쳐나온 이후 졸업은 힘들어졌다. 시장 어귀에 있는 대게 가게에는 손님들로 북적거렸다. 가게 일은 오전 아홉 시부터 저녁 열 시까지였다. 가끔 단체 손님들이 몰려와 늦은 술자리로 이어지면 자정을 넘길 때도 많았다. 그런 날, 사장은 부러진 게 다리를 양은 냄비에 넣고 라면을 끓여 먹는 걸로 야근 수당을 퉁 쳤다. 가게 일은 단조로웠다. 수조에서 대게를 꺼내 저울에 올려 무게를 단다. 게딱지에 고여 있는 물을 빼고, 찜기에 넣어 뚜껑을 닫는다. 게를 찌는 동안 테이블에 반찬을 내간다. 상추, 깻잎, 쑥갓, 풋고추 한 쟁반, 콩나물 무침에 삶은 고동 한 접시가 기본이다. 손님들이 모두 빠져나가고 나면 테이블을 정리하고, 찜통을 분리해 수세미로 박박 문질러 씻었다. 물기를 없애기 위해 가지런히 세워 두고 앞치마를 벗으면 하루 일이 끝난다.

휴대폰을 꺼내 시연에게 전화를 한다. 전원이 꺼져 있다는 기계음이 나온다. 시연은 완전히 잠수해 버렸다. 메일도 확인하지 않고 있다. 무턱대고 장생포를 다 뒤질 수는 없었다.

밤부터 비가 내리기 시작했다. 이따금 날리던 빗줄기가 굵어지더니 빗소리가 커졌다. 장마전선이 남부지방에 걸쳐 있다는 일기예보가 나왔다. 대게를 먹으러 오는 손님이 절반으로 줄었다. 화요일에는 테이블 절반이 비었다. 며칠째 이어지는 비는 손님들 발길을 멀어지게 했다. 털보 사장은 코를 실룩이며 월급도 못 주게 생겼다고 투덜거렸다. 일오와 나는 큰길까지 나가서 "털보 대게, 잘 모시겠습니다."라고 소리쳤다. 주말을 앞두고 빗줄기는 점점 더 굵어졌고 손님들 발길도 뚝 끊어졌다. 늦은 오후가 지나 여자 손님 셋이 들었다. 호피 무늬 바지를 입은 중년의 여자가 담배를 찾았다. 일오는 편의점에 담배를 사러 가고, 나는 소주에 기본 반찬을 내놓고 차양 밑에서 떨어지는 비를 보았다. 휴대폰을 만지작거렸다. 연락이 끊어진 지 이 주일이 넘었다. 차양에서 떨어진 빗물이 신발을 적셨다. 비가 계속 내렸다.

덜덜거리는 오토바이를 몰고 일오가 사는 원룸으로 갔다. 시장 상가 정기 휴일이라 대게 가게도 쉰다.

"고래 보러 갈래?"

내 말에 일오가 눈을 껌벅인다. 일오는 바짓가랑이에 손을 넣고 사타구니를 긁으며 "뭔 일 있냐?"고 물으며 하품을 했다. 눈가에 붙은 눈곱이 노리끼리하다. 베게에 눌린 뒷머리가 솔잎처럼 빳빳하게 서 있다. 나는 창을 가린 신문지를 떼어 냈다. 갑작스레 들어온 햇빛에 먼지들이 풀썩거린다. 비구름이 잠시 물러난 상태다. 장맛비를 가르고 나온 햇살이라 유난히 눈부시다.

"간만에 선탠 좀 하자. 휴가 가기는 글렀고, 이런 날은 달려 줘야지."

일오가 빤히 쳐다본다. 눈을 가늘게 뜨고 나를 살핀다. 머리부터 발끝까지 스캔하는 일오의 시선을 피하며 고개를 숙였다. 빰이 욱신거렸다. 부풀어 오른 뺨을 손바닥으로 가려본다.

"또 아버지가 그랬나? 어째 한동안 조용하다 했다. 이번에는 무슨 일인데?"

일오가 인상을 쓰며 혀를 찼다. 몇 마디 하지 않았는데도 입 안 상처가 툭 터져 버렸다. 싸한 피 맛이 났다. 일오가 베개를 발로 툭 차며 구시렁거렸다. 바닥에 뒹구는 페트병 뚜껑을 열고 콜라를 마신 일오가 꺼억 트림을 한다. 나는 작은 미닫이 창문을 열었다. 텁텁한 원룸 공기를 바꾸기에는 창문이 작다. 어디선가 새 울음소리가 들린다. 창문에 코를 대고 밖을 보았다. 보이는 거라고는 맞은편 원룸 시멘트 벽뿐이다. 창틀에 거미줄이 쳐져 있다. 하얗게 뭉쳐 있는 알집이 대롱대롱 매달려 있다. 속이 비었는지 쪼그라들어 있다.

"피하지 그걸 등신처럼 다 맞았나? 혹시 또 술 드시나?"

회색 추리닝 바지를 입으며 일오가 물었다. 나는 일오를 보며 고개를 저었다. 파란 브이넥 면 티를 입은 일오는 떡 벌어진 어깨 때문에 건장한 청년처럼 보인다. 왜소한 어깨를 가진 나와 나란히 있으면 친구라기보다 형으로 보는 손님도 있었다. 일오 정도 체격이면 아버지는 나를 조금 어려워할까? 집을 떠올리자 한숨이 나왔다. 며칠 사이에 내 체중은 줄었다. 시연이 사라져 버린 후, 잠을 거의 자지 못했다. 어떤 날은 화가 나기도 하고, 해가 지고 가로등에 불이 켜지면 울고 싶을 때도 있었다. 아무것도 할 수 없다는 것은 매 순간 벽에 머리를 박는 느낌이다. 일오가 걱정스런 얼굴로 말했다.

"더 심해진 것 같으면 누나랑 이야기해서 시설을 알아보지? 매일 씻기고 운동 시키는 것도 물리치료사가 하면 회복도 빠르다고 하더라."

예전의 아버지는 술이라면 밥보다 먼저 입에 털어 부었다. 지금은 아무리 술이 고파도 혼자서는 소주 한 병 사 먹을 수 없는 몸이다. 사고로 두 다리를 잘랐는데, 기어서 마트까지 갈 아버지가 아니다. 목줄기에 선명하게 찍힌 손가락 자국을 본 일오가 허공에 대고 주먹을 날렸다. 나는 간밤의 일을 말했다.

"다리가 맘에 안 든대. 누나가 가벼운 티타늄 목발을 사 왔거든."

"그거 꽤 비싼데. 도대체 왜 그러냐!"

티타늄 목발 가격이 얼마인지 나는 모른다. 물어보지도 않았다. 누나가 주문해서 사 왔고, 곧바로 내동댕이쳐져 버렸다. 보험영업을 하는 누나는 하루의 대부분을 길에서 보낸다. 팔 차선 도로에서 뒹구는 낙엽을 줍는 것보다 보험 계약하기가 어렵다고 누나가 넋두리처럼 말했다. 저녁을 먹다 말고 아버지는 손에 잡히는 대로 물건을 집어 던지며 소리를 질렀다.

"니들 눈에 내가 똥 덩어리 같지! 콱 죽어 버리면 좋겠지!"

핏대를 세우고 엉덩이를 밀면서 방 안을 휘젓고 다니는 아버지는 올무에 걸려 버둥거리는 산짐승과 흡사했다. 아버지가 던진 목발에 누나가 머리를 맞았다. 누나 비명 소리에 나도 모르게 아버지를 확 밀쳤다. 순간 두툼한 아버지 손이 내 목을 꽉 졸랐다. 어이없게 바닥에 내리꽂히자 입안이 터진 것이다. 쪽팔리게 한마디로 KO패 당했다.

일오가 어깨를 툭 친다. 마른기침이 쿨럭 나왔다. 담담하게 말하려는데 목소리가 떨린다.

"팔 힘이 헐크다. 완전 헐크!"

나는 헐크 흉내를 내려고 팔을 들어 올렸다. 어정쩡하게 반쯤 올라가다 팔이 툭 떨어진다. 내 목을 조르던 아버지의 일그러진 얼굴이 떠올랐다. 번득거리는 눈과 실룩거리는 입술 사이로 드러난 누런 앞니 사이로 침이 뚝 떨어지는데, 순간 이대로 목이 졸려 죽을 수도 있겠다는 생각이 들었다. 나는 상체를 좌우로 천천히 움직여 본다. 갈비뼈를 따라 살가죽이 찢어지는 것처럼 쓰라렸다. 내가 떠나도 아버지는 물건을 던질까? 아마 아닐 것이다. 아버지의 팔 근육들이 습기 머금은 바게트 빵처럼 쭈그러지는데 얼마나 걸릴까? 그때까지 참을 수 있을지 모르겠다.

일오는 남아 있던 콜라를 꿀꺽꿀꺽 마시고 페트병을 손으로 찌그러뜨린다. 우그러지는 소리에 나도 모르게 움찔했다. 일오가 헬멧을 내밀었다. 검정 바탕에 은색 번개무늬가 있다. 머리에 쓰는데 쑥 들어간다. 조금 헐렁하다. 턱 끈을 당겼다. 일오도 헬멧을 썼다. 오렌지 바탕에 붉은 번개무늬가 그려진 헬멧이다. 일오의 형 규식이 쓰던 거였다.

열여덟 살 규식이 형은 지난겨울 오토바이를 타고 광안대교에 올랐다가 바다로 날아갔다. 형은 말티즈 강아지 '사하라'를 품에 안고 날았다. 강아지 털 색깔이 모랫빛이라 사막 이름인 '사하라'라고 형이 불렀다. 그날은 형이 캐나다 유학을 위해 공항으로 가야 하는 날이었다. 한국인은 한 명도 없는 학교로 형의 부모님이 현지 학교를 둘러보고 정한 곳이었다. 바다로 뛰어들면서 형은 휴대폰으로 동영상 촬영을 했다. 형의 휴대폰은

'사하라' 목줄에 묶여 있었다. '사하라'는 부표에 매달려 있다 구조되었다. 휴대폰 영상 속의 형은 목젖이 보이도록 웃고 있었다. 그렇지만 확대해서 본 형의 눈에는 눈물이 가득했다. 그날부터 일오는 오토바이 타는 문제로 부모님과 싸웠고, 집을 나와 원룸에서 살기 시작했다. 일오를 따라온 강아지 '사하라'는 바닷물을 많이 먹은 탓인지 일주일을 못 넘기고 잠들었다 깨지 않았다.

한동안 이른 새벽이면 잠이 깼다. 차가운 고드름이 머리에 박힌 것 같은 서늘함에 눈을 뜨곤 했다. 그럴 때면 나는 일오에게 전화를 했다. 내가 "야" 하고 부르면 일오는 "응" 하고 대답했다. 어떤 날은 일오가 전화를 했다. 새벽 전화는 서너 달 동안 계속됐다. 학년이 바뀌고 일오와 나는 같은 반이 됐다. 겨울 교복을 벗어 던지고 하복을 입은 날, 공원 구석에 앉아 새벽까지 맥주를 마셨다. 부드럽고 따스한 바람이 맨살을 더듬었다. 텅 빈 도로를 질주하는 오토바이 굉음이 들렸다. 일오는 주먹으로 나무둥치를 쳤다. 나는 어둠을 향해 손을 뻗어 보았다. 컴컴한 덩어리는 뭉실하게 손에 잡힐 것 같은데 아무것도 잡히지 않았다. 손가락 사이로 빠져나가 버리는 어둠처럼 형의 존재도 형체가 없었다. 형은 일오와 나를 똑같이 대했다. 처음 자전거를 탈 때, 일오가 자전거 핸들을 잡고 형이 뒤에서 붙잡고 밀었다. 나는 일오가 탄 자전거를 따라 폴짝거리며 뛰었다. 운동장을 한 바퀴 다 돌았을 때 형은 말했다. "바꿔서 타야지 동생들!" 갯바위에서 다이빙할 때는 발가락에 힘을 팍 주고 힘껏 점프하라고 형이 가르쳐 줬다. 자전거를 타고 해안도로를 달리던 형은 큰 소리로 "동생들 빨리 와!"라고 불렀다. 문득 형이 했던 약속이 생각났다.

"나한테 오토바이 장애물 넘기 가르쳐 준다고 했는데."

내 말에 일오가 얼굴을 바싹 붙이고 속삭였다.

"형은 사막 랠리 바이크 선수가 꿈이었어. 국제 변호사 따위 꺼져 버리라고 했지."

낮게 가라앉은 일오 목소리는 밤공기만큼이나 축축하고 무거웠다. 가끔 꿈에서 형을 본다. 오토바이를 타고 사막을 달리는 형, 검붉은 모래가 파도처럼 일어나고, 모래 폭풍 속을 질주하는 형을 부르다 잠을 깬다.

"바닷길. 오케이?"

일오가 오토바이 키를 챙기며 묻는다. 나는 잠시 생각했다. 장생포까지 왕복 두 시간이다. 내일 장사에 필요한 대게를 실은 트럭이 저녁 무렵 들어오기로 했다. 털보 사장은 삿대질 전문에 욕설은 안줏감으로 입에 달고 다닌다. 그런데도 털보 가게를 다니는 이유는 월급을 제날짜에 주기 때문이다. 최근 들어 꽤 믿음이 가는지 수조 관리까지 맡겼다. 일오가 신발을 신으며 말했다.

"해안도로 타고 갔다가, 올 때는 산업도로 타자."

속도를 무시하고 달리고 싶을 때면 일오 오토바이가 최고다. 헬멧을 쓰고 쉴드를 내리면 세상과 차단되는 느낌이다. 나는 엄지손가락을 세워 보였다. 일오가 핸들을 잡았다. 나는 일오 허리에 팔을 두르고 뒷자리에 올라탔다. 옆구리가 욱신거렸다. 키가 돌아가고 힘찬 엔진 소리가 울렸다. 주택가를 빠져나와 빠르게 도심을 벗어난다. 해안선으로 접어들자 오징어 말리는 냄새가 났다. 일오가 엑셀을 당긴다. 오토바이는 앞으로 나간다. 바람이 온몸을 훑고 지나는 시원함, 역시 좋다.

주머니 속에 넣어 둔 휴대전화가 울렸다. 지정된 알람 소리는 시연이다. 학교를 뛰쳐나가고 처음으로 전화했다. 버튼을 누르자 흐느끼는 소리가 들렸다. 제 말만 웅얼거리다 전화가 뚝 끊겼다. 일오가 큰 소리로 물었다.

"시연이? 뭐래?"

"혼자서 어떻게 해야 할지 모르겠대. 우리 처지에 아기까지, 자꾸만 됐다는 말만 한다."

목에서 쓴물이 올라왔다. 침을 뱉었다. 일오가 버럭 소리를 질렀다.

"와 진짜 미치겠다. 우리 처지가 어때서! 왜 혼자냐. 너도 있고 나도 있는데."

핸들을 꽉 잡은 일오는 괴성을 지르며 구부러진 길을 내달렸다. 나도 소리를 질렀다. 옷자락이 펄럭거린다. 옆구리로 파고드는 바람에 티셔츠가 부풀어 올랐다. 오토바이는 미끄러지듯 달린다. 차들이 경적을 울리고, 몇몇 운전자는 차창을 내리고 삿대질에 욕을 퍼부었다. 오토바이는 지그재그로 차선을 넘나들며 달렸다. 쭉 뻗은 길을 달리기만 하면 된다. 신호등 없는 길이다. 속도가 올라갈수록 숨소리가 거칠어진다. 나는 일오 등에 얼굴을 바싹 붙였다. 옥수수 삶은 냄새가 지나간다. 배에서 꾸룩 소리가 났다. 어제 저녁부터 지금까지 먹은 게 없다는 사실이 생각났다. 굽이진 도로를 돌자 시퍼런 바닷물이 눈앞에서 출렁거렸다. 물빛이 얼룩덜룩하다. 조각이불을 펼쳐 놓은 것처럼 보인다. 크고 작은 청록색 반원이 점점이 흩어져 있고, 그 주변은 온통 검은색이다.

"야, 바람이 콧구멍도 후벼 파 주네!"

일오 말에 킥 웃음이 나왔다. 갯바위를 뒤덮는 파도가 흰 쌀가루를 쏟아 놓은 것처럼 보인다. 먼 하늘에 시꺼먼 구름이 깔리고 있었다. 일오가 핸들을 돌리며 굽은 길을 돌았다. 바람이 목덜미를 스치고 옷깃을 흔들었다. 파도 거품이 손에 잡힐 듯 밀려왔다 조약돌 사이로 빠져나간다. 눈앞에 소나무 숲이 나타났다. 편의점 간판이 보인다. 나는 일오 어깨 너머 팔을 뻗어 편의점을 가리켰다. 일오가 고개를 끄덕이고 속도를 줄인다. 속이 출출했다.

일오가 삼각김밥 네 개와 컵라면을 샀다. 유리창에 행사를 알리는 포스터가 붙어 있다. 한 세트 가격에 두 세트를 주는 맥주 행사다. 나는 500ml 캔맥주 두 세트를 꺼냈다. 컵라면에 물을 부어 들고 편의점 앞에 놓여 있는 플라스틱 의자에 앉았다. 맥주 캔을 땄다. 거품에 입술을 대고 단숨에 마셨다. 두 번째 캔을 마시며 일오에게 물었다.

"야, 진짜 살아 버릴까? 시연이가 좋다고 할까?"

말하고 나자 뿌옇게 떠다니던 내 마음을 알 것 같은 느낌이 들었다. 일오가 말했다.

"안 살면? 다른 수가 있기나 하고?"

맞다. 덮어 둔다고 해서 저절로 해결될 일이 아니다. 일오가 맥주 캔을 부딪치며 외쳤다.

"셋이 살까? 그럼 우리 셋이 가족이 되는 거지. 멋진 가족이 될 거야. 우리끼리 오케이?"

나는 일오를 보았다. 맥주 거품을 입에 묻힌 일오가 씩 웃었다. 장난스런 미소와 달리 눈빛은 진지하다. 일오 목을 확 끌어안았다. 일오 입에서 맥주가 뿜어져 나왔다. 컵라면에 맥주를 마시며 셋이서 할 수 있는 모든 일에 대해 떠들었다. 찌그러뜨린 맥주 캔이 늘어났다.

할 수 있는 모든 일을 해서 돈을 모아 제일 먼저 가게를 연다. 바다가 보이는 창가에 테이블을 두고, 그 옆에는 낡은 전축을 놓는다. 전축에서는 한 번씩 끊어지는 음악이 하루 종일 흘러나온다. 일오는 벽과 지붕을 파랗고 하얗게 페인트칠을 한다고 하고, 나는 시연이와 아기가 앉아서 쉴 수 있는 테이블과 의자를 준비하겠다고 했다.

일오는, 내 친구지만 나보다 한 뼘은 멋진 놈이다. 하얀 셔츠에 물 빠진 청바지를 입고 노란 고무장화를 신은 일오는 시장에서 단연 눈에 띄는 존재다. 한 옥타브 높고 맑은 웃음소리가 사람들의 시선을 끌었다. 일오 옆에 있으면 나도 모르게 따라서 웃고 있다. 대게를 들고 손님을 불러 모으는 우리를 보고, 언젠가 할머니 손님이 '오월 청보리 같은 총각들' 이라고 했다. 그날 이후 나와 일오는 대게 골목에서 '청보리 총각'이라 불렸다.

사실 대게 집에서 일하는데 고등학교 졸업장은 필요 없다. 대게를 찜기에 쪄서 쟁반에 담아내거나, 킹크랩을 저울에 올려 무게를 확인시켜 주는 일에 졸업장을 확인하는 사람은 아무도 없었다. 학기 초, 담임은 나와 일오를 친구들 앞에 세워 두고 코 밑까지 출석부를 들이대며 같은 말을 했었다. '고등학교 졸업장도 없이 뭘 할 수 있어. 아무것도 못해. 알아들어?' 담임은 자퇴, 퇴학, 정학은 절대 있을 수 없다고 말했다. 일오는 담임의 말에 손 경례를 붙이고 '예! 귓구멍에 콱 박아 넣었습니다.'라고 대답했다. 여기저기서 킥킥거리자 담임 얼굴이 시뻘게졌다. 나는 발가락을 오므렸다 펴기에 집중했다. 그거라도 하지 않으면 불쑥 튀어나오는 '졸업장 따위'라는 말을 삼키지 못했을 것이다.

해외 사이트에 소개된 기장시장 대게 골목에는 외국 손님들이 단체로 몰려왔다. 손님들 앞으로 빨갛게 찐 대게 쟁반을 나르면서 그들이 하는 말을 알아듣고, 질문에 대답까지 척척 한다. 그것들은 학교 밖에서 배운 것들이었다. 만약 그 말을 했다면 담임은 뭐라고 말할까?

담임은 부모님을 생각해 보라고 했다. '자식을 위해 땀 흘려 일하시는 부모님을 생각한다면 무단결석에 오토바이 타는 짓은 못하지.' 카랑카랑하게 목청을 높였다. 담임 잔소리가 길어지자 일오는 책상에 엎드려 거짓말처럼 깊은 잠에 빠져들었다. 일오 부모님은 규식이 형의 죽음이 일오 책임이라고 했다. 어쩌다 길에서 마주치기라도 하면 무서운 얼굴로 노려보고는 휙 돌아서 버렸다. 일오가 오토바이를 먼저 탔다는 단 한 가지 이유

때문이었다.

나는 담임의 친절한 충고대로 부모님을 떠올렸다. 이혼 후 연락을 끊은 어머니는 얼굴조차 생각나지 않는다. 아버지는 온종일 집에 있다. 하는 일은 온라인 카드게임이다. 아버지는 만취한 상태로 차를 몰아 산속 도박장으로 가다 낭떠러지로 굴렀다. 찌그러진 차체에 다리가 끼었는데 다음 날 아침이 되어서야 발견되었다. 병원에서 허벅지 대퇴부만 남기고 다리를 잘라냈을 때 누구 사인 받고 잘랐냐고 발악했다. 보호자로 수술 동의서에 사인을 한 나는 졸지에 죽일 놈이 돼 버렸다. 재활치료를 거부하고 퇴원 후, 아버지는 온갖 구실로 나를 괴롭혔다. 일부러 다리 절단한 거라며 나보고 엎드려 기라고 했다. 걸핏하면 '애비 다리 잘라 버린 잔인한 새끼'라며 욕을 퍼부었다. 선생님이 말하는 부모는 어디에도 없었다.

국물까지 싹 마신 컵라면 용기를 구겨서 쓰레기통을 향해 집어 던지며 말했다.

"내가 아빠가 될 수 있을까?"

일오 얼굴이 발그레하게 보인다. 둘이서 마신 맥주 캔이 줄지어 있다.

"넌 이미 아빠야. 아빠가 된 거라고."

알싸함이 코끝에서 목구멍을 타고 꿀꺽 넘어가더니 심장을 톡 쳤다. 이미 아빠가 됐다는 말이 가슴에 잔물결을 일으켰다. 일오는 오토바이에 올라타면서 기저귀 가는 방법을 줄줄 읊었다. 우연히 본 영화에서 봤다고 했다. 어쩌면 인터넷 검색하면 동영상을 찾을 수 있을 것 같다고 했다. 쭉 뻗은 외길을 따라 무성한 나무들이 그늘을 만들었다. 나무들이 뿜어 내는 싱그러운 향이 물씬 났다. 오토바이는 속도를 내기 시작한다. 쌉쌀한 맥주 맛이 입안에 남아 떠돈다. 나른함이 몰려왔다. 나는 일오 등에 뺨을 댔다. 눈을 감고 시원한 바람을 한껏 들이마셨다. 바람에는 보릿대 타는 고소한 냄새와 시고 달달한 자두 냄새도 난다. 햇빛에 반짝이는 나뭇잎이 만들어 내는 신비로운 풍경이 휙휙 지나간다. 일오 목소리가 한껏 들떴다. 아기는 먹고 자고 싸는 게 하루의 전부니까 눈 감고도 할 수 있을 만큼 쉽다고 했다. 술 취해서 난동 부리는 손님들에 비하면 아기들은 그야말로 손가락 두 개면 충분해! 라고 외쳤다. 나는 일오 허리에 두른 팔에 힘을 팍 주었다. 울컥함에 목이 멘다.

"다행이다. 네가 있어서."

"아, 짜식! 낯간지럽게. 그런 말은 니 애인한테나 써먹어라."

일오가 상체를 옆으로 흔들며 웃는다. 나지막한 언덕을 지나는데 소나무 숲 사이로 등대가 보였다. 아스팔트 도로가 검은

띠처럼 구불구불 이어져 있다. 나는 휴대폰을 꺼내 통화 버튼을 눌렀다. 모든 신경이 수화기 너머로 향했다. 신호음이 길게 간다. 희미한 숨소리가 들린다. 나는 참았던 숨을 내쉬었다. 낮고 부드러운 시연의 목소리가 마침내 들렸다.

"바보! 어디야? 뭐 하고 있는데?"

나는 산 정상에 오른 것처럼 소리쳤다.

"간절곶! 방금 지났다. 금방 갈게."

나는 시연이 전화를 끊을까 봐 일오가 이야기했던 기저귀 가는 방법을 말했다. 훌쩍거림이 들렸다. 간간이 배시시 웃음도 들린다. 하늘을 덮고 있던 먹구름 사이로 햇살이 내비쳤다. 시연이가 떨리는 음성으로 말했다.

"고래 박물관 앞에서 만나. 큰길에서 보이니까 쉽게 찾을 수 있을 거야."

나는 전화기에 대고 "장시연!" 하고 큰 소리로 불렀다.

얕은 해안선을 따라 오토바이는 굉음을 내며 달렸다. 굽이진 도로를 달릴 때면 일오의 등에 상체를 바싹 붙였다. 일오와 나, 바다와 도로가 하나가 된 것처럼 움직였다. 시연이 이름을 부른 순간 어렴풋이 생각했다. 더 이상 도망가거나 피하는 일은 없을 것이라고. 이제는 어깨를 펴도 되지 않을까? 사는 게 오토바이 앞바퀴를 든 채 외나무 다리를 건너는 거라면, 해볼 만하지 않을까. 굽이진 길에서는 상체를 숙이고, 쭉 뻗은 도로에서는 팔을 번쩍 들어 올리고 달릴 수도 있다.

한참을 달리자, 사거리가 나왔다. 코끝을 스치는 공기가 달라졌다. 희뿌연 연기들이 뭉실 올라오는 굴뚝들이 즐비하다. 톡 쏘는 암모니아 냄새와 기름 냄새가 난다. 핸들을 잡은 일오 손에 힘이 들어간다. 대형 화물차가 오토바이 앞에 달리고 뒤에는 주황색 컨테이너를 실은 트레일러가 쉭쉭 철컥 소리를 내며 달린다. 철길 앞 신호등에서 차들이 멈췄다. 새까만 화물 기차가 지나간다. 신호등 옆에 고래 박물관 안내 표지판이 걸려 있다.

오토바이 물결이 도로를 가로막았다. 교대 근무조가 바뀌는 시간인 듯했다. 거대한 철새 떼가 날아가는 것처럼 보였다. 일오가 사람들한테서 눈을 떼지 못한다.

"야, 셋이서 여기서 살까? 도시가 펄떡펄떡 살아 있네! 사람들 봐라!"

일오는 퇴근 시간에 맞춰 우르르 몰려드는 손님들을 떠올려 보라고 말했다. 나는 눈을 감았다. 아련한 그림이 펼쳐졌다. 가게는 찜기에서 올라오는 뿌연 증기들로 가득 찼다. 뚜껑을 열고 빨갛게 익은 대게를 꺼내고, 커다란 쟁반에 담아 하얀 탁자 사이를 누비며 손님들에게 부지런히 가져다 나른다. 가게 이름으로 "오월 청보리"가 어떠냐는 일오 말에 나는 태어날 아기 이름부터 지어야 한다고 큰 소리로 말했다.

빠앙, 경적이 울려 화들짝 눈을 떴다. 신호가 막 바뀌고 있다. 일오가 가속 페달을 힘차게 밟았다. 투둥두둥 철길을 지나자 엉덩이가 들썩거렸다. 일오 엉덩이가 털썩, 내 엉덩이가 털썩. 일오가 킥킥 웃었다. 나도 덩달아 웃었다. 자꾸만 웃음이 나왔다. 고래 박물관 표지판이 보인다. 모퉁이만 돌면 시연이가 서 있을 것이다. 일오 말대로 돌고래 떼가 지나는 장생포 앞 바닷가에 가게를 열어도 좋겠다. 먼 바다가 말갛게 보이는 햇살 좋은 날, 벤치에 나란히 앉아 돌고래들을 구경할 수도 있겠지.

일오가 팔꿈치로 내 옆구리를 툭 쳤다. 나는 손가락으로 일오 옆구리를 간질였다. 화물차 때문에 시야가 가려져 있다. 일오가 빠라빠라 경적을 울리며 화물차 사이로 돌진한다. 웃음이 터졌다. 화물차 사이를 미끄러지듯 달렸다. 웃음소리가 중간에서 툭 끊어졌다. 옆 차선에 있던 탱크로리가 커브를 틀었다. 나도 모르게 일오 상체를 왼편으로 힘껏 밀었다. 오토바이는 중심을 잃고 넘어졌다. 일오, 나, 오토바이는 한 덩어리가 되어 도로에 미끄러진다. 도로를 가르는 쇳소리가 길게 이어진다. 하늘이 빙글빙글 돌았다. 나는 일오 허리를 꽉 끌어안았다. 속도감을 줄이지 못한 오토바이는 탱크로리 차체 아래를 순식간에 미끄러져 지났다. 바닥에 닿은 어깨는 불이 붙은 것처럼 홧홧거린다. 오토바이에 깔린 다리가 무겁다. 트레일러 뒷바퀴에 오토바이 바퀴가 걸리면서 나와 일오는 오토바이에서 떨어져 나왔다. 일오가 거친 숨을 토해 냈다. 일오가 나를 돌아본다. 눈을 깜박이며 입술을 달싹인다. 나는 입에 고인 침을 훅 뱉어 냈다. 누군가 나를 부른다. 고개를 돌리자 달려오는 두 발이 보인다. 오토바이 바퀴가 빙그르 돌고 있다. 일오가 내 손을 잡으며 중얼거린다.

"……쪽 팔려."

오토바이 바퀴를 가리고 시연이 털썩 앉는다. 시연이 손이 내 얼굴을 감쌌다. 나는 시연이 눈을 들여다보며 말했다.

"안녕……."

시연이 눈에서 눈물이 후두 떨어진다. 어디선가 시원한 바람이 살랑 불었다.

나비를 보다

예비 신랑 윤이 사라졌다는 사실을, 나는 새벽 근무를 마치고 나서야 알았다. 첫차 운행을 마치고 화장실로 달려갔다. 지하철 전동차를 운행하는 두 시간 동안 소변을 참았더니 아랫배가 무거웠다. 금방이라도 쏟아질 것 같은 소변을 참으며 지퍼를 내리는데 손끝이 떨렸다. 바로 옆 소변기에서 일을 보던 역내 안전담당 청년이 윤이 사라졌다는 말을 했다.

오늘 새벽, 나는 윤을 만났다. 우리는 사무실에서 개인별 운행시각표를 새로 받았다. 갑작스레 두 명이 빠지면서 운행스케줄이 바뀌게 되었다. 암호가 적힌 것처럼 빽빽한 운행시각표를 들여다보던 첫차 운행자들 입에서 불만스런 신음이 터져 나왔다. 일정한 순번에 따라 근무를 하는 교번제에서 누군가 빠지게 되면 그만큼 순번이 빨리 돌아왔다.

직속 관리자인 팀장은 바뀐 운행스케줄에 대해서 언급조차 없이 안전운행만을 강조했다. 키가 작고 깡마른 체격의 팀장은 허리에 손을 얹고 턱을 앞으로 쑥 내밀며 목 힘줄이 드러나도록 크게 말했다. 침을 튀기며 팀장이 규정 속도가 왜 중요한지에 대해서 말했다.

“도시철도는 사람의 혈관과 같은 역할을 하지 않습니까. 누군가의 실수로 흐름에 문제가 생기면 도시 전체가 마비된다는 걸 잊어서는 안 됩니다. 괜히 졸다가 나비를 봤네, 어쨌네 하지 말고, 신속 정확하게 도착과 출발에 신경 쓰도록!”

팀장은 턱을 내밀고 주먹을 불끈 들어 보이며 소리쳤다. 나비라는 말에 기관사들이 얼굴이 부드럽게 풀리고 입가에 미소가 걸렸다.

지난 봄, 배추흰나비가 가득 담긴 통을 들고 탔던 학생이 있었다. 호기심 많은 유치원 아이가 뚜껑을 열면서 나비들이 일제히 날아올랐다. 객차는 순식간에 파르르 날아다니는 나비들로 가득했다. 승객들은 휴대폰으로 사진을 찍었고, 실시간으로 소식을 전하면서 놀람과 감탄의 술렁거림이 한동안 이어졌다. 나비는 승강장에 도착한 후 열린 문을 통해 밖으로 날아갔다. 며칠 동안 나비들은 역내는 물론이고 선로에도 간간히 보였다.

팀장의 매서운 눈길에도 불구하고 나는 머릿속에 안개가 낀 것 같고 몸도 개운하지 않았다. 수면 부족에 눈꺼풀이 반쯤 내려와 있는 나와 달리 윤은 면도까지 말끔하게 한 얼굴이었다. 나는 2호 객차, 윤은 5호 객차를 맡게 되었다. 새벽 첫차부터 구간이 가장 긴 3호선을 달려야 한다는 중압감에 벌써부터 어깨가 저려 왔다.

객차로 가기 전, 자판기 커피를 뽑아 윤과 어깨를 나란히 하고 서서 마셨다. 허리를 좌우로 돌려보고, 다리도 들었다 놨다 했다. 스트레칭 동작 치고는 참으로 어설펐다. 차고지에는 객차들이 줄지어 서 있다. 눈앞에는 지하철 선로를 따라 빨간불이 깜박거렸고, 새벽하늘에는 희미한 빛을 발하는 별이 드문드문 보였다. 그것을 보고 윤은 날씨가 맑았으면 좋겠다고 말했다. 나는 커피를 남겨야 하나 어쩌나 고민했다. 커피를 다 마시자니 화장실 갈 일이 걱정이고, 남기자니 멍한 상태로 3시간 동안 전동차 레버에서 손을 떼지 않을 수 있을지 자신이 없었다. 혹여 손이 레버를 벗어나면 기관실은 물론이고 중앙통제실까지 비상벨이 울리겠지. 남은 커피를 홀짝였다. 착 가라앉은 새벽 공기에서 국화꽃 향기가 났다. 승강장과 역내 곳곳에 국화 화분이 놓이고부터 새벽이면 공기 중에 은은하게 떠다녔다. 조심스레 커피를 한 모금 입에 머금고 천천히 삼켰다. 코끝을 스치는 바람이 쌀쌀하게 느껴졌다. 가을이 도심까지 내려왔나 보다. 윤은 다 마신 종이컵을 둥그렇게 접어서 통통 찼다. 경쾌한 발놀림에 객차로 가던 동료들이 '새신랑 파이팅'이라고 외쳤다. 윤은 종이컵을 떨어뜨리지 않고 일곱 번이나 찼다. 종이컵으로 몸 풀기를 마친 윤은 선배 기관사들에게 일일이 무사 안전 운행을 외치며 5호 객차에 올랐다.

오후 근무 교대 기관사가 장소를 착각했다. 새로 받은 일정표를 잘못 봤다면서 반대쪽 종점에서 기다리고 있었다. 어쩔 수 없이 반대쪽까지 운행을 해야 했다. 늦어진 퇴근으로 사무실에 갔을 때 팀장은 자리를 비우고 없었다. 나는 윤에게 전화를 걸었다. 신호가 가다가 음성 메시지로 넘어간다.

밖으로 나오자 늦가을 오후 햇살이 따갑도록 눈을 찔렀다. 단골 식당에는 먼저 와 자리를 잡은 동료 몇몇이 보였다. 벌써 소주 세 병이 비어 있는 걸 보니 어지간히 목이 탔던 모양이다. 이미 식사를 마친 빈 그릇들이 보여서 끼여 앉기가 어색해 앞 테이블에 혼자 앉았다. 밥때를 맞춰 식사를 할 수 없는 기관사들은 틈 나는 대로 각자 알아서 밥을 먹었다. 나는 동료들을 등지고 가게 문이 보이는 방향으로 앉았다. 혹시나 윤이 문을 벌컥 열고 들어오면 손을 들어 보일 참이었다. 비어 있던 속이 음식 냄새를 맡자 반응하기 시작했다. 콕콕 쑤셔 대는 아랫배를 손바닥으로 쓱쓱 문지르며 된장찌개를 주문했다. 주인은 익숙한 손놀림으로 소주 한 병에 유리잔을 가져다 주었다. 차가운 소주 한 잔으로 깔깔한 목을 축이고 나자 식사가 나왔다. 뚝배기에서 두부를 수저로 뜨는데, 뒷자리 동료들이 주고받는 대화가 귀에 들어왔다.

윤이 사라졌다더군.

그 말을 듣는 순간 내 머릿속에는 윤이 정말 펑 하고 사라져 버리는 장면이 떠올랐다. 그 모습이 너무나 선명해서 꼭 눈앞에서 본 것처럼 생생했다. 마술사가 지팡이를 휘두르자 하얀 연기가 피어나면서 사람이 사라진 것처럼 말이다.

윤이 사라졌다고? 누군가 물었고, 감쪽같이 사라졌대! 라고 또 누군가 대답했다. 전화 연락은? 당연히 해 봤지. 신호는 가는데 안 받는다네. 사무실에서 난리 났겠군. 당장 대체할 사람부터 찾아야지. 당장 어디서 구하나. 전동차가 화물차도 아니고. 노련한 기관사 구하기가 쉽지 않지. 사무실에서 대체 인력을 구하겠지. 사무실에서? 뭐 그것도 안 되면 팀장이 다시 현장으로 내려오지 않을까? 그럴까? 아씨, 뭐 이딴 일이 다 있어. 자꾸 이렇게 빠지면 남은 우리가 뺑이 쳐야 하잖아. 우리가 무슨 쳇바퀴 돌리는 다람쥐도 아니고, 어쩌라는 거야! 흥분한 목소리에 이어 한층 목청을 낮춘 누군가가 말했다. 팀장이 전동차 레버를 다시 잡는다고? 힘들 텐데! 윤은 무슨 생각으로 운행 중에 사라진 거야. 중앙역에 객차를 세워 두고 튀어 버리면 어쩌라는 거냐고. 언성을 높인 사람은 달콤한 휴식을 앞두고 있다가 윤이 몰던 객차로 달려가야 했던 기관사였다.

꾸룩거리던 뱃속이 밥 한술 들어갔다고 조용해졌다. 무의식적으로 숟가락을 움직이는 동안 내 머리는 온통 연기처럼 사라진 윤을 쫓았다. 윤을 마지막으로 본 게, 오늘 새벽 5시경. 그 전에 본 것은 언제였지? 나는 태엽을 감듯 시간을 거슬러 올라갔다. 맞다. 어제 저녁 윤과 술을 마셨다. 까맣게 잊고 있었다. 윤과 술을 마시기 전으로 좀 더 더듬어 올라갔다. 그런데 어젯밤 기억이 툭툭 끊어진다.

뇌의 어느 쯤에 블랙홀이 생겨나 기억을 빨아들이는 게 분명하다. 내 의지와 상관없이 기억이 삭제되고 있다. 잔을 가득 채워 소주를 쭉 들이켰다. 톡 쏘는 알코올 냄새가 콧속까지 파고든다. 최근 석 달 전부터 내 기억에는 심각한 구멍이 생겨났다. 처음에는 단순한 건망증이라고 생각했다. 누구라도 지난 일들을 세세히 기억하고 재생하는 것은 불가능하니까. 그런데 하루 전 일도 까맣게 먹물을 칠해 버린 것처럼 완전히 삭제되는 일이 반복되었다.

뜨거운 두부에 입천장을 뎄다. 반사적으로 벌어진 입에서 으깨진 두부가 밥그릇에 떨어졌다. 찬물을 마시고, 기억을 좀 더 잡아당겨 보았다. 윤과 술 약속을 어디서 했지? 술 약속을 했던 게 아마, 근무를 마치고 사무실에 들렀을 때……. 윤의 각진 턱에 거뭇거뭇 올라온 턱수염이 떠올랐다.

어제 오후, 나는 사무실에서 팀장을 만났다. 휴직계를 본 팀장은 떨떠름한 표정을 지었다. 이마에 번들거리는 땀을 손바닥으로 훔치며 눈을 가늘게 뜨고 나를 보았다. 책상에는 방금까지 손에 쥐고 있던 메탈 아령이 놓여 있다. 아령은 형광등 불빛 아래에서 기이하게도 나방처럼 보였다. 팀장은 틈만 나면 아령을 들고 운동을 했지만, 깡마른 몸 어디에도 근육이라고 부를 수 있는 살점이 없었다. 팀장은 휴직계가 든 봉투를 열어 보지도 않고 서랍 속에 툭 던져 넣었다. 이번이 네 번째다.

"연월차 써. 필요하면."

어딘가 모르게 무시하는 듯한 눈빛과 질책 어린 팀장의 말투에 가슴이 콕콕 조여 왔다. 팀장은 드러내놓고 짜증스레 말했다.

"대체 인력 없는 거 알잖아. 위에서 안 해주는데 난들 무슨 도리가 있나. 내 맘 같아서는 해 주고 싶지. 무슨 말인지 알지?"

인력이 없는 게 아니고, 충원을 안 해 주는 것 아니냐는 말이 혀끝에서 맴돌았다. 미적거려 봐야 싫은 소리만 잔뜩 들을 게 뻔한데도 쉽게 돌아서지지 않았다. 팀장이 눈을 치뜨며 노려보았다. 한마디도 못 하고 사무실을 나오려는데, 퉁명스런 비난이 따라왔다.

"아프면 약 먹음 되지. 뭐가 문제야! 남들은 취직이라면 간이라도 떼 준다고 난린데. 직장 끈 떨어지면 더 좋은 일이라도 생길 줄 알아! 여길 나가면 더 좋고 새롭고 특별한 게 있을 것 같지. 그딴 거 없어!"

뒤통수를 얻어맞은 것처럼 머리가 띵했다. 그때, 윤과 마주쳤다. 막 사무실 앞을 지나가려던 윤이 나를 쳐다보았다. 팀장의 카랑카랑한 목청을 윤도 들었을 텐데, 아무런 내색도 하지 않았다. 그저 내 손에 박하사탕 하나를 건네주며 "파랑새에서 한잔 해요."라고 말했다.

거리로 나오자 노랗게 물든 은행잎이 떨어지고 있었다. 우리는 약속이라도 한 것처럼 바닥을 보고 터벅터벅 걸었다. 햇살 때문이었다. 지하 20~30미터에서 전동차를 운행한 지 십 년이었다. 구간 내 터널을 통과하는 시간은 2분 남짓이며 승강장 승차 시간은 30초다. 출발하고 도착하기를 반복하는 동안

빛과 어둠이 수없이 반복된다. 그럼에도 불구하고 눈은 빛이나 어둠에 익숙해지지 않는다. 아니, 더 예민해지고 있다. 아직 해가 남아 있을 때라 술 파는 가게들이 모여 있는 골목은 한적했다. 취기에 다리가 풀린 사람도 없고, 담벼락에 기대어 담배를 피워 대는 사람들도 없었다. 까만 바닥돌이 깔린 골목에는 빌딩 사이로 들어온 햇살이 가느다란 실처럼 늘어져 반짝거렸다. 돌길에는 윤과 내 발자국 소리만 건조하게 울렸다. 파랑새가 가까워질수록 달짝지근한 간장 소스 냄새가 코를 자극했다. 어디선가 불어온 바람에 댓잎이 흔들리면서 우스스 소리를 냈다. 일본식 주점 '파랑새' 담장을 따라 까만 대나무들이 무성하게 서 있다. 댓잎 소리는 따뜻하게 데운 사케를 입에 착착 달라붙게 했다.

안쪽 테이블에 앉으며 윤은 배부터 채우자고 했다. 메뉴판을 보지도 않고 윤은 우족탕을 주문했다. 나는 어묵탕에 술안주로 모둠 꼬치를 달라고 했다. 이마에 수건을 두른 주인이 우리를 보고 눈인사를 한다. 강파른 체격에 갸름하고 긴 얼굴은 어딘가 모르게 수줍은 인상을 준다. 주인은 예순을 넘겼다고 보기 힘들 정도로 손이 빠르고 몸놀림도 가볍다. 종업원도 없이 그는 안주를 만들고, 식사를 준비하면서 숯불에 꼬치를 구워 가며 소스 바르는 일까지 빈틈없이 움직였다. 주인의 모습을 보고 있으며 무대에서 독무를 추는 무용수를 떠올리게 했다. 내가 주인의 움직임에 넋을 잃고 있을 때 윤이 술잔을 건네며 입을 열었다.

"어저께 임 차장 들것에 실려 나갔대요."

평소 말이 없고 술도 하지 않던 임 차장이 만취 상태로 역사 내 화장실에서 발견되어 응급차에 실려 병원으로 간 사건은 모두에게 충격이었다.

"소문 들었어. 술도 못 하는 사람이 왜 그랬대?"

"지난주 훈련 기간에 엄청 스트레스 받았나 봐요."

축 처진 목소리로 윤이 말했다.

"하긴 나도 힘들었어. 묻는 말에 대답은 못하고 어~어거리기만 했거든."

운행하는 동안 예기치 못한 사고에 대한 공포와 시간적 압박감에 시달리는 것도 힘든데, 훈련까지 겹치면 그야말로 맨발로 칼날 위에 서 있는 기분이 들었다. 사령실에서 모의 상황을 설정해 기관사들에게 불쑥 질문하고 답변을 요구하는 형식의 훈련은 가뜩이나 긴장된 상태에 있는 기관사들에는 목을 조르는 것과 같았다.

윤이 인상을 쓰며 말했다.

"미친 거죠. 눈앞에 무슨 일이 벌어질지 모르는데, 사무실에 앉아서 불쑥 질문을 하고 그걸 인사고과에 적용한다는 게 말이 안 되죠!"

윤의 목소리에 날이 섰다.

"실수 없이 잘 했다면서?"

내 말에 윤의 눈썹이 휙 올랐다. 손사래를 치며 윤이 말했다.

"뭐라고 떠들었는지 기억도 안 나요. 곡선 구간을 돌고 있었거든요. 암반 구간이라 소음은 또 얼마나 심한지. 전기 드릴을 내 머리에 대고 최대치로 돌리는 것처럼 웽웽거리는데, 속에서 뭔가 확 튀어나오려고 하는 걸 간신히 참았어요!"

윤은 끔찍하다는 듯 상체를 부르르 떨었다. 나는 훈련 기간 동안 내 몸이 찌그러지는 느낌이었다. 압축기계가 내 몸을 납작하게 누르는 악몽에 시달렸다.

"임 차장은 어떻게 됐는지 알아?"

"죽은 듯이 잔답니다. 기회다 싶겠죠. 저라도 안 일어나고 싶어요. 한 달 내내 잠만 잤으면 좋겠어요."

"임 차장이 다시 돌아올까?"

윤이 입을 실룩거리며 고개를 저었다. 헤아릴 수 없는 직업 중에 나는 왜 지하철 기관사가 되었을까. 이 일을 안 했다면 지금쯤 나는 어디서 무엇을 하고 있을까? 나는 시선을 돌려 빠른 손놀림으로 안주를 만들고 있는 파랑새 주인장을 보았다.

"좁은 주방에서 일하는데도 얼굴 표정이나 몸동작이 편해 보이네. 음식을 만지는 직업이라 그런가……."

내 눈에 비친 주인장의 얼굴은 윤나는 놋그릇 같았다. 눈을 뗄 수 없는 반짝임이 있었다. 주인장의 눈에 비친 내 얼굴은 어떤 모습일까? 반쯤 마른 무화과 정도는 될까. 윤이 내 잔에 사케를 따른다. 나는 술잔을 기울이며 윤에게 물었다.

"결혼 준비 다 했어?"

입사 동기라고 해도 윤은 나보다 세 살 적다. 내가 마흔둘이니까 윤은 서른아홉이다. 윤은 단번에 취업에 성공했고, 나는 취업 삼수생이었다. 윤의 얼굴이 어색하게 일그러졌다. 웃는 것 같기도 하고 찌푸린 것 같기도 하다.

"뭐야, 그 애매한 표정은!"

윤은 내 말에 밥을 먹다 말고 잔을 들어 사케를 한입에 탁 털어 넣었다.

"그냥요, 사는 게 참 구질구질해요. 취업만 하면 좀 편할 줄 알았는데, 매번 외나무다리 타는 것처럼 힘드네요."

"자네야 위에서 잘 보고 있던데, 쭉 승진할 일만 남았는데 무슨 걱정이야."

윤은 술잔을 들어 단숨에 마시고 물었다. 연거푸 석 잔을 마셨다.

"휴직 신청은 어떻게 됐어요?"

꼬치에 돌돌 말린 낙지를 막 입에 넣었을 때였다. 낙지 다리가 좀처럼 씹히지 않고 치아 사이를 빠져나간다. 분명 숯불에 구운 낙지인데, 갯벌에서 금방 잡아 올린 것처럼 미끈거린다. 사무실에서 있었던 일을 떠올리자 무기력함이 밀려왔다.

"운동이나 하래."

윤이 무어라 말을 하려다 입을 닫는다. 뒤틀린 입가에 쓴웃음이 드러났다. 나는 윤의 술잔에 사케를 따랐다. 잔을 비운 윤이 말했다.

"자기가 좋아한다고 남들도 다 좋아하는 줄 아는 것도 심각한 병인데, 사무실 사람들은 그걸 몰라요. 오지랖 넓게 그걸 충고라고 하다니. 내 참, 운동 좋죠! 우리한테는 자고 먹고 편안하게 싸는 시간이 절실하게 필요한데 그걸 몰라요!"

빈속에 연거푸 사케를 들이킨 윤의 얼굴이 불그레하다. 윤은 모른다는 말만 계속해서 중얼거렸다. 뭘 모르겠다는 거냐고 물어봤어야 하는데 나는 그러지 못했다. 내 문제만으로 머리가 터질 것 같아 물어볼 생각조차 못했다.

처음에 찾아간 내과 의사는 불면증 때문에 기억에 문제가 생겼을 수도 있다고 했다. 그러면서 수면제를 먹어 보라고 했다.

수면제를 먹고 잠을 잔 첫날 당직 근무자가 새벽 모닝콜을 했는데 못 받았다. 교대자가 내 대신 한 타임을 더 하게 된 이후 수면제는 서랍 속으로 들어갔다. 일주일 후 의사는 또 다른 이야기를 했다. 은밀히 따지면 '공포증'이라고 했다. 누구나 한두 종류의 공포증을 가지고 있는데, 내게는 그것이 어둠일 것이라고 했다. 나는 의사 얼굴을 멍하니 쳐다보았다. 의사는 진료 차트에 적힌 내 직업이 도시철도 기관사라는 것을 보고는 금붕어처럼 입만 벙긋벙긋했다. 황급히 말을 돌린 의사는 일반적인 공포증에 대해 지루한 설명을 덧붙였다. 의사 말대로 수많은 종류의 공포증이 있으니 크게 걱정할 것 없을지도 모른다.

사케 세 병을 비우는 동안, 윤은 말끝마다 흥흥 소리를 내며 입술을 실룩거리고 인상을 썼다. 꽤 짜증 나는 일이 많은 모양이다. 속으로 되새김질하는 나와 달리 윤은 거침없이 불만을 쏟아 냈다. 나는 그런 윤이 가끔은 깊은 속내를 감추고 있다는 느낌을 지울 수 없었다.

"결혼 휴가는 받았지?"

고개를 끄덕이는 윤의 어깨가 축 처졌다. 빈속에 사케를 연거푸 마셨으니 취기가 오른 게 분명했다.

"이해 안 되는 게 너무 많아요. 결혼사진 촬영에만 오백이래요. 그게 말이 돼요?"

술기운이 오르면서 몸이 확 더워졌다. 나는 점퍼를 벗어 의자에 걸쳤다. 윤은 손으로 턱을 받치고 한숨을 푹 내쉬었다.

"사는 게 퍼즐 액자 같아요. 이게 맞나 싶어 맞춰 보면 아니네요. 또 이 조각이 맞나 싶어 갖다 대면 작거나 커요. 내 의지대로 할 수 있는 것들이 없어져요. 꼭 손에 쥐고 있는 걸 조금씩 뺏기는 기분이 들어요."

윤은 긴 한숨을 내쉬며 내게 물었다.

"계속 휴직계만 낼 거예요?"

"모르겠어. 내가 빠지면 누군가 또 힘들어지겠지. 자네도 휴가잖아."

어쩌지 못하는 상황에 갇힌 답답함이 목구멍을 조여 왔다. 겨우 삼킨 낙지가 위장에 빨판을 붙이고 잡아당기는 것인지도 모른다는 엉뚱한 생각이 스쳤다. 우리는 각자의 생각에 빠져들었다. 윤이 뽀얀 우족탕 국물을 숟가락으로 뜨다 말고 물었다.

"다 그만두면 안 되겠죠? 도무지 모르겠어요. 그냥 모든 게 다 멍! 해요. 결혼하고 대출을 받아 아파트를 사면 그 집에서 내가 잠자는 것 말고 무언가를 할 수 있는 시간이나 있을까요?"

술잔을 든 윤의 시선은 초점이 없었다.

"피곤하네요. 가끔 내 인생에서 연기처럼 사라지고 싶다는 생각이 들어요."

시간이 지날수록 윤의 한숨은 더 길어졌고, 술잔을 비우는 속도는 빨라졌다. 진지한 연애 한 번 제대로 못 해본 내가 윤의 고민을 들어 주는 것 말고는 해 줄 게 없었다. 겨우겨우 하루에 또 하루를 살아가는 처지에 뭐라고 말을 하겠는가. 새로 주문한 사케를 들이켰다. 손만 댄 우족탕과 어묵탕을 남겨 두고 우리는 일어났다.

사거리에서 윤과 헤어져 강변 산책로를 따라 걸었다. 밤인데도 불구하고 운동하는 사람들이 꽤 많이 보인다. 자전거를 타는 사람도 있고, 조깅을 하는 사람, 천천히 걸으면서 이야기를 나누는 사람도 있다. 피로가 몰려왔다. 원룸까지는 이십 분을 더 걸어야 하는데, 유난히 멀게 느껴지는 밤이다. 또 하루가 가고 알람시계는 새벽 3시 20분에 울리겠지. 발끝이 끌리면서 다리가 꼬인다. 비틀거릴수록 가로등 불빛이 파도처럼 일렁거린다.

어찌 되었든 윤에 대한 마지막 기억은 객차에 올라타던 모습이다. 윤이 사라지기 전날의 기억을 되감아 보는 동안, 절반이나 남은 공깃밥을 옆으로 밀어 냈다. 밥알이 입안에서만 맴돌 뿐 목으로 넘어가지 않는다. 소주 한 병을 추가로 주문하고 된장국물을 떴다. 된장도 차갑게 식었다. 술잔을 기울이는 동안 가게 간판에 불이 들어오고 윤은 나타나지 않았다.

오늘도 윤은 보이지 않았다. 객차들이 하나둘 차고지를 빠져나간다. 나는 휴직계와 사직서, 둘 다를 상의 안쪽 주머니에 넣고 기관실 문을 열었다. 어젯밤 잠을 설치면서 볼펜을 꾹꾹 눌러 가며 적었다. 등산로를 따라 걷다가 갈림길에서 길을 잘못 든 것처럼 불안감이 스멀스멀 몰려왔다. "잘해! 졸지 말고!"라고 뒤통수에 대고 소리를 지르던 팀장 목소리가 귓가에서 맴돌았다.

지하철 전동차는 직렬 운행이다. 직진만 잘하면 다행이다. 후진을 하는 경우가 발생하지 않기를 바라는 마음이 간절하다. 사고가 일어날 경우의 수를 계산하고 예측하는 것은 기관사가 할 일이 아니었다. 나는 그렇게 생각하는데, 팀장은 그것 또한 기관사의 임무라고 했다. 하긴 말해 뭐하겠는가. 사고가 나면 시신 처리도 기관사가 해야 하는데. 역을 출발한 전동차는 곧 터널로 들어갔다. 질척한 갯벌처럼 뭉그적거리는 어둠이 눈앞에 있다. 터널 속 어둠은 거대한 생명체처럼 보인다. 건조한 공기로 인해 내 눈은 이미 안구건조증이 심각하게 진행된 상태였다. 의사는 누적된 피로와 같은 자세로 오랫동안 앉아 있으면서 혈액순환이 제대로 되지 않아 두통이 발생하고 허상이 보이는 것이라고 했다. 나는 입속말을 중얼거렸다. '선로에 무엇이 보이든 그것은 모두 허상이다.' 기도문처럼 반복해서 중얼거리며 어둠속으로 진입한다.

짙은 어둠이 갑자기 확 밝아졌다. 눈부심에 눈을 몇 번이나 깜박거려야 시야가 보이기 시작한다. 등이 환하게 켜진 승강장에는 이른 새벽 어딘가로 향하는 승객들이 노란 선을 따라 서 있다. 속도를 줄이고 승강장으로 천천히 진입한다. 정차 신호가 들어오고, 스크린 도어가 열린다. 승객들이 내리고 탄다. 뒤쪽에 타고 있는 차장이 무전기로 승차 완료를 알려 준다. 밝은 승강장을 출발해 어둠이 웅크린 터널로 진입한다. 철로를 따라 쇳소리가 날카롭게 울리고 역에 진입하고 멈추고 다시 출발하기를 반복한다. 3시간을 운행해야 하는 노선, 이제 겨우 1시간이 지났다. 귓등이 따끔따끔한다. 예민해진 신경이 지하철 진동마저 통증으로 느낀다. 손끝으로 귀를 만져 본다. 설마, 윤의 말처럼 돼 가는 건가?

언제가 윤은 우스갯소리로 전동차 기관사들을 '두더지'라고 했다.

"지상으로 나오면 적응이 안 돼요. 햇빛에 눈이 멀어지는 것도 문제지만, 무엇보다 사람들 말을 못 알아듣겠어요. 어떤 말을 들어도 윙윙 윙 하죠. 처음 듣는 외국어처럼 들리기도 하고, 고장 난 라디오 전파 같을 때도 있어요."

"그런가? 보도블록을 걷다가 발을 헛딛고, 유리문을 못 보고 부딪치는 것도 두더지가 되어 가기 때문에 그런 거야?"

내 말에 윤이 나를 말끄러미 쳐다보았다. 진지한 표정으로 고개를 끄덕이며 느릿느릿 한 단어씩 끊어 가며 말했다.

"가끔 멍해지지 않아요?"

"자주 멍해지지. 역과 역이 반복되니까. 어떤 때는 내가 어디에 있는지, 뭘 하는지조차 깡그리 잊을 때가 있지. 그저 레버를 잡고 있는 손만 겨우 인식을 한다고 할까. 암벽이 많은 구간을 지날 때면 날카로운 쇳소리에 온몸의 신경을 난도질당하는 기분이 들어."

윤이 진지한 표정을 지으며 엄숙한 어조로 말했다.

"그게 다 두더지가 돼 가는 증상이죠. 일단 우리 두 눈이 어둠에 익숙해지는 시간에 비례해서, 빛에는 약해지는 거죠. 시각이 약해지면서 본능적으로 나머지 감각들이 예민해지죠. 선배는 청각이 특히 발달하는 겁니다."

"그럴듯한 이론이네. 정리해서 발표해 보는 게 어때?"

윤은 크 하고 웃었다. 웃음소리인지 신음인지 가늠하기 힘든 소리였지만, 내 기억에는 웃음으로 저장되어 있다. 윤에게는 어떤 증상이 나타나는지 물었다. 윤은 골똘히 생각에 잠긴 듯 고개를 갸웃하더니 털이 굵어지는 것 같다고 했다.

"곧 옷을 뚫고 나올걸요."

피부에는 전에 없이 빨간 실핏줄들이 늘어났다고 했다. 자신의 몸이 두더지가 되어 간다고 말하며 윤은 소리 내어 웃었다. 하지만 윤의 눈은 웃지 않았다. 휑하고 멍한 윤의 시선은 어둠에 감겨 있는 선로를 향해 있었다.

윤이 사라지고 37시간이 흘렀다. 윤은 내게도 연락이 없었다. 운행 일정표에는 좀 더 많은 칸이 그려졌고, 운행시간은 늘어났다. 다들 눈빛은 사나워졌고, 입에서 볼멘 욕설이 튀어나왔다.

중앙역을 지나고부터 기관실 공기가 숨 막히도록 갑갑해져 왔다. 그나마 있던 산소들이 터널 어둠으로 빨려 들어가는 것 같았다. 당장이라도 뛰어내리고 싶은 충동이 일었다. 눈은 따끔거리고, 깜박거리기조차 힘들 정도로 뻑뻑하다. 아랫배가 조여들고 방광이 팽팽해지기 시작했다. 레버를 잡은 손이 부르르 떨린다. 느낌이 좋지 않다. 불안감이 스멀스멀 몰려왔다. 선로에 시선을 집중한다. 시야를 확보하기 위해 실내등은 꺼진 상태다. 발끝을 움직여 본다. 같은 자리에 있어야 할 것이 닿지 않는다. 운행 중 필수품이라고 할 수 있는 소변 통이 없다. 그제야 들고 오는 것을 깜박했다는 사실을 깨달았다. 잠을 설치고, 휴직계와 퇴직계를 챙기느라 소변 통을 잊었다. 어쩔 수 없이 참아야 한다. 참아야 한다고 생각한 순간부터 오줌보가 조여들기 시작했다.

지상 구간이 거의 없는 노선으로 접어들었다. 터널은 지하로 더 깊이 들어간다. 지하 3층, 심도 65m에 위치한 역으로 들어간다. 눈에 이물질이 들어간 것처럼 따끔거린다. 긁을 수도 씻을 수도 없다. 역 진입에 온 신경을 모아야 한다. 정확한 시간에 승강장에 진입해야 하고, 정해진 시간 안에 승강장을 출발해야 한다. 주어진 정차 시간은 30초. 화장실이 아니라 기관실 문 밖으로 노상 방뇨할 시간으로도 부족하다. '운행 중 안전을 위해서는 오줌보가 터지더라도 지켜야 한다.'가 팀장의 말이었다. 전동차가 멈추고 사람들이 우르르 내리고 또 우르르 올라탄다. 출근시간대가 가까워질수록 승강장에는 사람들로 가득하다. 객차는 승객들로 발 디딜 틈이 없을 정도다. 며칠 전부터 비상근무다. 안전에 특히 유의하라는 지시가 떨어졌다. 가을 축제 때문이었다. 자치구별로 이루어지는 축제들이 이번 주에 몰려 있어 지하철을 이용하는 승객들이 그만큼 늘어난다. 역마다 사람들로 북적거린다. 출근과 동시에 외쳤던 구호가 머릿속에 울린다.

"승객 안전 확인! 출발과 도착 시간은 정확하게!"

안전과 시간 약속을 한꺼번에 지키기란 결코 쉽지 않았다. 레버를 잡은 손목이 저릿하다. 허벅지 안쪽이 뻣뻣해져 왔다.

며칠 전, 퇴사한 최는 지하철만 보면 가슴이 벌렁거리고 출발 신호를 들으면 기관실 문을 열고 뛰어내리고 싶어진다고 했다. 사무실에 쉬고 싶다는 말을 한 것은 작년 말이었다. 최의 의견은 대체 인력이 없다는 이유로 무시됐다. 최는 라디오 방송국에 전화를 했다. 오후 4시부터 시작하는 프로그램인데 운전자들이 많이 듣는 프로그램이었다. 최는 살고 싶다고, 지하에서 벗어나 땅을 밟고 살아가고 싶다고 울먹였다. 중년의 남자가 울먹이며 하는 말은 전파를 타고 전국에 생방송 되었다. 마누라 손 잡고 산수유 꽃구경도 가고 싶고, 남들처럼 추석에 고향도 가고 싶다고 했다. 십 년째 아들과 약속만 하고 지키지 못한 얼음낚시도 하고 싶다고 했다. 진행자가 마지막으로 하고 싶은 말을 해 보라고 하자, 최는 자기가 죽지 않으면 누군가를 죽일지도 모른다는 말을 했다. 최의 말이 라디오 전파를 탄 후, 사무실에는 항의 전화가 빗발쳤다. 직접 찾아와서 지하철 안전에 대해 확인하는 사람들이 늘어나자 사무실은 그야말로 난장판이 되었다. 최의 퇴직계는 바로 처리되었다. 최는 작업복 상의를 벗어 의류수거함에 쑤셔 넣고 지상으로 올라갔다.

최가 떠난 후, 임이 응급차에 실려 나가고, 윤이 사라졌다. 운행 일정표는 허리 벨트를 한꺼번에 세 칸이나 잡아당긴 것처럼 촘촘해졌다. 지하를 떠난 임과 최는 어떻게 지낼까? 윤은 어디로 사라진 걸까? 잠시 떠난 이들을 생각하는 사이 출입문이 열리고 승객들이 내리고 또 승차한다.

계기판을 확인한다. 눈으로 하나하나 짚어 가며 중얼거린다. 지적확인*만이 사고 없이 운행을 마칠 수 있다. 운행 중에는 운행에만 집중해야 한다. 수도 없이 외쳤던 안전수칙들이다. 비상 신호가 들어왔다. 모니터에 출입문을 발로 차는 승객이 보인다. 닫혔던 출입문이 열리고 발길질하던 승객이 객차에 오른다. 스크린 도어가 닫히고 출발 신호가 들어온다. 정해진 출발시간에서 35초 늦었다. 어두운 선로에서 앞 전동차와 뒷 전동차 간의 약속된 간격을 지키는 것은 모두의 생명과 직결된다. 역을 출발하고 도착하는 시간 약속을 지키는 것은 나의 의지가 아니라, 승객에 달렸다. 돌발 행동하는 승객이 나타나면 어쩔 수 없이 시간이 늘어진다. 다음 승강장까지 곡선 구간이다. 속도를 낼 수 없다. 자칫하다가는 탈선할 수도 있어 정해진 속도보다 느

* 손가락으로 필요한 사항을 가리키고 눈으로 확인하며 상태를 말로 한다는 지하철 전문용어.

리게 운행하는 구간이다. 그런데 늦었다. 예상대로라면 30초가량 또 늦어질 것이다. 나도 모르게 손에 힘이 들어간다.

예정된 시간을 넘겼다. 이미 1분을 넘어섰는데 승강장은 보이지 않는다. 레버를 잡은 손목에 힘을 준다. 중앙통제실에서 언제 무선이 날아올지 모른다. 날선 질책들과 계기판 확인! 이라는 구호가 한꺼번에 머릿속에서 어지럽게 엉켰다. 뻑뻑한 눈을 깜박이는데 갑자기 비상 제동이 걸렸다. 객차는 쇳소리를 내며 심하게 흔들렸고, 나는 눈을 부릅떴다. 눈앞에 안개가 걷힌 것처럼 시야가 확 트였다.

순식간에 일어난 일이다. 객차가 승강장을 지나치고 있었다. 객차 끝에서 실내 방송과 도어 개폐를 담당하는 차장이 비상 제동을 걸었던 것이다. 무선이 날아온다.

"후진하세요. 빨리요."

레버를 잡은 손이 꼼짝도 하지 않는다. 나는 왼손으로 오른손 손목을 꽉 잡았다. 심장이 미친 듯이 벌렁거리고 오줌보는 금방이라도 터질 것처럼 부푼다. 찌릿한 통증이 하복부를 관통한다. 차장이 소리를 지른다.

"맙소사, 속도 줄여요!"

눈앞 계기판 속도 표시판에 숫자가 40을 나타낸다. 규정 속도인 시속 25킬로미터를 훨씬 넘었다. 다시 비상 제동이 걸리고 레일과 전동차 바퀴에서 쇳소리가 터널과 승강장을 울린다. 전동차는 정차 위치를 벗어났다. 차장이 소리 지른다. 눈앞에 승강장에 서 있던 사람들이 웅성거리며 뒤로 물러나는 게 희미하게 보였다. 누군가 휴대폰을 들어 올렸다. 번쩍 플래시가 터진다. 스크린 도어가 열린 순간 누군가 기관실 문을 발로 차면서 고함을 질렀다.

"운전도 못하는 게, 당장 내려! 세금을 처먹었으면 제대로 해야 될 것 아냐!"

중년의 사내는 발길질을 멈추지 않았다. 승강장 안전 요원이 달려와 붙잡아도 삿대질을 멈추지 않고 소리를 질렀다. 속이 울렁거리고 구역질이 치밀었다.

출발 신호가 들어왔다. 얼굴이 화끈거리고 눈은 쓰라렸다. 충격이 한꺼번에 몰려왔다. 목이 뻣뻣하고 침을 삼키기조차 힘들다. 구역질조차 할 수 없는 좁은 공간에 갇힌 내 모습이 창에 비쳤다. 깡마른 몸, 얼굴에는 광대뼈가 툭 튀어나와 있다. 기괴한 모습이다. 떨리는 손으로 실내등을 껐다.

운행은 계속해야 한다. 교대자가 기다리는 역까지는 무슨 일이 있어도 가야 한다.

승강장에 들어서려는데 희끗, 눈앞에 무언가 펄럭인다. 허연 것이 휙 날아올랐다. 심장이 꽉 조여들었다. 급히 브레이크를 당겼다. 비상벨이 울리고, 레일에서 벗어나지 않으려는 바퀴에서는 불꽃이 튀고 쇳소리가 길고 날카롭게 이어졌다. 온몸이 후들거린다. 다급하게 부르는 차장 목소리가 무전으로 들린다. 떨리는 손으로 기관실 실내조명을 켰다. 모니터에 비친 객차 안은 아수라장이다. 넘어진 사람들이 뒤엉켜 있고, 서로 빠져나가려는 사람들로 객차가 흔들렸다. 안내방송을 해야 하는데 목이 잠겨 소리가 나오지 않는다. 심장은 터질 것처럼 쿵쿵거리고, 손이 덜덜 떨렸다. 다리가 풀리고 바닥에 주저앉았다.

팀장은 온몸으로 분노를 드러냈다. 발을 구르고, 주먹을 내 눈앞에 흔들었다.

"신문 쪼가리가 사람으로 보였다? 하! 뭐 이런 개뼉다구 같은! 정신을 어디다 두고 다니는 거야! 미쳤어!"

주먹으로 책상을 내리치더니 눈을 부릅뜨고 나를 쏘아보았다.

"인명 사고라도 났으면 어쩔 뻔했어! 누구 옷 벗기려고!"

팀장은 주먹을 쥐었다 폈다를 반복한다. 두 손으로 내 목을 조르고 싶은 표정이었다. 동료들은 왜 그랬냐고 묻지 않았다. 팀장은 징계 사항을 줄줄줄 읊었다. 운행 규정을 한 글자도 틀리지 않게 적어서 내라고 했다. 한 번으로는 도저히 안 될 것 같다며 세 번을 적으라고 한다.

날선 팀장의 언성이 계속되자 갑자기 쨍하는 길고 날카로운 소리가 머릿속에 울려 퍼졌다. 소리는 점점 더 커졌다. 머리 양쪽에서 번개가 치는 것처럼 편두통이 일어났다. 나는 손바닥으로 머리를 감싸 쥐고 눌렀다.

"객차에 사람이 부딪치면 어떤 소리가 나는지 알아요?"

내 말에 팀장이 입술을 꽉 깨물고 두 손은 허리에 올리고 나를 쳐다보았다.

"지난여름에… 그 일이 있었을 때……."

말을 시작하자마자 와락 달려든 팀장이 내 멱살을 잡고 흔들었다.

"뭔 일! 아무 일도 없었잖아. 그럼 된 거 아니야. 아무 일도 없었다고!"

사람들이 몰려들어 팀장과 나를 떼어 놓았다. 팀장은 직진도 못하는 놈이 무슨 기관사냐며 소리를 질렀다.

피서객이 한참 몰리던 팔월 첫 주였다. 역으로 진입하던 나는 어두운 터널에 하얗고 작은 무언가가 팔랑거리는 것을 발견했다. 처음에는 '나비'가 떠올랐다.

파르르 떨리는 하얗고 작은 그것을 보기 위해 눈을 크게 뜨고 시선을 모았다. 그때, 시야에 들어온 형체가 있었다. 노란 선을 벗어나 서 있는 여자였다. 여자는 휴지를 뜯어 선로 쪽으로 날리고 있었다. 나풀거리는 흰 원피스를 입은 여자가 고개를 돌려 나를 보았다. 아니 여자는 진입하는 전동차를 보고 있었다. 정차 선에 맞춰 속도를 줄이려는데, 여자가 선로로 뛰어내렸다. 뛰어내리기 전 여자와 나는 눈이 마주쳤다. 다행히 여자는 다리 골절과 몇 군데 타박상을 입고 목숨은 건졌다.

그날이다. 어둠에 대한 공포증이 내 심장을 움켜쥐고 비틀기 시작한 날, 어둠이 생명을 얻어 형체를 지니기 시작한 날이다. 사고 후 내 신경은 너덜너덜해진 상태로 운행 레버에 손을 얹고 있었다. 병가나 휴가를 쓸 정도로 심각한 상황이 아니라는 게 팀장의 결론이었다. 승강장에 진입할 때마다 눈을 비비는 버릇도 그즈음 생겼다.

팀장은 내게 미친놈이라 욕설을 퍼붓는다. 사고였다고, 자신은 아무것도 모른다고 소리쳤다. 기관사 박이 나를 사무실 밖으로 끌어냈다.

"자네가 좀 참지. 팀장이 저러는 거 이해해. 팀장도 불쌍한 사람이야. 반대쪽 선로에 투신한 사람이 바퀴에 깔리는 걸 목격하고는 현장을 떠났잖아. 사고는 재수 없는 누군가가 걸리는 게 아니야. 우리 모두의 일이라고."

나는 박의 손을 뿌리치고 지상으로 올라가는 출구를 향해 빠르게 걸었다. 다들 제 말만 한다. 내 말은 단 한 번도 끝까지 들어주지 않는다. 모두들 귀는 막고 제 말만 하느라 눈앞에 있는 사람을 보지 않는다. 붙잡는 사람도 없는데, 걸음이 자꾸만 빨라졌다. 내 목을 조르던 팀장의 얼굴에서 본 것은 두려움이었다. 냄새도 없고, 형체도 없으면서 너무나 쉽게 숨통을 조이는 강력한 힘을 가진, 지하 터널 속에서 수많은 모습으로 나타나는 두려움. 쓴 약처럼 혀뿌리에 숨어 있기도 하고, 체기처럼 갈비뼈 사이에 붙어 있을 때도 있고, 첫 몽정의 아릿한 느낌처럼 아랫배 깊숙이 웅크려 있다 불쑥불쑥 올라왔다. 말하지 않으면 사라질 것이다. 참고 지내면 잊혀질 것이라 믿었다. 아니었다. 사고 장면은 재생될수록 점점 더 뚜렷한 형체를 띠기 시작했다. 오롯이 혼자 견뎌야 하는 시간, 구간을 운행하는 동안 스멀스멀 기어 나왔다. 희끄무레한 흑백 영상처럼 쓱 나타났다 눈을 깜박이면 흩어졌다가 다시 뭉치기를 반복했다. 내 삶이 어둠에 질질 끌려가는 느낌을 떨쳐 버릴 수 없었다.

숨을 헐떡이며 계단을 달려 올라간다. 어디선가 쏴아 하는 소리가 난다. 언뜻 윤의 목소리가 들린다. 특유의 높고 경쾌한 음성, 윤의 웃음소리처럼 들린다. 나는 팔을 앞뒤로 흔들며 미친 듯이 계단을 오른다. 지상이 보이기 시작한다. 거칠게 들이쉬는 숨에 자동차 매연 냄새가 난다. 손을 뻗으면 지상의 공기가 잡힐 것 같다. 팔을 쭉 뻗었다. 두 개 남은 계단에 발을 올린 순간, 얼굴에 차가운 것이 떨어졌다. 빗방울이 후드득 떨어졌다. 단숨에 마지막 계단을 올라갔다.

비다.

나는 고개를 한껏 뒤로 젖히고 비를 맞는다. 목덜미를 타고 빗물이 가슴을 적셨다. 늦가을 빗소리가 바람에 흔들리는 억새 소리처럼 귀청을 때린다. 바람을 따라 빗줄기가 흩어지고 가로수 잎이 우수수 떨어진다. 햇살 같던 은행잎이 가을비에 떨어져 바닥에 깔려 있다. 길모퉁이 카페에 서 있는 사내가 손을 흔든다. 뿌연 빗줄기에 형체만 보인다. 호리호리한 체격이 윤과 닮았다. 주머니를 더듬었다. 윤이 주었던 박하사탕이 잡힌다. 사탕을 입에 넣었다. 싸한 박하 맛이 입안 가득 퍼지자 콧날이 찡한다. 카페로 가려다 발길을 돌려 비가 쏟아지는 거리를 달린다. 윤은 분명 어디선가 자고 있을 것이다. 피부를 뚫고 나온 뾰족해진 털들이 솜털처럼 부드러워지기를 기다릴 것이다. 지하에서 지상을 올라오는 것! 별것도 아닌데, 나는 왜 못 올라오고 선로를 맴돌며 뭉그적거렸을까. 들큼한 낙엽 냄새가 확 밀려온다. 한껏 숨을 들이쉬며 달린다. 속도를 내며 차들이 지나가고, 바퀴에 튄 빗물이 바짓가랑이를 적신다. 사람들은 머리를 숙인 채 지하철역으로 달려가고, 나는 은행잎이 떨어지는 가로수 길을 달린다.

보폭이 넓어지고 허벅지의 움직임에 맞춰 팔이 앞뒤로 흔들린다.

겨드랑이가 간질간질한다.

연지연蓮池淵 꽃이 피면

버드네, 529년 안라국.

비가 왔다. 입하를 지나면서 비가 잦았다. 무휘는 첫 새벽에 궁을 나섰다. 해자를 건너 우거진 상수리 숲길을 빠르게 걸었다. 성벽을 휘감고 흐르는 강물은 깊고 여울이 빨랐다. 여름이 오고 있다. 전쟁의 상흔이 남은 산천에 내리는 비는 적의 발을 묶고 있다. 잦은 비가 왕의 사유에 변화를 가져왔다. 왕은 빗소리에 숙면을 취했다. 석 달 만이었다. 오경에 깨어난 왕은 무휘를 불렀다. 왕의 눈빛은 맑고 고요했다. 그 고요함이 무휘를 두렵게 만들었다. 왕은 차고 건조한 목소리로 하명했다. '용두와 갑옷이 필요하다.' 그 길로 무휘는 궁을 나섰다.

한줄기 바람이 상수리 잎을 흔들자 목덜미에 빗방울이 후둑 떨어졌다. 땅은 질퍽거리고, 공기는 무겁다. 젖은 산과 들에는 들짐승마저 모습을 감추었다. 둑방길을 걸어가는 무휘는 자꾸만 걸음이 더디어진다. 언덕을 넘어 버드네 초입에 들어서자 풀무질 소리가 들렸다. 희끄무레한 새벽, 지붕 위로 연기가 피어오르고 있었다. 백탄 타는 냄새가 폐부를 파고들었다. 숯 타는 냄새는 칼날처럼 날카로우면서도 숯돌처럼 차갑고 화톳불같이 뜨겁다. 무휘는 오두막으로 들어섰다. 비릿한 쇠 냄새와 불내가 확 끼쳤다. 소매 단을 걷어 올리고 망치질하던 구갈이 고개를 들었다. 거뭇한 팔뚝 근육이 꿈틀댔다. 연은 손풀무질을 하고 있다. 남색 주름치마에 옥색 긴 저고리를 입고 가죽 앞치마를 두르고 있었다. 동그마니 솟은 이마에 땀방울이 송송 맺혀 있고, 두 뺨이 발그레하다. 무휘를 본 연의 눈이 가늘어졌다.

"꼭두새벽부터 무슨 일인가?"

구갈이 달구어진 쇠를 두드리며 물었다. 호미를 만드는지 끝이 세모꼴이다. 무휘는 숯불 열기에 혼재된 아련한 향을 쫓으며 연을 보았다. 반짝이는 연의 눈망울이 무휘를 보며, 무슨 말을 하려는 듯 입술을 달싹거린다. 무휘는 애써 연의 눈길을 외면하고 구갈에게 눈신호를 보냈다.

"연아, 너는 그만 집에 가서 조반을 짓도록 해라."

잠시 주춤거리던 연은 구갈의 재촉하는 시선에 마지못해 앞치마를 벗었다. 대장간 일을 하느라 갈라지고 터진 연의 손끝이 무휘의 눈에 들어왔다. 찌푸린 무휘의 얼굴을 본 연이 거칠게 문을 닫고 나갔다. 구갈이 고개를 저었다.

"연에게 기술을 익히게 하는 게 아닌데. 쇠를 다루고부터 갈수록 드세져!"

무휘는 닫힌 문에서 눈을 떼지 못한다. 구갈이 망치를 놓으며 물었다.

"무슨 일인가? 늙은이를 다시 전장으로 부를 일은 없을 것이고, 호미나 만드는 대장장이를 새벽부터 찾아온 연유가 뭔가?"

벽에는 날을 세운 낫이 걸려 있다. 구갈이 만든 낫은 단단하면서도 날이 살아 있기로 유명하다. 전쟁터에서 무기를 만들고 손보면서, 적의 무기를 연구해 온 구갈의 솜씨는 적을 두려움에 떨게 했다. 사고로 종군 신분에서 벗어났지만 장인의 기술은 녹슬지 않았다.

"왕의 하명입니다. 용두와 갑옷을 보름 안에 가져가야 합니다."

무휘는 품에서 작은 가죽 주머니를 꺼내 열었다. 구갈은 불씨처럼 붉은 홍옥을 손바닥에 올려놓았다. 홍옥은 살아 있기라도 하듯 영롱한 빛을 발했다. 구갈이 뭐라 대답하기도 전에 문이 벌컥 열렸다. 연이 따지듯 말했다.

"전쟁터에서 두 다리를 잃은 아버지에게 왕이 해 준 것이라고는 대장간 오두막이 전부입니다. 사람들이 아버지를 뭐라 부르는지 아십니까? 앉은뱅이 쇠장이라 합니다."

무휘를 쏘아보는 연의 얼굴이 붉게 상기되었다.

"두 다리 잘라 낸 것도 모자라 남아 있는 두 팔도 원하십니까!"

주름진 구갈의 얼굴이 어두워졌다. 서슬 퍼런 연의 시선을 피해 고개를 돌리던 무휘는 질끈 동여맨 구갈의 갈포 바짓가랑이를 보았다. 두 해 전 전투에서 적의 창이 허벅지에 박히고, 상처가 곪아 다리를 절단해야 했다. 구갈이 주먹으로 탁자를 쳤다. 물 잔이 넘어지면서 바닥으로 떨어졌다.

"일이 어떻게 돌아가는지 자세히 말해 보게."

여전히 분을 삭이지 못한 연이 가슴을 들썩이며 의자에 앉자 무휘도 맞은편에 앉았다. 주먹을 불끈 쥔 연의 손등에 난 불 자국이 무휘의 눈에 들어왔다. 무휘는 자신도 모르게 질책하듯 언성을 높였다.

"보내준 양식은 어쩌고 쇳물까지 직접 만지느냐?"

구갈이 피곤한 듯 거친 손바닥으로 눈언저리를 누르며 말했다.

"약재 값을 대느라 그랬네. 비 때문에 허리 아래가 쑤셔서 앓는 소리를 했더니 연이가 약을 지어 왔지 뭔가."

연이 새초롬한 표정으로 입술을 샐쭉거렸다. 무휘의 얼굴이 어두워졌다.

"면목 없습니다. 진즉에 제가 챙겨야 하는데."

"자네가 신경써 주어 고맙고 미안하네. 내 몸이 이러하여 혼례를 미루고 있다는 것도 알고 있네. 하늬바람 오면 만사 제쳐두고 혼례부터 하세."

연의 얼굴이 발갛게 달아올랐다. 무휘는 헛기침을 하고 누가 들을세라 낮은 음성으로 말했다.

"고당회의(高堂會議)*가 열릴 것입니다."

"안라회의를? 전쟁을 피할 수 있다고 보는가?"

구갈의 반문에 무휘의 표정이 어두워졌다. 연이 퉁명스레 말했다.

"가야연합이 끊어진 것이 언제인데 이제 와 다시 잇자고 하면 이어진답니까! 서로 눈치 보느라 바쁜데 누구를 믿는단 말입니까!"

"이틀 후 낙화불**이 붙는 시각에 안라회의가 시작될 것입

---

* 529년 안나가 주도. 백제와 신라의 가야지역 진출에 대하여 가야지역의 독립성을 유지하기 위한 방책으로 개최하였다.

** 참나무 숯가루를 한지와 꼬아 타래를 만들어 줄에 매달아 불을 붙이는데, 숯가루가 타들어 가면서 불꽃가루가 꽃잎처럼 흩날리고, 검붉은 불꽃이 폭포처럼 물 위로 떨어진다. 그 유래가 정확히 전해지지는 않으나 문헌에 의하면

니다."

무휘의 말에 연이 발끈했다.

"백성을 방패막이로 세우십니까? 낙화는 지난 십여 년 동안 크고 작은 전쟁으로 죽은 영혼을 위한 성스러운 불의 제의식이며, 대지와 물을 정화하는 의식입니다. 그런 날 밀사들을 불러 모아야 합니까?"

불안감에 벌떡 일어난 연에게 구갈이 앉으라는 손짓을 했다.

"연이 말에도 일리는 있네. 혹여 신라가 알게 되면 독 안에 든 쥐 꼴이야."

무휘의 입가가 딱딱하게 굳어졌다. 만백성이 아는 이치를 왕 또한 모르지 않을 터였다. 무휘는 어명을 따라야 하는 장수다. 구갈 또한 왕의 밀명을 수행하고 있다. 무휘가 침울한 표정으로 입을 열었다.

"사물국이 포구를 확장하려 합니다. 근래 들어 강을 따라 노략질이 흉악해지고 있습니다."

섬진강 포구에 위치한 사물국은 왜와 무역을 한다. 안라국 토기 매매를 주업으로 하면서 철기 무기들을 밀매한다는 말이 공공연히 나돌고 있다.

17세기 조선 중엽부터 유래된 것으로 추정된다. 작품 전개상 '낙화불'을 가야시대로 가져다 썼다.

“시급을 다투는 쪽은 신라와의 전선이지 않은가. 변경에서 장계가 올라오지 않았나?

구갈의 말에 무휘는 실타래처럼 꼬인 문제를 털어놓았다.

“신라가 진과의 교역을 내세워 길을 열어 달라 합니다. 포구 쪽은 왜의 노략질이 심해지니 상비군을 배치하겠다 합니다.”

“허허, 통째 삼키겠다는 말이지 않은가!”

“문제는 백제의 태도입니다. 확답을 미루고 있으니…….”

두 사람의 대화가 답답하다는 듯 연이 무휘의 말을 자르고 들어왔다.

“사방으로 길을 내주어 서로 견제하게 하면 되지 않습니까.”

구갈이 고개를 저었다.

“힘의 균형이란 늘 어느 한쪽으로 기울기 마련인 것을. 더구나 이곳 안라는 노천 광산에, 해상과 육로의 요충지다. 전력상 꼭 필요한 땅이지.”

“금관국, 탁순국, 고차국이 밀사를 보냈습니다.”

구갈이 고개를 끄덕였다. 무휘가 덧붙여 말했다.

“왕은 전쟁을 끝내고 싶어 하십니다.”

무휘는 품에서 가죽 조각을 꺼내 바닥에 펼쳤다.

“용두와 갑옷이 필요합니다. 빠른 시일 안에 되겠습니까?”

구갈의 미간에 주름이 잡혔다. 연은 가죽에 그려진 그림을 손끝으로 따라 그리며 눈을 떼지 못했다. 구갈이 말했다.

"매우 정교하군. 혼자서는 힘들겠어. 누군가 도와줘야 하는데 이런 일을 할 만큼 기술을 가진 자가 주변에 없네."

"제가 있지 않습니까. 할 수 있습니다."

연의 말을 구갈이 단칼에 잘랐다.

"어림없는 소리! 절대 아니 된다."

무휘도 구갈의 뜻에 동조하듯 고개를 끄덕였다. 고집스레 턱을 내민 연이 강경하게 말했다.

"여인네라 아니 된다 말이지요! 호미는 되고 칼은 아니 된다는 것입니까?"

날선 연의 목소리에 문 밖에 있던 삽살개가 낑낑거렸다. 구갈의 입에서 한숨이 나왔다. 입만 벙긋거리고 차마 말을 잇지 못하자 무휘가 말했다.

"검을 다루는 일에는 사고가 따르기 마련이니 경계하는 것일 뿐이다."

고개를 옆으로 돌리는 연의 입꼬리가 올라갔다.

"저 말고, 아버지를 도와줄 사내라도 있단 말이지요?"

무휘의 얼굴에 낭패감이 떠올랐다. 연이 팔짱을 끼고 딱 잘라서 말했다.

"결정하시지요. 어떻게 하시렵니까?"

구갈과 무휘가 서로 눈치만 보고 있자 연이 말했다.

"한시가 급하니 작업할 몫을 나누지요."

연은 그림을 손으로 짚어 가면 세부 작업에 대해 설명했다. 구갈은 벌어진 입을 다물지 못하고 헛웃음만 지었다. 연의 설명에 귀를 기울이면서도 구갈의 표정은 풀리지 않았다. 철을 다루는 기술을 가지면 구속이 따른다는 것을 구갈은 너무나 잘 안다. 딸에게 족쇄 같은 생업을 넘겨주고 싶지 않다. 연은 종종걸음으로 갑옷 만들 준비를 서둘렀다. 무휘는 팽팽한 긴장감이 흐르는 부녀지간을 피해 밖으로 나왔다. 구갈이 연을 다그치는 소리가 등 뒤에서 들린다. 연밥은 무슨 연밥이냐며 투덜거리며 따라오는 연의 목소리를 들으며 무휘는 연지연으로 향했다.

바람에 연의 체취가 묻어 왔다. 허리를 세우고 어깨를 펴는 무휘의 입가가 부드럽게 풀렸다. 연못에는 무성하게 올라온 연잎이 바람에 너불거렸다. 무휘가 돌아섰다. 눈이 마주친 연이 걸음을 멈추었다. 두 사람의 얼굴이 닿을 듯 가까워 서로의 숨결이 온전히 전해졌다. 무휘는 연의 이마에 흘러내린 머리카락을 쓸어 올렸다. 개구리 한 마리가 연못으로 폴짝 뛰었다.

"더 이상 물러설 수 없다. 결단을 내릴 수 있겠느냐?"

무휘의 뜨거운 숨결이 연의 목덜미에 닿았다. 숨을 들이쉬자 연의 가슴이 부풀어 올랐다. 연은 입술이 마르고 눈앞이 아찔하다. 고개를 들어 흔들림 없는 시선으로 무휘를 보았다. 무휘는 연의 두 손을 꽉 잡고 말했다.

"이번 일 끝나면 위험한 일에서 손을 떼는 것이다. 알겠느냐!"

연의 눈에 이슬 같은 눈물이 고였다. 물안개 사이로 햇살이 비치기 시작했다. 연지연이 서서히 깨어나고 있었다. 새악시 볼 같은 연꽃이 수줍게 열리기 시작했다. 무휘는 허리에 찬 단도를 꺼내 연잎 줄기를 잘랐다.

연은 마루에 개다리소반을 내려놓았다. 벌써 한낮이었다. 연잎에 싸서 찐 조밥과 된장에 박아 둔 무장아찌 찬이다. 마루 밑에 엎드려 있던 삽살개가 사립문을 향해 그르렁거렸다. 황색 두루마기를 입은 황선주가 들어서고 있었다. 키가 크고 깡마른 체격에 미간이 좁아 마른 황태를 연상케 했다. 그는 아무리 새 옷을 차려 입어도 뱃사람 냄새가 났다. 갯내와 염분이 뒤섞인 비릿한 내음이 황선주 주변을 떠돌았다.

"혹여 헛걸음이면 어쩌나 했네. 무휘, 오래간만일세."

가늘게 찢어진 황선주의 눈이 무휘를 훑었다. 무휘는 표정 없이 인사를 했다. 황선주가 손에 든 꾸러미를 내밀었다. 꾸덕꾸덕 마른 생선이었다. 연이 가만히 있자 황선주는 꾸러미를 마루 끝에 들이밀었다.

"뭣하러 가져왔는가. 오늘 제(祭) 아닌 집이 몇 집이나 된다고."

두 해 전 포구에 나갔던 마을사람들이 적의 기습으로 한꺼번에 죽임을 당했다. 구갈의 날선 어조에 아랑곳하지 않고 황선주가 마루에 걸터앉았다.

"제사상에 어포 하나 못 올리면 섭섭하지 않겠나."

구갈이 숟가락을 소리 나게 내려놓았다.

"객쩍은 소리 그만하고 용무나 말하게. 일하러 가야 하네."

구갈을 향해 누런 이를 드러내고 웃던 황선주가 무휘에게 물었다.

"궁에서 재촉이 심한가 보이, 운신도 못하는 늙은이 손까지 필요한가? 변방에서 장계라도 올라왔는가? 왜! 신라군이 신무기라도 만들었나?"

구갈이 끙 소리를 내며 돌아앉았다. 삽살개가 사립문으로 달려가며 꼬리를 살래살래 흔들었다. 인기척이 들리고 억수가 지게 가득 백탄을 지고 들어왔다. 사립문에 지게를 세운 억수는 이마에 흐른 땀을 훔치며 거친 숨을 몰아쉬었다. 산자락을 내려오느라 얼굴과 목덜미는 땀으로 번들거렸다. 연이 내민 바가지를 잡아채듯 입으로 가져가 목을 축인 억수가 너스레를 떨었다.

"낙화 숯 내느라 뒷간 갈 참도 없었네요. 구진 비 땜시 숯가

마 아궁이 들여다보니라 얼매나 연기를 마셨는지 난중엔 콧구멍으로 연기가 다 나오데요."

넉살 좋게 허허 웃는 억수는 얼굴 목덜미 귓등까지 거뭇거뭇하다. 저고리에도 온통 숯가루가 묻어 꺼멓고, 몸에서 쉰내와 불 냄새가 뒤섞여 났다. 지게에 매달아 온 망태기를 연에게 내밀며 억수가 뒷머리를 긁적였다. 망태기에서 시고 달큼한 냄새가 났다. 산머루를 본 연의 입술이 배시시 벌어졌다. 억수의 입가에 보일 듯 말 듯 미소가 번졌다. 무휘는 억수를 쏘아보며 개다리소반을 소리 나게 밀어냈다. 황선주가 카랑카랑한 목소리로 억수를 불렀다.

"낙화 숯을 좀 더 내야겠어."

억수가 난처한 듯 고개를 갸웃했다.

"얼마나 더 내야 합니까요?"

"자세한 양은 집사가 알려 줄걸세. 자네, 날 좀 보세."

억수가 바지에 손바닥을 문지르며 중얼거렸다.

"숯을 더 내면 좋지만 낙화를 매달 자리가 없을 텐디."

백탄을 부려 놓는 억수 옆에서 황선주가 귀엣말을 하고 있다. 먼발치서 그 모습을 보던 구갈의 얼굴이 점점 더 굳어졌다. 연은 황선주를 주시하며 무휘에게 낮은 목소리로 말했다.

"이틀 전에 소금을 가져왔는데, 아버지가 매우 역정을 내셨

지요."

"이문에 따라 움직이는 장사치가 할 행동은 아니다. 분명 원하는 게 있는데, 그것이 무엇인지 알아내야 한다."

들고양이 한 마리가 사립문을 지나자 삽살개가 쫓아갔다.

무휘는 비구름이 빠르게 흩어지는 하늘을 보았다. 비가 그치면 적은 다시 움직일 것이다. 두 해 전, 안라군은 신라와 충돌하였다. 적은 수적으로 많았다. 훈련된 적을 상대하기에 안라국 군사는 열세였다. 패전 소식이 연달아 전해지고, 신라군은 비사벌을 점령하고 완산주를 설치했다. 무휘는 적과 아군의 피를 뒤덮어 쓴 채 칼을 휘둘렀다. 그러나 전세는 이미 기울고 있었다. 선봉에 선 거락장군은 목에 피가 솟도록 외쳤다. '능선만은 지켜야 한다.' 적들이 능선을 넘어 대방골과 불메골을 지나면 왕궁이었다. 해자를 사이에 두고 적과 결전을 해야 하는 상황은 절대적으로 불리하다. 후방에서는 방어선이 약해진 틈을 타서 사방에서 적의 침입이 이어졌다. 무휘는 왕과 함께 말 위에서 쪽잠을 자고, 전력을 정비하는 데 몰두했다. 길 위에서 왕이 물었다. '이대로 계속 버틸 수 있겠느냐?' 뒤틀린 어깨에 참나무 부목을 댄 무휘가 이를 악물고 말했다. '적은 결코 물러나지 않을 것입니다.' 왕은 먼 곳을 보고 있었다. 능선을 넘고 강을 따라 바람이 지나는 길 어딘가를 살피고 있을 어심을 무휘는 알지 못했다. 다만, 왕의 눈빛이 흔들릴 때마다 고향 집이 있는 버드네가 떠올랐다. 집으로 올라가는 길가에는 행화꽃이 피었다 지고, 야산에는 조팝꽃이 푸지게 늘어지는 정경이 아른거렸다. 왕의 어깨는 한쪽으로 기울고 있었다. '그렇겠구나. 적이 성을 에워싸고 물길을 막는다면 어찌 되겠느냐?' 왕이 또 물었다. 무휘는 대답하지 못했다. 왕의 심중은 헤아릴 수 없을 정도로 깊어 무휘로서는 짐작조차 할 수 없었다. 하늘이 잠시 시간을 주는 듯 내리는 빗줄기가 적의 발을 묶어 두는 동안 계절이 바뀌고 불안한 평온이 찾아왔다. 새벽 어둠 속에서 내려온 왕의 하명이 무휘의 머릿속에 휘몰아쳤다. '때가 되었다. 채비를 하라.' 무휘는 이마를 바닥에 붙였다. 눅눅하고 서늘한 왕의 음성은 감추지 못한 슬픔으로 무거웠다. 왕은 무휘의 어깨에 손을 얹었다. 왕의 떨림이 전해졌다.

주먹을 쥔 무휘의 손에 힘이 들어갔다. 연이 무휘의 소맷자락을 잡아당기며 무슨 일이냐는 듯 쳐다보았다. 무휘는 고개를 저으며 산 능선을 보았다. 물안개가 걷히는 산자락에 녹음이 쏟아지고 있었다. 잎이 무성해진 수풀은 적의 동태를 파악하는 데 장애물이다. 적은 때를 놓치지 않을 것이다.

쪽문까지 닫아 걸은 대장간 공기는 후텁지근하다. 구갈은 흘러내리는 땀을 훔치며 눈을 부릅떴다. 무휘는 갑옷을 들고 왕궁으로 갔다. 이제 남은 것은 용머리 단도 마무리 작업이다. 보름 동안 밤을 새워 갑옷을 만든 연은 쪽잠을 자러 갔다. 손마디마다 둔탁한 통증이 느껴진다. 구갈은 손바닥을 문지르며 눈을 질끈 감았다. 정신을 가다듬었다. 숨을 고르고 금긋개를 잡은 후, 온 신경을 작업대에 모았다. 의자에 허리를 묶고 작업을 한 터라 온몸이 찢겨 나가는 것 같았다. 전쟁을 끝낼 수 있다면, 팔이라도 빼 줄 생각이다. 적의 창이 다리에 박혔을 때 구갈은 죽음을 보았다. 오랜 세월 백성들의 숨통을 조여 온 전쟁이 막바지에 온 것이라 구갈은 직감했다. 숨을 참으며 손끝에 집중했다. 작업은 신중하게 이어졌다. 얼마의 시간이 흐르고, 구갈은 광쇠를 내려놓았다. 피로감이 온몸을 짓눌렀지만 머리는 어느 때보다 가볍고 맑았다. 구갈은 마지막 확인을 하고 가죽으로 감싼 후 가죽 끈으로 매듭을 지었다. 작업대 아래 모서리를 밀치고 숨겨져 있던 서랍을 열었다. 구갈은 서랍에서 서책을 꺼냈다. '도검비서' 왕명으로 안라 철광산과 도검 제조술을 기록하는 중이다. 황선주의 교활한 눈빛이 떠올랐다. 구갈은 연을 부르기 위해 줄을 당겼다. 문간에 걸린 새 풍경이 댕그렁 댕그렁 울렸다.

노을이 번지는 마을은 낙화놀이 준비로 분주하다. 마을 뒤쪽으로 강이 흐르고 앞은 성산이 우뚝 솟아 적의 침입을 막아 주는 천혜의 요지다. 주변 지형보다 높은 위치에 있는 마을 중심에는 우물이 있다. 우물은 명주실 한 타래가 다 들어갈 정도로 깊어 사시사철 맑은 물을 품었다. 궁 주변으로 넓게 형성된 마을 앞으로 물길을 따라 푸른 들판이 펼쳐져 있고, 누런 소들이 풀을 뜯고 있다. 물길은 검푸른 대숲을 휘돌아 큰 시내를 이루어 흘렀다. 내를 따라 아름드리 수양버들이 늘어져 있고, 맞은편 상수리 숲에는 가지마다 도토리가 열렸다. 산자락을 훑어온 바람에는 칡꽃 향기가 묻어난다. 장사꾼들은 사람들이 들고나는 길목에 등짐을 풀어 물건을 늘어놓았다. 난전이 열리고, 장사치들이 꺼내 놓은 옥구슬 팔찌에 나들이 나온 여인네 입술이 벌어졌다. 유리 장신구, 수정 반지, 마노 목걸이, 비취 노리개가 지나는 아낙네들의 발걸음을 잡았다. 점촌에서 등짐을 지고 반나절을 걸어온 옹기장수는 이마에 맺힌 땀을 훔치며 옹기를 내려놓았다. 사람들의 얼굴에는 불안감과 기대감이 뒤섞여 있다. 아름드리 상수리나무에 연등이 걸리고 쇠줄이 걸렸다. 쇠줄에는 참나무 숯가루로 만든 낙화가 촘촘히 매달렸다. 교각에는 이승과 저승을 연결하는 아홉 줄의 낙화가 걸리고 너나 할 것 없이 교각이 잘 보이는 자리를 두고 소소한 실랑이가 벌어졌다. 당산나무 아래는 놀이패 판이 벌어졌다. 외줄 타는 사내가 멈칫

거릴 때마다 숨죽인 탄성이 터져 나오고, 광대들의 몸짓에 날나리가 흥을 돋운다. 새납 불던 사내는 넉살 좋게 너털웃음을 뿌리고, 곡주로 목을 축인다. 연이네 삽살개 뒤를 댕기머리 아이들이 우르르 쫓아다니며 소리를 질러 댔다.

억수는 낙화를 매달았다. 숯가루가 날려 콧구멍 안이 간질거렸다. 바지런히 손을 놀리면서도 목을 빼고 사람들을 살폈다. 팔자수염을 비틀며 일의 진척을 감시하던 촌주어른이 뱁새눈을 뜨고 소리쳤다.

"일몰이 코앞인데 뭣 하느냐! 잽싸게 움직이지 못할까!"

억수는 종종걸음으로 걸어가는 촌주어른 뒷발치에 코를 팽 풀고는 낙화를 쇠줄에 매달았다. 강에는 나룻배가 떠다니고 노젓는 소리가 피리 소리처럼 창공으로 퍼졌다. 화려한 비단옷을 입은 무녀(舞女)들이 뱃전에서 붉은 꽃잎을 강물 위에 뿌리며 웃음을 날렸다. 강가 누대 위에서는 가야금이 울렸고, 어른들 가랑이 사이를 뛰어다니는 아이들은 버들피리를 불어 댔다. 난리에 가족을 잃은 상심을 털어 버리기라도 하듯 사람들은 강으로 몰려들었다. 낙화를 보려는 백성들 모두가 한마음이다. 철의 나라 안라국 불기운이 강물을 정화하여 이 땅에 전쟁이 끝나기를 기원한다.

연은 나루터 쪽으로 걸었다. 나루터도 장터와 매한가지로 번잡하다. 사람들 틈에서 머리 하나는 더 큰 서역 상인도 보였다. 허리춤이 불룩하니 칼을 찬 왜인 상인들이 떼로 몰려 있었고, 대상인 선단 앞에는 각주에서 온 상인들이 물건을 들고 줄지어 서 있었다. 연은 나루터로 내려가는 길에서 대숲으로 들어갔다. 좁은 길을 올라가다 후미진 안쪽 뒤로 낡은 누각 돌계단이 보였다. 돌계단 아래에서 뒤로 돌아나가 바위틈을 지나자 가파른 절벽이 눈앞에 펼쳐졌다. 팽나무 뒤에서 무휘가 소리 없이 나왔다.

"뒤밟는 자는 없었느냐?"

"조심한다고 했는데 워낙 뱀 같은 놈들이라 정체를 알 수 없지요."

연은 품에서 물건을 꺼내 무휘에게 건넸다. 툴툴거리던 오두막에서의 모습과 달리 빈틈이라고 없어 보이는 연을 바라보는 무휘의 얼굴에 수심이 떠올랐다. 무휘는 알 수 없는 불안감에 자꾸만 뒤를 살폈다.

"이것으로 회합에 성공할 수 있다고 보십니까?"

연의 물음에 무휘는 흔들림 없는 눈빛으로 대답했다.

"왕은 더 이상 무고한 백성들이 죽어 가는 일이 없도록 하겠다고 했다."

댓잎 흔들리는 소리에 무휘는 사위스러워서 숨을 죽였다. 쉭

날카로운 쇳소리에 표창이 날아왔다. 무휘는 재빨리 몸을 숙이면서 연을 감싸 안고 바닥으로 굴렀다. 대숲에서 자객이 달려나왔다. 무휘와 연은 동시에 절벽으로 몸을 날렸다. 표창이 날아왔다. 코앞으로 아슬아슬하게 표창이 지나갔다. 무휘는 자객의 모습을 눈에 새겼다. 작은 키, 날렵하고 호리호리한 몸, 무예로 단련된 동작들, 손등과 목덜미에 넝쿨 같은 문신이 있다.

뾰조록이 남아 있던 햇살이 산자락을 넘어 빵 손을 놓는다. 교각 위 비단 천막이 열리고 나팔수가 나왔다. 사람들의 시선이 나팔수에 집중되었다. 술렁임이 가라앉고 모두가 숨을 죽이며 서산을 바라보았다. 일몰과 동시에 나팔이 부웅 길게 세 번 울렸다. 홍색 깃발이 힘차게 오르면서 횃불을 든 사내들이 일사분란하게 낙화에 불을 붙였다. 검붉은 숯가루가 빨갛게 타오르기 시작한다. 불씨가 타닥타닥 터지면서 하늘로 날아올랐다. 교각 주변에 모인 사람들은 강으로 떨어지는 낙화를 향해 가슴에 두 손을 모으고 눈을 감았다.

무휘와 연은 민첩하게 움직였다. 자객이 따라 붙었다면 대장간에 남은 구갈 또한 위험하다. 갈림길에서 연은 오두막으로 달려갔다. 무휘는 궁 앞 진터로 향했다. 화려한 천막 뒤쪽 후미진 곳에 낡고 허름한 검은 천막이 있다. 무휘는 천막 안으로 들어갔다. 횃불 아래 어깨가 벌어지고 눈빛이 번득이는 사내가 앉아 있다. 삼베로 지은 저고리와 바지에 긴 두루마기를 입고 있지만 사내의 얼굴에는 예사롭지 않은 빛이 어른거린다. 무휘는 무릎을 꿇었다. 사내는 말없이 물에 젖은 무휘의 행색을 훑었다. 무휘는 품에서 물건을 꺼내 사내에게 바쳤다. 가죽끈을 푸는 사내의 손끝이 미세하게 떨렸다. 사내는 조심스레 가죽을 펼쳤다. 횃불 아래 붉은 섬광이 번득였다. 사내는 단도를 들어 올려 용두를 보았다. 용의 눈, 붉은 홍옥이 횃불을 빨아들인 것처럼 번쩍인다. 무휘는 머리를 숙이고 전했다.

"자객이 따라붙었습니다."

사내의 눈가가 움찔했다. 침묵이 내렸다. 가야연합을 이끌고 안라국의 부활을 위해 신탁의 증표인 황금 단도가 필요했다. 지난 국난에 단도에서 황금 머리장식이 부서졌다. 용두는 신물인 동시에 왕의 신분을 상징한다. 사내는 단도를 허리에 찬 칼집에 넣었다. 비로소 사내는 안라국 왕의 모습을 찾았다. 무휘는 핏기라고 없는 용상을 올려다보며 말했다.

"자객의 몸에 문신이 있었습니다. 해협을 건너온 자가 분명합니다. 갈고리에 가시 넝쿨 문신은 왜인들만이 하는 걸로 알고 있습니다."

왕의 눈에 푸른 불꽃이 일었다.

"가라. 자객을 불러들여 백성의 안위를 위협하는 자를 찾아내어 처단하라."

무휘는 움직이지 않았다. 지난 십 년간 한시도 떠난 적이 없었다. 그런데 가장 위급한 시기에 왕은 그에게 떠나라고 명하고 있다. 왕의 단호한 표정 아래 숨겨진 절박함을 무휘는 보았다. 허리를 굽혀 예를 올리고 천막을 나왔다. 안라회의에서 어떤 결과가 나오든 아침 해가 뜨기 전에 결정될 것이다. 가슴에 잉걸불이 들어찬 듯 홧홧거렸다.

인파에 몸을 숨겨 걸으며 무휘는 자객이 던진 표창을 떠올렸다. 분명 눈에 익은 표창이었다. 철을 다루는 기술은 안라국이 최고다. 주변국이 노리는 것 또한 철기 공방이다. 노천 광산은 물론이고 기술을 가진 장인들까지 노리고 있다. 철은 안라국의 힘인 동시에 약탈의 대상이다. 자객이 누구의 사주를 받고 움직이는지 확인해야 한다. 시전을 빠져나오는데 눈앞에 떠꺼머리 억수가 강가 반대 방향으로 걷고 있다. 무휘는 담장 그늘에 몸을 숨기고 뒤를 밟았다. 억수는 대상인 황선주의 별채 뒷문으로 들어갔다. 무휘는 담장을 넘어 향나무 뒤에 몸을 숨겼다. 억수는 별채 정자 앞에서 허리를 굽이고 있다. 정자에서 선단 관리인 집사가 걸어 나왔다.

"수고했네. 자네 솣 덕분에 선단도 무사히 낙화제를 올렸네."

"나리 덕분이지요."

"한 가지 일만 더 해 주면 약조한 품값에 더해서 보리 한 말을 내주지."

"무슨 일이신지?"

"뭐 어려운 일은 아니네. 구갈을 데려오게."

"예?"

"구갈은 안라국 최고의 철 기술자이며 세공 장인이지 않은가. 오늘같이 좋은 날 술대접을 아니 할 수 없지! 선주님이 꼭 뵙기를 원하네. 마침 서역에서 온 금박 유리구슬 목걸이가 있는데 그의 딸에게 하사하실 모양이야."

억수는 쌩하니 달려 나갔다. 구갈의 일거수일투족이 누구의 입을 통해 황선주에게 전해졌는지 불 보듯 뻔했다. 순박하지만 어리석은 숯쟁이 억수가 얌생이 웃음 소리를 내며 달려가고 있었다. 억수를 쫓아가는 무휘의 가슴에 시린 바람이 일었다.

낙화불이 줄을 따라 번져나갔다. 타닥타닥 튀고 푸르르 소르르 떨어지는 꽃불은 채 피기도 전에 꺾여 버린 영혼들을 떠올리게 했다. 엿장수가 불꽃에 눈을 떼지 못하는 사이, 개구쟁이 아이들은 슬금슬금 엿을 훔쳐 달음박질쳤다. 쉬땅나무 가지마다 송송 맺힌 꽃봉오리가 불꽃 아래 진주처럼 반짝인다.

연은 아버지를 찾아 이리저리 뛰어다녔다. 자객을 피해 급히 달려갔을 때, 오두막은 텅 비어 있었다. 혼자서는 운신조차 힘든 아버지를 누군가 낙화놀이에 모셔온 것이라 믿고 싶었다. 바람을 따라 눈앞에 진주매(珍珠梅) 꽃잎이 함박눈처럼 흩날렸다. 낙화에 넋을 잃은 사람들이 손을 잡고 빙글빙글 원을 그리기 시작했다. 사람들의 손을 밀치며 나가려 할 때 누군가 소리쳤다.

"봉화가 올랐다."

웅성거림은 곧 아우성으로 퍼져나갔다. 낙화에 취해 있던 사람들의 눈이 산꼭대기로 모였다. 누군가 아이의 손을 잡고 달음박질치기 시작했다. 사람들의 입에서 비명이 쏟아졌다. 아이를 찾는 엄마들의 목청이 공포로 찢어졌다. 한꺼번에 몰린 사람들이 서로 밀치고 나가려 실랑이를 벌이다 넘어지고 굴렀다. 나룻배에서 낙화를 즐기던 이들이 벌떡 일어나면서 배가 뒤집어졌다. 사람들에 떠밀리는 연의 팔을 잡아채는 손이 있었다. 고개를 돌리자 무휘가 서 있었다. 연은 무휘 손에 끌려 무리에서 벗어날 수 있었다. 무휘는 연을 데리고 수풀 쪽으로 갔다. 연지연 뒤쪽에는 허리까지 자란 부들 잎이 바람에 흔들리면서 피리 소리를 낸다.

"늪지로는 적이 들지 않을 것이다. 깊이를 알지 못하니 함부로 늪지를 건너기보다 돌아서 갈 것이다. 그러니 제일 안전한 곳은 이곳이다."

연은 무휘의 소맷자락을 잡았다.

“아버지가 안 보이십니다. 아버지를 찾아야 합니다.”

연의 팔을 잡고 단호한 어조로 무휘가 말했다.

“봉화가 올랐다. 다시 내려갔다간 적에게 발각될 것이다.”

무휘의 호통에 연은 잡았던 손을 놓으며 또박또박 힘주어 가며 말했다.

“눈앞의 죽음보다 두려운 것이 무엇인지 아십니까?”

붉게 상기된 연의 얼굴이 타오르는 불꽃처럼 보인다.

“죽음보다 더한 고통은 속절없이 기다리는 것입니다. 운신조차 못 하시는 아비를 두고 저 혼자 목숨을 구하란 말입니까!”

턱을 내밀고 무휘를 올려다보는 연의 두 눈에 파란 불꽃이 이글거렸다.

“내가 찾아보겠다. 그러니 너는 이곳에서 한발자국도 나서지 마라.”

연은 고집스레 입술을 깨물고 고개를 저었다. 무휘의 눈에는 어느 순간부터 연의 붉게 상기된 뺨과 입술만 보인다. 연의 목소리는 메아리처럼 윙윙거리고 심장이 북을 치듯 울렸다. 무휘는 연의 손을 잡았다. 작고 여린 손이 그의 손안에 들어왔다. 지난 세월 그토록 다짐했던 각오가 부질없음을 알았다. 전쟁을 끝내고 버드네에서 연을 안해로 맞아 부부로 살아가리라 소원

했다. 왕의 호위 장수로 있으며 무휘가 원한 것은 언제나 그 한 가지였다. 연이 사립문 앞에서 변함없이 자신을 맞이해 줄 것이라 믿었다. 얼마나 어리석었던가. 한 치 앞도 알 수 없는 삶일진대. 눈물로 어룽진 연의 어깨가 울음을 참느라 바들바들 떨렸다. 누군가 그의 뒤통수를 후려치는 것처럼 눈앞이 흔들렸다. 무휘는 연의 눈가에 맺히는 눈물을 입술로 훔쳤다. 연의 떨림이 그의 입술을 타고 온몸을 전율하게 했다. 무휘는 떨리는 손으로 연을 보듬어 품에 안았다. 연은 무휘의 단단한 가슴에 얼굴을 묻었다. 눈물이 흐른다. 연은 생각했다. 이대로 시간이 멈춘다면…… 바람이 솔가지를 흔들었다. 무휘가 속삭였다.

"이슬이 맺히고 있어."

곧 새벽이 오고, 적이 성을 향해 달려올 것이다. 달빛도 없는 어둠이 겹겹이 둘러싸고 있었다. 어둠을 가르고 불화살이 솟았다. 무휘의 몸이 굳어졌다.

"저 불화살은 왕의 신변에 위험이 닥쳤다는 신호다. 가 봐야한다."

연은 무휘의 얼굴에 가늘고 긴 손가락을 뻗었다. 깊은 눈매와 강인함이 서린 콧날과 턱선을 어루만지며 뒤꿈치를 천천히 들어 올렸다. 연의 입술이 무휘의 입술에 닿았다. 무휘는 연을 힘껏 껴안고 온몸으로 말했다.

"새벽이 오기 전에 돌아오마. 이곳에 있어야 한다!"

무휘는 연에게 습지 부들 숲에 몸을 숨기고 있으라 몇 번을 당부하고 어둠 속으로 들어갔다. 무휘가 보이지 않자 연은 그 자리에 주저앉았다. 혼자 있다는 두려움보다 사람들에게 있을 변고에 숨이 막혔다.

무휘는 한 치 앞도 보이지 않는 길을 전쟁터에서 익힌 직감으로 내달렸다.

왕은 호위무사들과 적을 향해 나아가고 있었다. 무휘는 왕에게 고했다.

"산성 방어 진지로 가려고 하오니 명을 내려 주십시오."

수심으로 무거워진 왕의 음성이 무휘의 가슴을 아프게 했다.

"그들을 찾았는가?"

무휘는 고개를 숙였다. 갑옷을 입은 왕의 숨소리는 거칠었다. 고개를 들지 못하는 무휘를 향해 왕이 손을 내밀었다. 무휘가 한 발자국 앞으로 나아갔다. 왕이 무휘의 귀에 속삭였다.

"구갈을 찾아라. 도검비서를 지켜야 한다."

무휘는 어깨에 놓인 왕의 손에서 전해지는 울림을 가슴에 새겼다. 그길로 황선주 집으로 달렸다. 바람이 귓가를 스쳤다. 개 짖는 소리조차 들리지 않자 본능적으로 무언가 잘못되었다는 생각이 들었다. '자객이 노린 건 왕의 단도, 그자는 왜 단도를 노렸을까?' 그때 정자에서 들려온 목소리가 떠올랐다. '구슬 목걸이를 선물로 주려고 하네.' 자객이 노린 것이 단도가 아니라면? 뇌리를 스친 생각에 무휘는 그 자리에 얼어붙었다. 길을 바꾸었다. 간이 나루터로 향했다. 황선주가 낚싯배를 띄우는 간이 나루터는 높은 벼랑이 사시사철 해를 가리어 자세히 보지 않으면 보이지도 않는다. 무휘는 발소리를 죽이고 조심스레 내딛었다. 소형 통나무배 한 척이 물살에 밀리면서 둔탁한 소리를 낸다. 희미한 불빛이 오두막에서 새어 나왔다. 오두막 널판지 사이로 바람 소리가 났다. 무휘는 오두막에 바싹 붙어 서서 안의 동태에 귀를 기울였다.

"한시가 급합니다. 바다로 나가 상선에 몸을 숨겨야 합니다."

집사 목소리였다. 뒤이어 또 다른 사내가 말했다.

"제가 모시겠습니다."

"자네가 제때 일을 처리하지 못해서 사단이 났는데, 나를 모시겠다! 처음부터 왜인들의 힘을 빌리는 게 아니었어. 그만두게!"

날카로운 어조에 서슬이 퍼랬다. 오금이 졸아들게 할 만큼 냉기로 가득 찬 음성은 황선주다. 무휘는 틈새로 안을 들여다보았다. 자객 옆에 구갈이 재갈이 묶인 채 뒷결박되어 쓰러져 있다. 무휘는 치미는 살기를 누르고 침착하게 숨을 참았다. 뒷걸음으로 오두막에서 떨어져 나루터로 갔다. 배를 묶은 줄을 칼로 잘랐다. 물살에 배가 떠내려갔다. 오두막 문 열리는 소리에 무휘는 수풀에 몸을 숨겼다.

"제길, 신라군은 열하루에 온다더니, 멍충이 같으니!"

무휘는 허리춤에 찬 칼을 잡았다. 황선주가 신라와 왜, 두 나라를 상대로 모종의 계략을 꾸민 게 분명하다. 집사가 말했다.

"비밀협약을 틀어지게 한데다 구갈을 넘기고 한몫 크게 챙기기는 일만 남았습니다."

산죽 회초리 휘두르는 소리 같은 질타가 쏟아졌다.

"몫이라니! 도검비서가 없는데 무슨 소용이야. 강줄기 차지하려고 재화를 뿌린 줄 아나! 배나 풀어."

황선주가 후려치듯 명했다. 집사는 구갈을 바닥에 내던지듯 하고는 배를 풀려고 허리를 굽혔다. 그 순간 무휘는 몸을 날려 집사 궁둥이를 걷어찼다. 물에 빠진 집사는 뒤집어진 쇠똥구리처럼 허우적거리며 빠른 물살에 휩쓸려 떠내려갔다. 무휘는 몸을 홱 돌려 등을 향해 내려온 칼을 받아쳤다. 쨍, 칼날이 부딪치면서 불꽃이 튀었다. 상대의 칼솜씨가 예사롭지 않다. 칼날에 살기가 번득인다. 무휘는 상대의 얼굴을 덮고 있는 문신을 보았다. 무휘는 발끝을 틀면서 상대의 움직임을 좇았다. 자객의 칼날이 무휘의 저고리를 갈랐다. 무휘는 흩어진 숨결을 고르고 온몸으로 칼의 떨림을 따랐다. 무휘는 눈을 감았다. 그리고 눈으로 좇으려 한 형상을 지웠다. 들숨을 단전에 묶고 귀를 열었다. 자객의 움직임이 들린다. 손목을 살짝 틀면서 칼날을 사선으로 휘둘렀다.

숨통이 끊어지는 자객의 단발음에 뒤에 서 있던 황선주가 소리쳤다.

"무휘, 감히 네놈이 나를 막아!"

무휘는 칼끝을 황선주의 목에 겨누고 팔을 뻗었다. 황선주가 턱을 들어 올리며 쏘아보았다. 황선주의 이기심이 불러온 비극에 무휘는 참담함을 금할 수 없었다. 수많은 목숨이 적의 창칼에 쓰러질 것이 자명한데, 만백성을 위한 낙화 날을 적에게 알려 주다니. 무휘는 황선주를 향해 한 발 다가섰다.

"나는 안라국 호위대장 이무휘다. 왕의 명으로 네놈의 목숨을 거두겠다."

황선주가 입술을 실룩거리며 눈을 부라렸다. 무휘가 소리쳤다.

"구갈 장인을 어떻게 하려 했느냐? 왜, 다 같은 안라국 백성이지 않느냐."

고통에 찬 무휘의 말에 황선주의 얼굴이 일그러졌다.

"안라국 운명은 이미 끝났다. 무지렁이들은 알려고 하지도 않아. 그저 눈앞에 번쩍이는 낙화에 헤벌쭉하지."

칼끝이 황선주 목을 파고들었다. 황선주가 기침을 쏟으며 이죽거렸다.

"구갈, 어리석은 놈. 내 그리 말했는데 고집을 부리더군. 권력을 쥐어 주겠다는데도 마다하니, 원하는 데로 묶어서 끌고 갈 수밖에."

무휘는 피가 솟구치는 것 같았다. 황선주가 경멸에 찬 어조로 말했다.

"가야 최고의 칼잡이 무휘, 앉은뱅이 구갈이라!"

피식피식 웃는 황선주의 얼굴이 기이하게 일그러졌다. 무휘는 손목을 움직였다. 칼날이 황선주의 비단 두루마기를 잘랐다. 두루마기가 발치로 떨어진다. 얼음발같이 차가운 어조로 무휘가 말했다.

"나라를 팔아 네놈이 취하려 한 것이 백성의 안위란 말이냐! 네놈의 뱃속에 기름기를 채우려 한 것이지."

눈을 부릅뜬 황선주가 송충이 같은 눈썹을 치켜세우고 소리쳤다.

"한 치 앞도 분간치 못하는 네놈들이 대해(大海) 같은 내 뜻을 어찌 알겠느냐. 이 땅은 역류지형(逆流地形), 곧 물길을 잡으면 나라를 뒤집을 수 있다."

무휘는 손목을 돌려 칼끝을 세웠다. 황선주의 얼굴에서 핏기가 사라졌다.

"무슨 궤변을 늘어놓는 것이야!"

황선주 눈에 푸른빛이 괴이하게 어른거렸다.

"동남서에 우뚝 솟은 청룡, 여항, 방어산이 병풍처럼 두른 이곳은 함안천과 서천, 남강이 정북으로 흐르다 낙동강과 합류하여 북동으로 흘러가지. 이 땅은 강줄기가 합쳐지는 지류를 품고 있어 바다와 육지를 이어 주는 요충지다. 물길을 바꾸어 바다로 나아가는 길을 넓히면 이 땅뿐만 아니라, 북방 대륙까지도 가질 수 있단 말이다. 네놈은 그 칼로 할 수 있는 게 무엇이냐!"

광기에 사로잡힌 황선주 얼굴은 악귀 같았다. 무휘는 손목에 힘을 주며 소리쳤다.

"간교한 술책이 네놈의 사악함을 가리기보다 악취만 더 할 뿐이다."

일그러진 황선주의 얼굴이 독기로 가득 찼다. 목에 핏줄이 툭 불거지더니 무휘를 향해 손목을 휘둘렀다. 순간 무휘는 상체를 획 비틀며 칼을 쥔 팔을 뻗었다. 표창이 무휘의 목덜미를 스치듯 지나갔다. 가슴에 칼이 박힌 황선주의 입에서 피가 솟구쳤다. 피를 토하며 저주하듯 중얼거렸다.

"컥… 네놈들 또한 아무것도 가질 수 없을 것이다. 도검비서만 내놓았다면 연이는 놓아주려 했는데…… 연을 저승 길동무로 데려가겠네."

황선주는 눈을 부릅뜬 채 숨이 끊어졌다. 무휘는 넘어져 있던 구갈을 부축해 일으켰다. 재갈을 풀고 손목을 묶고 있던 밧줄을 잘랐다. 구갈이 거친 숨을 몰아쉬며 말했다.

"연이는? 연이는 어디 있는가?"

구갈은 무휘의 옷자락을 잡고 흔들었다. 희미하지만 말발굽 진동이 느껴졌다. 구갈 또한 땅의 울림을 느꼈다. 구갈이 무휘를 밀어 내며 소리쳤다.

"연을 찾아. 얼른 가! 도검비서를 연이 가지고 있네."

무휘는 날듯이 달렸다. 벌써 어둠이 열어지고 있었다. 성문은 이미 떨어져 나가 뒹굴고 있었다. 성안 곳곳에 불길이 치솟고, 연기가 자욱했다. 무휘는 앞을 가로막는 적을 향해 칼을 휘두르며 나아갔다. 마음 같아서는 한달음에 연지연(蓮池淵)으로 달려갈 수 있는데, 적의 수는 줄어들지 않는다. 곳곳에 쓰러진 백성들이 그의 가슴을 찢어지게 했다. 거친 숨을 몰아쉬며 연지연에 다다른 그의 눈에 화살을 겨눈 살수가 포착되었다. 무휘는 화살이 향한 방향을 보았다. 그곳에 연이 두 팔을 벌리고 고개를 빳빳하게 세운 채 서 있다. 무휘는 목이 터져라 소리쳤다. 연이 움직이지 않는다. 창을 든 신라군들이 무휘를 막아섰다. 열이 넘었다. 여인네 한 명을 잡기에 너무 많은 군사가 모여 있다. 분명 도검비서를 획득하라는 명을 받는 군사들이다. 무휘의 눈에는 오로지 연만 보였다. 무휘는 적의 목을 향해 칼을 휘둘렀다. 옆구리를 찌르고 들어오는 창을 막으며 몸을 날렸다. 무휘는 피를 토하듯 소리쳤다.

"연아, 피하지 않고 뭣하느냐! 연아."

무휘를 바라보는 연은 피가 나도록 입술을 깨물고 있다. 무휘는 눈앞의 정경이 믿기지 않았다. 숨어 있기 힘들었다면 피하기라도 했을 연이었다. 자신의 한 몸 정도는 지킬 수 있는 연이기에 더더욱 이해할 수 없었다. 왕은 도검비서가 적의 손에 넘어가느니 소멸을 명했다. 무휘는 숨을 멈추고 칼을 던졌다. 궁수의 등에 칼이 박힌 순간 화살이 시위를 떠났다.

바람이 분다. 물빛 치맛자락이 흔들린다. 검붉은 피가 솟아 저고리를 물들인다. 무휘는 연을 향해 손을 뻗었다. 바람에 날아온 진주매 하얀 꽃잎이 비가 되어 내린다. 조금만, 조금만 더. 무휘의 외침에 화답하듯 연이 손을 내밀었다. 꽃잎이 연의 하얀 뺨 위에 내려앉는다. 무휘는 연의 손을 잡았다. 무휘는 연못으로 떨어지면서 보았다. 연이 서 있었던 자리에 웅크리고 있는 형체는 삽살개를 품에 안은 예닐곱 살로 보이는 댕기머리 아이다. 연의 마음이 무휘의 가슴에 와 닿았다.

날이 밝고 연기가 걷히면서 참혹하게 파괴된 모습이 드러났다. 불타 버린 마을에 하얗게 재를 덮어쓴 억수가 구갈을 등에 업고 걷고 있다. 두 사람은 만나는 사람마다 붙잡고 연이를 보았느냐고 물었다. 그러나 누구도 대답하지 않았다. 낑낑거리는 삽살개 소리에 구갈이 고개를 돌렸다. 연지연 바위 틈에 웅크리고 있던 아이가 훌쩍거렸다. 약재상 손자였다. 삽살개가 버둥거리더니 아이의 품에서 벗어나 구갈을 향해 짖다가 연못을 향해 짖었다. 물결조차 잠든 고요한 연지연에 수줍게 올라온 연꽃 봉오리 위로 아침 햇살이 비쳤다. 구갈은 바위에 기대어 연과 무휘를 부르고 또 불렀다.

잉커송

케이블카가 플랫폼을 빠져나가기 시작했다. 끼익, 덜커덩. 황산의 주봉 리안화펑(蓮花峰)으로 올라가는 케이블카는 일 미터 정도 아래로 미끄러지듯 떨어졌다. 갑작스런 흔들림에 나는 몸의 중심을 잃었다. 한순간 몸속의 모든 피들이 발가락을 통해 한꺼번에 빠져나가는 것 같았다. 나는 겨우 중심을 잡고 고개를 들었다. 창밖은 온통 설경이었다.

산을 무겁게 짓누르고 있는 눈 위로 다시 눈이 내리기 시작했다. 성긴 눈발이 케이블카 창에 달라붙었다. 하나씩 늘어나는 눈발은 제각각 서로 다른 모양을 하고 있었다. 밥알이 퍼진 모양에서, 만개한 목화 꽃 같기도 하고, 어떤 눈발은 가시를 잔뜩 세운 성게 같기도 했다. 눈발들 사이로 동생 연수의 얼굴이 선연히 떠올랐다. 연수는 유난히 눈을 좋아했다. 한겨울이 되어도 눈을 거의 볼 수 없는 부산에서 눈은 연수의 간절한 기도가 되고는 했다. 어쩌다 눈발이 흩날리기라도 하면 창을 열고 손을 내밀었다.

"저건 눈도 아니야. 땅에 닿기도 전에 녹아 버리잖아."

그건 눈이라기보다 눈발이 몇 점 섞인 비였다. 내 말에 연수는 싱긋 웃었다.

"어쨌든 하늘에서 뭔가 내린다는 것이 그냥 좋아. 깜짝 선물을 받는 기분이야. 언니, 이런 날엔 멋진 남자랑 따뜻한 커피나 한잔 했으면 좋겠다."

"그러게, 내가 뭐랬어. 집에만 있지 말고 밖에 나가서 사람도 만나고 그러랬잖아."

연수는 섬세한 성격이었다. 잠깐 내렸다 녹아 버리는 눈을 끝까지 바라보며 그 순간의 설렘과 아쉬움으로 눈을 기다리며 겨울을 보냈다. 갑자기 눈가가 화끈거렸다. 나는 손바닥으로 눈을 가리고 눌렀다. 돌이켜 보면 언제 울었는지 기억조차 없었다. 나는 울지 않는 아이였다. 눈물은 부질없는 감정의 낭비로 결론을 내린 지 오래였다. 눈물은 눈을 충혈시키고, 눈두덩을 보기 흉하게 붓게 만들고, 두통까지 동반하는 그야말로 부질없는 것이라고 나는 생각했었다.

황산은 일흔두 개의 봉오리를 가지고 있다. 고생대의 편마암과 사암, 점판암으로 이루어진 기암괴석을 병풍처럼 두르고 있다. 케이블카 창으로 보이는 봉오리는 죽순산이다. 구름바다 위로 섬처럼 솟아 있는 봉오리들은 저마다 이름을 가지고 있다. 나무 한 그루, 돌계단 하나까지 이름이 있다. 황산에는 소나무가 유난히 많다. 산허리 아래로는 소나무가 군락을 이루고 있다. 가늘고 날카로운 잎으로 산을 지키고 있는 것 같다. 바람이 일 적마다 솔잎에서 철판 위를 구르는 모래알 소리가 났다.

2803미터 길이의 케이블카는 어느새 세 개의 봉오리를 넘었다. 그동안 여섯 번 정도 예고도 없이 케이블카는 허공으로 떨어졌고, 그럴 때마다 목구멍에서 신물이 올라왔다.

다섯 겹의 쇠줄에 너무나 쉽게 생명을 맡긴 동행인들을 둘러보았다. 케이블카에는 열댓 명의 관광객들이 타고 있었다. 붉은기가 도는 여우 털목도리를 한 뚱뚱한 체격의 중국인 여자와 배가 불룩 나온 남자는 연신 카메라 셔터를 눌러 댔다. 한 무리의 학생들은 황산을 오르면서 청바지에 단화를 신고 있었다. 달갑지 않은 인연으로 나와 동행이 되어 버린 사람들도 있었다. 머리를 바싹 당겨 한 가닥으로 묶고, 작고 까만 눈으로 주변을 살피는 여자와 밤송이처럼 수염이 숭숭 난 뾰족한 턱에 외겹의 갸름한 눈을 가진 남자. 두 사람은 칭링과 박기수다. 기수는 그

전에 잠깐 나와 인연을 맺은 적이 있다. 그리고 그것은 어처구니없는 일들의 시작이었다.

3년 전. 나는 꽤 이름 있는 스튜디오의 제의를 거절하고 프리랜서 사진작가의 길을 선택했다. 때마침 그리스 신화가 출판계를 폭풍처럼 강타했고, 나는 미케네의 사계절을 담는 사진을 계약하게 되었다. 엘렉트라 콤플렉스란 용어를 낳게 한 신화의 도시 미케네. 미케네는 나에게 정신적 풍요와 자유를 주었다. 작업은 하루 세 시간 정도면 충분했다. 햇살이 따가운 정오에는 식사를 하고 그물 침대에 누워 한가롭게 시간을 보냈다. 저녁에는 노천 시장을 구경하고 수예품들을 카메라에 담았다. 밤이면 카페에 앉아 데미타세 잔에 담긴 에스프레소를 마셨다.

반년 전 여름이 막 시작되려던 6월이었다. 7개월 만에 잠시 귀국을 해서 우연히 만난 사람이 박기수였다. 기수는 T&J재즈 클럽의 매니저였다. 매니저는 명함에 적힌 명분만 그럴 뿐, 실상 그가 하는 일은 재즈 클럽에서 눈이 맞은 사람들을 연결해 주는 일이었다. 주선해 준 커플이 성공하면 그의 주머니에 뒷돈이 들어가는 그런 일이었다. 그는 내게 댄스 파트너를 소개해 주며 자신과 데이트를 해 줄 것을 조건으로 걸었다. 그의 호방하고 거침없어 보이는 첫인상에 마음이 끌렸다.

나중에 생각해 보니 고대도시의 흔적을 파헤치다 돌아온 내게 살아 있는 사람의 단세포적 즐거움이 절실하게 필요했던 모양이었다. 고대도시는 아름답기도 했지만, 죽음의 흔적이었다. 마치 그것은 시간이 정지된 공간을 유영하는 것 같았다. 활달한 성격의 기수가 내게는 생생한 생명의 자극으로 다가왔다. 클럽에서 와인과 춤에 흠뻑 취한 그날 밤 우리는 호텔로 갔다. 다음 날, 나는 다시 그리스를 향해 떠났다.

하룻밤 즐긴 일로 끝났어야 할 기수와 보낸 시간이 전혀 엉뚱한 모습으로 내 인생에 끼어들고 있었다. 그때 나는 미케네의 사자문 앞에 서 있었다. 트로이와의 전쟁에서 승리한 군사들이 깃발을 높이 세우고 개선하는 미케네의 옛 영광을 보다 강렬하게 내 필름에 담아 내고 싶었다. 재킷 주머니에 넣어 둔 휴대폰이 요란스레 울렸다. 폴더를 열자 연수의 목소리가 흘러나왔다.

"아버지가 아무래도 이상해……. 언니가 당장 와 줬으면 좋겠어."

나는 그 길로 서울행 비행기에 올랐다. 인천공항에 도착해서 국내선으로 갈아타고, 부산에 내려 병원에 도착했을 때 주변의 나무들은 붉게 물든 잎을 뭉텅뭉텅 떨어뜨리고 있었다. 긴 복도를 달려 병실 문을 열었다. 아버지는 뜻밖에도 자리에 앉아 홍시를 드시고 계셨다. 아버지의 입가에는 붉은 홍시 감물이 묻어 있었다. 나를 바라보는 아버지의 눈이 휘둥그레졌다. 나는 멍하니 서 있었다. 아버지는 위독하기는커녕 이상하게 보일 정도로 건강해 보였다. 그때 누군가 내 어깨를 툭 쳤다. 연수였다. 그리고 조금씩 병실 안의 모습들이 눈에 들어왔다.

그리스는 한국 시간보다 일곱 시간 늦다. 그래서 나는 시차에서 오는 착시현상이라고 믿고 싶었다. 침대 끝에 서 있는 사내가 눈에 들어왔다. 그가 왜 여기 있는 걸까? 너무나 당당한 모습으로, 보호자처럼 서 있는 사람은 다름 아닌 기수였다. 재즈 클럽에서 만나 짧은 시간을 함께 보냈던 남자. 그는 입으로는 웃음을 띠고 있었지만 눈빛은 내 몸을 훑고 있었다.

"인사가 늦었습니다. 박기수라고 합니다."

다분히 연극적인 말투가 귀에 거슬렸는데, 내게만 그렇게 들리는 것 같았다. 연수와 아버지의 표정을 보니 아무것도 모르는 눈치였다. 기수는 연수의 어깨에 팔을 두르고 한 손으로 연수의 머리카락을 지분거렸다.

"언니, 우리 약혼했어. 아버지도 허락하셨어."

순간 나는 말문이 막혔다. 머릿속을 누군가 마구 휘젓는 것 같았다. 그가 어떻게 이곳에 오게 되었을까. 그러다 얼핏 생각이 났다. 집요하게 묻는 그에게 집 전화번호를 알려준 기억이 떠올랐다.

케이블카 창을 둘러싼 공기는 짙은 잿빛이다. 시간은 겨우 오후 4시를 넘고 있는데, 하늘은 벌써 어두워지고 있다. 눈에 보이는 것은 기암괴석들이다. 괴석들은 하나같이 화강암으로 색깔은 검다. 갈라진 돌 틈 자리마다 흰 눈이 수북수북 쌓여있다. 누군가 재채기라도 하면 부르르 살아날 것 같은 괴벽들은 으스스해 보였다. 나는 긴장되고 무서운 느낌을 지울 수 없었다. 산은 가만히 있는데, 조금씩 커지는 두려움에 짓눌리는 느낌을 나는 지우지 못하고 있었다. 연수를 찾아서 집에 데려다 놓고, 빨리 미케네로 돌아가고 싶다는 생각이 간절했다. 새파란 지중해 바닷물에서 딱 한 시간만 수영을 하고 나면 모든 것을 잊을 수 있을 것 같다는 생각이 들었다.

기수에게 찰싹 달라붙어 끊임없이 조잘거리던 연수의 자리에 칭링이 있다. 칭링은 조선족 3세로 고향이 연해주라고 했다. 어눌하기는 하지만 조선어를 조금 할 줄 알았다. 그녀는 현재 기수의 동거인이다. 기수의 식사와 세탁, 자잘한 집안일을 하는 열아홉 살의 소녀다. 무언가를 발견한 듯 칭링은 기수의 팔을 끌며 케이블카 창밖을 가리켰다. 그녀의 손끝이 가리키는 곳은 벼랑 끝에 고고히 서 있는 한 그루 소나무였다. 케이블카 안내 직원이 손에 작은 마이크를 들고 말했다.

"영객송으로 불리는 소나무입니다. 여기서는 잉커송이라고 하는데 저 나무의 나이가 천년이나 되지요. 사람의 팔처럼 뻗은 가지가 여러분을 환영하는 것 같지 않습니까. 그래서 영객송이라는 이름이 붙여졌지요. 그렇다고 저 나무를 오래 쳐다보지는 마세요. 저 나무에 홀려 앞으로 나아가다가 해마다 몇 사람씩 낭떠러지에 떨어져 죽는 사고가 나니까요."

손짓하듯 긴 가지를 벼랑 끝으로 뻗은 잉커송은 산을 오르내리는 사람들을 향해 손을 흔드는 것처럼 보였다. 직원의 입에서 설명이 이어졌다.

"황산의 소나무와 기암괴석은 기이하면서도 신령스럽고, 하늘로 올라가는 계단으로 불리는 풍광은 인간의 눈을 멀게 하며, 화가는 붓을 버리게 하고, 시인은 글귀가 막히게 하는 절경입니다. 인간선경, 인간 천국이 바로 여기, 황산입니다."

내게는 인간이라는 단어와 천국이라는 단어의 조합이 어색하게 느껴졌다. 인간세계에 과연 천국이라는 게 가능할까 싶었다. 당뇨로 반평생을 고생하신 아버지의 병과 비참한 죽음. 흔적도 없이 사라진 연수, 그리고 박기수. 이 모든 것들이 천국이라는 단어와는 너무나 거리가 멀었다.

그날 병원에서, 두 사람의 약혼 소식으로 충격을 받은 내게 연수는 연이어 말했다. 연수의 목소리는 수많은 연습을 하기라도 한 것처럼 크고 또렷했다.

"언니, 내가 청바지 숍을 열고 싶다고 말한 거 생각나? 기수 씨가 상하이에 가게를 하나 열어준다고 했어. 나, 꼭 해보고 싶어. 이런 기회 두 번 다시 없을 것 같아. 그리고 자리가 잡히는 대로 곧 결혼식도 올릴까 해. 그래서 말인데, 이제부터 아버지 옆에 언니가 있어 줬으면 해. 우린 내일 떠나."

연수는 말을 하면서 힐끔힐끔 기수의 얼굴을 살폈다. 기수의 입꼬리가 보일 듯 말 듯 희미하게 올라가고 있었다. 아버지는 아무 말 없이 눈을 감고 있었다. 눈가에 진 주름이 더 깊어 보였다.

다음 날, 거짓말처럼 연수는 떠났다. 신혼여행을 떠나는 신부처럼 아버지를 두 팔로 꼭 끌어안은 다음, 주름진 뺨에 쪽 소리 나게 입맞춤을 했다. 그 애의 행복에 겨운 표정에도 불구하고 등줄기를 타고 퍼지는 불길함을 떨쳐 버릴 수 없었다.

연수가 떠난 후 아버지의 병세는 갑자기 악화되었다. 일반병실에서 중환자실로 옮긴 지 16시간 만에 아버지는 숨을 거두었다. 연수가 떠난 지 꼭 일주일 만이었다. 당뇨합병증으로 두 발을 잘라 내고도 피부가 접히는 곳마다 조금씩 썩어 들어가는 몸으로 목숨을 이어 온 아버지가 그렇게 허망하게 숨을 거둔 사실을 나는 받아들일 수 없었다. 아버지는 연수가 떠난 그 순간 삶의 끈을 놓아 버린 것 같았다.

장례 준비가 진행되었다. 수의가 준비되고, 장례 음식이 도착하고, 향이 피워졌다. 연수에게는 끝내 연락이 닿지 않았다. 기수가 적어준 연락처는 없는 번호라는 녹음된 메시지만 나왔다.

아버지를 묻고 돌아서자 부산에 첫눈이 내렸다. 연수가 그렇게도 기다렸던 눈이었다. 눈은 내리는데 연수는 끝내 오지 않았다.

손잡이를 잡자 케이블카의 흔들림도 참을 만했다. 눈을 감았다. 그러자 흔들림이 파도 위에 몸을 맡기고 떠 있는 것 같은 착각을 일으키게 했다. 바다가 아닌 허공이라는 것만 다를 뿐, 떨어지거나 빠졌을 때 일어나는 결과는 마찬가지일 것이다. 좁은 케이블카엔 음악이 흘렀다. '메기의 추억'이었다. 순간 나를 둘러싸고 있던 사람들의 소리가 아득하게 멀어졌다. '메기의 추억'은 연수가 곧잘 부르던 노래였다. 어디선가 연수의 흥얼거리는 소리가 들렸다.

"언니, 엄마 얼굴 기억해! 내가 엄마랑 닮았다면서? 난 이 노래만 들으면 엄마가 생각나."

엄마는 연수가 첫 걸음마를 떼기 시작할 무렵, 내가 다섯 살 때 돌아가셨다. 교통사고였다. 문득 연수를 찾아서 미케네로 같이 가자고 해야겠다는 생각이 떠올랐다. 지금 미케네의 하늘은 구름 한 점 없는, 파란 물감을 쭉 짜 놓은 것처럼 투명할 것이다. 밤에는 뼈가 시릴 정도로 기온이 내려가는 날도 있지만, 낮에는 부드러운 바람을 기분 좋게 즐길 수 있었다. 연수는 분명 미케네를 좋아할 것이다. 사자문을 보면 연수는 분명 신화보다 더 재미있는 이야기를 풀어낼 것이다. 플라카로 불리는 노천카페에서 햇살을 받으며 느긋한 식사와 차를 즐겨도 좋을 것 같다. 연수의 손을 잡고 야시장을 걸어도 보고 싶다. 왜 이전에는 이런 생각을 못했을까. 지금까지 연수와 속내를 털어놓는 대화를 나눈 적이 한 번도 없었다.

장례식 후 아버지의 유품을 정리하면서 나는 그제야 기수가 무엇 때문에 연수를 데리고 떠났는지 알았다. 아버지는 군공무원으로 퇴직 후 연금과 꽤 많은 돈을 가지고 있었다. 연수가 떠나기 전 아버지의 계좌에 있던 돈이 인출되어 있었다. 장례 치를 돈조차 남아 있지 않았다. 기수가 연수를 만난 것 또한 의심스러웠다. 재즈 클럽을 그만둔 그가 부산으로 내려왔고 나를 찾아왔다가 연수를 만났을 게 분명했다. 연애다운 연애를 한 번도 해 보지 못한 연수는 기수의 눈에 좋은 사냥감일 뿐이었을 것이다. 재즈 클럽에서 다져진 그의 매끄러운 말투는 연수의 몸과 마음을 사로잡는 데 서너 시간이면 충분했을 것이다. 모든 일이 내 생각보다 앞서 일어났다.

칭링은 케이블카 창에 얼굴을 바싹 붙이고 서 있다. 눈이 달라붙는 자리마다 손가락을 갖다 댔다. 칭링은 눈을 처음 보는 어린아이처럼 같은 행동을 반복했다. 작은 어깨와 가느다란 허리선 아래 동그란 엉덩이, 칭링의 뒷모습은 연수와 너무나 닮아 있었다.

어제 아침 나는 연수가 남기고 간 주소를 들고 비행기에 올랐다. 장례를 치른 지 열흘 째 되는 날이었다. 수소문 끝에 찾아간 주소지는 안후이성 동릉시 외각의 붉은색 벽돌로 지어진 아파트였다. 301호 현관문은 청록색으로 덧칠을 했는지 페인트가 덕지덕지 엉켜 있었다. 철문 가장자리는 칠이 벗겨져 녹슨 얼룩이 방치되어 있었다. 벨을 눌렀으나 안에서는 아무런 기척이 없었다. 다시 한 번 눌렀다. 세 번째 벨을 누르고 나서야 문 너머에서 슬리퍼 끄는 소리가 났다. 잠금장치가 돌아가는 소리가 나고 철문이 한 뼘가량 열렸다. 그 사이로 기수가 얼굴을 내밀었다. 문 앞에 서 있는 내가 헛것이라도 되는 것처럼 그는 손등으로 눈을 비비고 다시 쳐다보았다. 눈꼬리가 가늘어지고 입술이 일그러지며 콧잔등에 주름이 잡혔다. 문고리를 단단히 붙잡고서 눈을 가늘게 뜨고 차갑게 말했다.

"어! 어떻게 왔어. 여긴 어떻게 알고?"

문을 가로막고 있는 그를 밀치고 나는 안으로 들어갔다. 집 안의 공기는 복도보다 차가웠다. 찬 공기에 숨이 탁 막혔다. 몇 겹인지 알 수 없을 정도로 껴입은 옷으로 인해 두루뭉술해진 몸과, 언제 감았는지 기름기가 흐르는 머리에 찰싹 들러붙은 머리카락 때문에 그는 고슴도치처럼 보였다. 하지만, 자신의 이익을 위해서라면 몇 분 만에 매력적인 모습으로 돌변할 수 있으리라는 것을 나는 알고 있었다.

"연수는 어디 있어요?"

그는 내 말이 들리지 않은 것처럼 행동했다. 부엌으로 걸어간 그는 플라스틱 통에 뜨거운 물을 부었다. 뚜껑을 닫아 점퍼 안쪽에 쑥 집어넣었다. 추위를 조금이라도 쫓아 보려는 것 같았다. 숨을 쉴 때마다 코 앞으로 하얀 김이 보였다. 그는 거실바닥에 뒹구는 슬리퍼를 내 쪽으로 툭 차면서 말했다.

"이곳은 난방이 안 돼. 지랄 같다니까. 강 이남은 어떤 난방 장치도 못하게 하고 있어. 이놈의 나라는 도대체가 맘에 드는 게 하나도 없어. 인간들도 그렇고."

그러면서 그는 점퍼 자락 안에서 플라스틱 통을 꺼내 뚜껑을 돌리고 뜨거운 찻물을 홀짝였다. 나는 기수의 행동을 눈으로 좇으며 다시 물었다.

"연수는 어디 갔냐니까요?"

내가 빤히 쳐다보자 그는 마지못해 대답했다.

"여기 없어. 벌써 갔어."

"가다니! 어디로 갔다는 거죠?"

연이은 내 질문에 그는 짜증스레 대꾸했다.

"내가 어떻게 알아. 그냥 보따리 들고 휭 하니 나갔는데. 우린 벌써 끝난 사이라고."

그의 무성의한 대답에 참았던 울분이 한꺼번에 터져 나왔다. 아버지의 죽음도 따지고 보면 기수 때문이었다. 내 목소리는 격앙되었다.

"넌 연수의 약혼자니까."

"약혼은 무슨 얼어 죽을……. 야, 남자 여자가 만나면 다 약혼하고 결혼하냐?"

"가게 연답시고 아버지와 연수의 돈까지 전부 가져갔잖아."

내 말이 끝나기도 전에 그의 눈이 번득였다. 주먹을 쥔 손을 내 눈앞에다 흔들었다.

"미치겠네. 이젠 사람을 도둑으로 몰아. 그 돈 일 원짜리 한 장 구경한 적 없어. 쓸데없는 소리 말고, 당장 나가! 여기가 한국 같은 줄 알아. 잘 들어. 여긴 내 구역이야. 이래 봬도 난 동릉에서는 꽤 알아주는 사람이라고."

여전했다. 허세 부리기 좋아하고, 자신이 대단한 사람이라고 착각하는 남자, 가증스런 태도는 변하지 않았다. 연수는 기수의 이런 모습을 본 적이 없는 걸까? 아니면 보지 않으려고 했던 걸까.

"연수 돈은 다 어쨌어! 뭘 했는데? 전직을 살려서 클럽이라도 하는 거야?"

그의 얼굴이 하얗게 변했다. 조금 전의 능글거리는 태도와 달리 걸음을 딱 멈추었다. 그리고는 내 앞으로 얼굴을 바싹 들이밀었다.

"야! 말 함부로 하지 마. 네가 나에 대해서 알고 있는 게 뭔데."

낮은 그의 음성에서 칼날이 부딪치는 소리가 났다. 바싹 들이민 그의 머리카락에서 찌든 기름 냄새가 코를 찔렀다. 금방이라도 속이 뒤집어질 것 같았다. 나는 뻣뻣해진 목을 옆으로 돌리면서 한 단어씩 끊어 가며 솟구치는 분노를 억눌렀다.

"난 연수만 찾으면 되니까. 어디 간 건지만 알려 줘. 그깟 돈으로 네가 뭘 하든 난, 관심 없어."

그의 눈 아래 근육이 경련을 일으키듯 벌떡거렸다. 눈을 가늘게 뜨고는 내뱉듯이 말했다.

"황산에 간다고 했어. 그것밖에 몰라. 해를 보고 싶다고 미친 년처럼 중얼거리더니 가 버렸다고."

나는 얼음장 같은 공기를 천천히 들이쉬면서 뒤엉킨 머릿속을 정리하려고 애썼다. 연수는 왜 황산으로 갔을까. 아버지 생각은 단 한 번도 하지 않았을까. 그 애는 아버지가 죽은 것도 알지 못하고 있을 터였다. 목 안이 따끔거렸다. 냉기에 몸이 오그라드는 것 같았다. 그의 말이 진실인지 확인하는 방법은 한 가지뿐이었다.

"좋아. 우리도 황산으로 가. 당신이 앞장을 서. 지금 당장."

내 말에 그의 눈이 커졌다. 나를 보는 눈초리가 미친 것 아닌가 하는 표정이 역력했다.

"미쳤군. 똑같이 미쳤어. 제대로 뭘 알고나 말을 해야지. 대설주의보가 내렸어. 황산에 간다고 해도 입산이 될 것 같아? 눈이 얼마나 왔는지 알고나 하는 소리야. 누굴 죽이려고 작정을 했어?"

나는 잠시 머릿속이 멍했다. 눈이 내렸다면 연수는 지금 어디에 있는 걸까? 혹시 눈 속에서 길을 잃은 것은 아닐까? 생각이 거기까지 내달리자 온몸이 얼어붙는 것 같았다.

"눈이 그렇게 많이 왔다면서 연수를 찾아볼 생각도 안 했다는 거야?"

화를 내는 나를 비웃기라도 하듯 기수가 느릿느릿 말했다.

"자기 발로 나갔어. 그런데 내가 왜 찾아 나서야 하는데! 내가 미쳤냐. 난 그럴 생각 없어."

비아냥거리는 그의 말에 나도 모르게 손이 나갔다. 하지만 내 손은 그의 뺨을 스치고 허공을 갈랐다. 나는 찻물이 담긴 통을 잡아채어 그의 얼굴을 향해 집어 던졌다. 플라스틱 통은 그의 어깨 너머 벽에 부딪쳤다.

"연수는 내 동생이야. 네가 동생의 약혼자로 내 앞에 섰을 때 내 기분이 어땠는지 알아! 내 몸을 파내 버리고 싶었어. 날 죽이고 싶을 만큼 후회돼. 넌 그저 하룻밤 몸 풀기 대상을 연결해 주는 그 일만 계속하고 있었어야 했어."

엉킨 머리를 쓸어 올리며 기수가 이죽거렸다.

"그 일을 기억하고 있나 보네. 솔직하게 말해 줄까? 내가 왜 연수를 택했는지 알아? 너 때문이야. 그때 넌 나를 쓰고 버린 휴지 취급했어. 난 당하고는 못 살아."

그때 현관문을 열리고 찬바람이 훅 밀려들어 왔다. 고개를 돌리자 뺨이 빨갛게 튼 여자가 서 있었다. 여자는 나와 기수를 번갈아 보며 금방이라도 달려들 듯이 빠른 중국어로 말했다. 기수가 빽 소리를 지르며 연수라고 말했다. 그제야 여자가 나를 힐끔 보더니 어눌한 한국어로 내게 말했다.

"연수 언니, 저는 칭링이라고 해요."

칭링이라고 자신을 소개한 여자가 내게 악수를 청해 왔다.

하지만 내 손은 부들부들 떨리고만 있었다. 그에게 칭링은 무엇일까? 연수는? 어처구니가 없었다. 순간 나도 모르게 눈물이 떨어졌다. 나는 손바닥에 얼굴을 묻으며 바닥에 주저앉고 말았다. 기수가 말했다.

"제기랄, 내일 가. 내일 황산으로 가도록 해."

과장된 비명 소리가 상념을 흔들어 놓았다. 칭링이 기수의 옷자락을 붙들고 내지르는 소리였다. 정신을 차리고 보니 눈앞에 거대한 기암절벽이 다가오고 있었다. 기암절벽에 케이블카가 금방이라도 부딪칠 것 같았다. 여기저기에서 킥킥거리는 웃음이 터져 나왔다. 나의 시선은 칭링을 넘어 기암절벽으로 옮겨갔다. 거뭇한 절벽은 녹슨 칼날을 쌓아 올려놓은 것 같았다. 케이블카 바닥이 절벽을 아슬아슬하게 넘자 그 너머에는 어둠이 웅크리고 있었다. 그러나 황산은 어둠을 쉬 받아들이지 않았다. 눈 때문이었다. 눈은 살아 있는 생명체처럼 시퍼런 빛살을 어둠 속에 되받아치고 있었다.

케이블카는 철컥거리는 소리를 내며 힘겹게 조금씩 올라갔다. 바위 사이에 거대한 철골 두 개가 뿔처럼 튀어나와 있었다. 그 사이로 어둠이, 풀어진 물미역처럼 흐느적거렸다. 케이블카에서 내려 밖으로 나오자 굽이진 산자락이 펼쳐져 있었다. 한

뿌리에서 올라온 두 개의 가지가 서로 엉킨 소나무가 시선을 사로잡았다. 나무의 형상이 흡사 두 사람이 부둥켜안고 있는 것 같았다. 케이블카 안내원의 말이 되살아났다. '해마다 몇 사람씩은 낭떠러지에 떨어져 죽는다니까요.' 문득 소나무 뒤편에 연수의 모습이 보이는 듯했다. 그럴 리 없어! 그럴 리 없어! 나는 미친 듯이 중얼거렸다. 연수는 평소의 모습으로 있을 것이다. 나를 보면 환하게 웃으며 뛰어올 것이다. 황산의 어느 산장에서 설경을 바라보며 넋을 잃고 있을 게 분명했다.

북해관 산장은 산길을 걸어서 십오 분 거리에 있었다. 나는 프런트 직원에게 연수의 이름이 있는지 확인해 달라고 했다. 직원은 컴퓨터 자판을 두드리고는 손님 명단에 없다고 대답했다. 눈이 내린 지난 일주일간은 영업을 하지 않았고, 정오부터 손님을 받았는데 한국인 여자 손님은 한 명도 없었다고 했다.

"여기 말고 숙박시설이 또 있어요?"

초조함에 내 목소리는 딱딱하게 굳어 있었다. 직원은 잠시 고개를 갸웃하더니 뒤쪽에 있는 사무실로 들어갔다. 직원이 나와서 손가락으로 북쪽을 가리키며 말했다. 공사 중인 산장이 있는데 손님을 받는지는 모르겠다고 말했다. 연수는 어디에 있는 것일까? 발이 무겁다. 엘리베이터를 타고 4층 객실로 올라갔다. 여행 가방을 밀어 두고 객실을 다시 나왔다. 로비에서 왼쪽으로 꺾어 들어가자 식당이 나왔다. 난방이 되지 않는 식당은 사람들의 입김으로 창문에 성에가 하얗게 끼어 있었다.

식사는 뷔페식으로 갖가지 요리가 대형 쟁반에 담겨 있었다. 칭링은 팥죽에 흰 설탕을 다섯 숟가락이나 넣고 휘휘 저었다. 그것을 보자 배 속이 울렁거렸다. 베어 물다 만 만두를 들고 멍하니 있는 내게 그녀가 조심스럽게 입을 열었다.

"연수 씨…… 만두를 참 좋아했는데."

칭링의 입에서 연수의 이름이 나왔다. 그녀의 작고 까만 눈이 내 얼굴을 빤히 바라보았다. 그녀의 모습이 연수와 비슷했다. 그녀의 조금은 생각 없는 행동들이 그랬다. 마음에 있는 말이 먼저 나오는 칭링의 행동에서 나는 연수를 떠올렸다. 연수의 눈엔 언제나 아련한 그리움, 갈망과 동경이 가득 떠 있었다.

"연수를 알아요?"

그녀는 잠시 생각에 잠긴 듯 눈살을 찌푸렸다.

"공장에서요. 한 달 정도 같이 일했어요."

연수가 공장에서 일을 했다는 사실이 믿기지 않았다. 숫기가 없어서 잘 모르는 사람 앞에서면 언제나 얼굴부터 빨개지는 애였다. 어쩌다 그렇게 되었을까? 그 적지 않은 돈을 다 어디다 두고.

"전자 부품 공장이요. 텔레비전에 들어가는 건데 하루 열 시간을 꼬박 일해야 했어요."

부산하게 움직이는 기계 앞에 열 시간을 서 있는 연수의 모습이 떠오르자 가슴이 꽉 막혀 왔다. 병이 깊은 아버지를 버리고, 사랑하는 사람과 꿈을 찾아 떠난 연수가 왜 공장의 생산 현장에서 일을 해야만 했던 것인가? 무엇 때문에!

"그럼 언제부터 같이 살게 된 거죠?"

그녀는 어깨를 으쓱했다. 내 시선을 피해 그녀는 고개를 아래로 떨어뜨렸다.

"전 동거하던 사람하고 싸워서 집을 나와야 할 형편이었어요. 절더러 나가라고 하더군요. 다른 여자가 생긴 것 같았어요. 그때 연수 씨가 같이 있자고 했어요. 그래서 연수 씨네 집에 같이 살게 되었어요."

그녀는 잠시 숨을 고르기 위해 김이 나는 차를 마신 후 말을 이었다.

"여기선 그렇게 아무 남자하고나 동거하나요?"

가시 돋친 내 말에 칭링은 눈만 깜박였다.

"현실이 그런 걸요. 여긴 집값이 비싸요. 공장 다니는 사람은 많고, 고향에서 돈을 벌기 위해 도시로 나온 사람이 정말 많아요. 다들 동거해요. 한 집에 여러 명 사는 경우도 있죠."

기가 막혔다. 너무나 자연스럽게 설명하는 칭링의 말을 어떻게 받아들여야 할지 혼란스러웠다. 하지만 혼숙을 한다는 말을 쉽게 받아들일 수는 없었다.

"그래서 저 사람이 연수를 쫓아 냈어요? 칭링 당신을 받아들이고."

나는 눈짓으로 창밖에서 담배를 피우고 있는 기수를 가리켰다.

"집에 들어간 그날 밤에 너무나 지쳐서 자고 있는데, 저 남자가 들어왔어요. 어떻게 해볼 겨를도 없었어요. 연수 씨가 들을까 봐 고함도 못 질렀죠."

갑자기 기침이 튀어나왔다. 어찌나 고통스러운지 눈알이 빠질 것 같았다. 칭링은 담담하게 자신의 이야기를 했다.

"당장 나가고 싶었어요. 연수 씨에게도 미안했고요. 그런데 갈 곳이 없었어요. 퇴근하고 거리를 몇 시간이나 걸어도 나중에는 집 앞에 와 있었어요. 절 나쁜 여자로만 보지 말아 주세요. 전 돈을 벌어야 해요. 고향 집에는 제 월급을 기다리는 가족이 다섯인걸요."

칭링은 컵을 들고 뜨거운 차를 후후 불어 가며 마셨다. 목을 축인 칭링이 문밖의 기수를 쳐다보며 조심스레 털어놓았다.

"그런데 일주일 전 기수 씨는 술을 많이 마셨어요. 평소보다 거칠더군요. 거실에서 절 강간하다시피 덤벼들었는데 그때 연수 씨가 들어왔어요. 그 광경을 다 보았던 거예요. 연수 씨가 마구 대들었어요. 기수 씨를 마구 때렸어요. 그런데 기수 씨가 미친 듯이 막 웃더니 무슨 말을 하더군요.

"무슨 말을 하던가요?"

칭링은 얼른 대답을 하지 못했다. 그녀의 눈빛은 흐려져 있었다.

"뭐라고…… 뭐라고 했죠?"

"연수 씨 만나기 전에 댁이랑…… 잤다고요. 언니나 동생이나 별 재미 없었다고. 네가 뭐 잘났다고 떠드느냐 그런 식이었어요."

칭링의 말을 듣는 순간, 손에 쥐고 있던 젓가락이 바닥으로 떨어졌다. 이 모든 것은 결국 내 탓이었다. 창문 밖에서 기수는 너무나 태연스런 자세로 허공에 담배 연기를 흩날리고 있었다. 연수의 고통스런 숨소리가 들리는 것 같았다. 연수는 기수를 사랑했다. 떠나기 전 내 눈에 비친 연수는 나와 다른 모습이었다. 그런 연수가 나를 어떻게 생각했을까? 그 애가 집으로 돌아오지 않은 이유를 이제야 알 수 있을 것 같았다.

"연수 씬 어디에 있는 걸까요? 눈이 많이 왔는데. 연수 씨는 눈을 너무나 좋아했어요. 이상할 정도로요."

나는 식탁을 움켜쥐었다. 그렇게라도 하지 않으면 날카로운 포크로 내 목을 찌를지도 몰랐다. 칭링은 내 눈을 피해 고개를 숙였다.

나는 머리가 멍해질 때쯤 객실로 올라왔다. 어디선가 폭죽 터지는 소리가 아득하게 들려왔다. 고량주를 마셨는데도 잠이 오지 않았다. 머릿속에서 바람 소리가 났다. 그 속에 까만 글자들이 둥둥 떠다니며 취기에 흐려지는 신경을 자극했다. 상하이에 도착한 연수가 내게 보냈던 편지가 떠올랐다. 처음 계획과 달리 상하이에서는 가게를 열지 않기로 했다고 했다. 신흥도시로 가 보려고 한다는 내용이었다. 연수는 처음으로 내게 속마음을 내비쳤다.

> 이제는 알 것 같아. 언니가 사랑하는 것들이 무엇인지. 언니는 언니 자신을 사랑했고 원하는 것들을 스스로 쟁취했어. 하지만 난 그러질 못했어. 난 내가 원하는 것을 사랑하는 사람한테서 찾으려고 했어. 사랑 말이야. 난 여자고 여자의 꿈은 사랑을 통해서만 얻을 수 있다고 믿었어. 하지만 그게 아니었어. 사랑은 아무것도 주지 않아. 아니 사랑이란 애당초 없는 것 같아. 그것을 이제야 깨달았어. 하지만 무엇을 다시 시작하기에 너무 늦은 것 같아. 내게도 내일이 있을까.

걷잡을 수 없는 무게로 다가오는 악몽에 소리를 지르다 나는 잠에서 깨어났다. 창가로 다가가 무거운 두 겹의 커튼을 젖혔다. 창밖은 어둠이 짙었다. 유리에는 성에가 얼어서 무수히 많은 바늘꽃으로 바뀌어 있었다. 새벽 4시. 산장의 복도는 수런대는 사람 소리와, 급한 발자국 소리가 이어졌다. 일출을 보기 위해 나서는 사람들의 소리였다. 나는 간단히 세수만 하고 등산복으로 갈아입었다. 모자를 눌러쓰고, 스키 마스크와 장갑을 챙기고 손전등을 들고 객실을 나왔다.

산장 입구에 칭링과 기수가 서 있었다. 불빛에 비친 두 사람은 두 눈만 내놓고 모두 두꺼운 옷으로 푹 감싸고 있었다. 나는 첫발을 내딛기 전 기도했다. 연수가 일출을 보기 위해 정상에 올라와 있기를 진심으로 바랐다. 새해 첫날이라 소원을 빌기 위해 일출을 보러 산장에 묵고 있는 사람들은 대부분 청량대로 올라간다고 했다. 연수가 황산에 있다면 반드시 일출을 보러 나오리라고 나는 생각했다.

어둑한 산길은 흰 눈으로 인해 푸르스름했다. 산모퉁이를 돌 때마다 등 뒤쪽에서 후득후득 눈 떨어지는 소리가 났다. 앞서 가던 칭링이 어깨 너머로 내게 말했다.

"돌계단이 미끄럽네요. 바로 옆이 낭떠러진데 우리도 아이젠

하고 올 걸 그랬어요."

칭링의 작은 발이 누군가 남겨 둔 발자국 속으로 쏘옥 들어가는 모습을 본 순간 나는 가슴이 서늘해졌다. 알 수 없는 불안감이었다. 칭링의 작은 행동 하나, 말 한마디에 신경이 날카로워졌다. 칭링은 외모나 분위기 면에서 연수와 비슷했다. 그러나 닮은 점이라고는 그뿐이었다. 그런데도 불구하고 칭링은 계속해서 연수를 떠올리게 했다.

"시끄러워. 입 닫고 빨리 걷기나 해."

매몰스런 기수의 말에 칭링은 입술을 삐죽거렸다. 두터운 방한복을 입었는데도 황산의 추위는 매서웠다. 코끝의 감각이 둔해지고 있었다. 거친 숨소리와 함께 칭링의 투덜거림이 이어졌다.

"안 올라가? 이러다 일출도 못 보겠네."

기수는 나를 비켜 성큼 성큼 계단을 올라가 버렸다. 뒤에 남은 칭링은 우물거리는 소리로 뭐라고 말했지만 내 귀에는 바람소리만 들렸다.

간간히 거센 바람이 불어왔다. 그때마다 가지에 수북이 쌓인 눈들이 푸르르 떨어졌다. 내게도 내일이 있을까? 내게도 내일이 있을까? 끊임없이 머리를 맴도는 연수의 말에 나는 발을 헛딛고 엉덩방아를 찧었다. 칭링이 내 손을 잡고 일으켜 주었다.

일출을 보기 위해 청량대로 올라가는 돌계단 어디에도 빛이 라고는 없었다. 정상이 눈앞인데도 불구하고 어둠은 여전히 나뭇가지 사이마다 머물고 있었다. 가파른 바위계단은 아찔했다. 자칫 미끄러지기라도 하면 거대한 계곡의 어둠 속에 빨려들 게 분명했다. 등줄기로 후끈한 열기가 쭉 퍼질 때 정상에 도착했다. 나는 작은 바위에 엉덩이를 걸치고 앉아 후들거리는 다리를 주물렀다. 생각보다 힘든 산행이었다. 시간은 두 시간 정도였지만, 눈 덮인 돌계단을 손전등 하나로 올라오는 것은 생각해 보면 위험천만한 일이었다. 연수가 해를 보러 갔다는 그 말만을 믿고 올라온 길이었다. 정상엔 사람들로 가득 차 있었다. 나는 긴장된 눈빛으로 주변을 두리번거리며 중얼거렸다. 너에겐 내일이 있어. 연수야. 네게도 내일이 있고말고.

사람들은 저마다 긴장과 흥분이 뒤범벅이 된 얼굴로 어둑한 하늘을 바라보았다. 어디쯤인가 어둠이 갈라지고 그 사이로 붉은 기운이 조금씩 번지기 시작했다. 그리고 사람들의 호들갑스러운 목소리가 "해다!"를 외쳤다.

해는 새끼손톱만 한 크기에서 뭉실뭉실 눈에 띄게 커졌다. 한달음에 뻗친 햇살이 산봉우리를 휩싸고, 사방으로 비쳤다. 사람들은 눈이 부셔 실눈으로 해를 보았다. 순간 소란스런 소리에 섞여 외마디 비명이 들려왔다. 일출의 장관에 넋을 빼앗긴 누군가가 발을 헛디딘 모양이었다. 다행히 난간을 잡고 목숨을 구했지만, 돌덩이 하나가 벼랑으로 떨어지고 있었다. 사람 머리만 한 돌덩이가 스쳐 지나갈 때마다 두둑 소리가 울렸다.

기수는 막 떠오른 해를 손가락으로 가리켰다. 그는 낮고 축축한 목소리로 말했다.

"그때 그년이 미쳤던 게 분명해. 그렇지 않고서야 어떻게 해를 잡겠다고 걸어갈 수 있어. 저 해를 향해서 말이야."

기수의 말은 나를 얼어붙게 했다. 연수가 해를 향해 계곡으로 뛰어내리기라도 했다는 것인가. 나는 기수를 향해 소리치며 다가갔다.

"무슨 말이야. 연수가 저기서 뛰어내리기라도 했다는 거야? 무슨 말이냐고!"

사람들의 시선이 나와 기수에게 쏠렸다. 기수가 주춤 뒷걸음을 치면서 웅얼거렸다.

"난 몰라. 나중에 공안한테서 들은 소리야. 연수 옆에 있었던 어떤 사람 말이, 눈물을 줄줄 흘리더니 소리도 없이 절벽 아래로 뛰어내렸다더군. 연수 그게 해를 봐야 된다고 미친 것처럼 중얼거리더니, 그게 지 죽을 생각을 했던 거지. 연수가 죽기 전 아버지 이야길 많이 했어. 어디서 들었는지 아버지가 죽었다는 사실을 알고 있었어. 그리고 첨엔 당신 이야기도 많이 했어. 그러다 입을 닫아 버렸지만……."

나는 기수를 향해 덤벼들었다. 재빨리 몸을 피해 버린 기수 대신 나는 눈밭에 넘어졌다. 입과 코로 눈이 들어왔다. 주변에 있던 사람들이 나를 피해 슬금슬금 뒤로 물러났다. 등 뒤에서 기수가 소리쳤다.

"연수를 봤다는 사람, 만나게 해 줄 수 있어. 돈이 좀 들어가겠지만 말이야. 내가 잘 말해 볼게. 생각해 봐!"

나는 가슴이 답답했다. 말이 나오지 않았다. 희뿌연 시야 사이로 햇살이 벌겋게 퍼져 있었다. 머릿속은 작은 북들이 일제히 두드려 대는 것 같았다. 눈두덩이 화끈거리더니 눈물이 솟았다. 사람들 틈에서 칭링이 손을 흔들고 내려갔다. 전화기를 꺼내 든 기수가 나를 향해 돈을 얼마나 준비할 수 있냐고 묻는다. 나는 기수를 향해 몸을 굴리며 연수를 불렀다.

"연수야!"

둔탁한 소리와 동시에 기수가 눈 위를 구르더니 곧 눈앞에서 사라졌다. 그때 무언가 내 시선을 사로잡았다. 두 팔을 벌린 것처럼 서 있는 소나무 한 그루, 잉커송이었다. 그 나무가 나를 향하여 환하게 웃으며 손을 흔들고 있었다.

해설

비정한 세상의 심연을 보다

황국명(문학평론가)

1. 출구 없는 디스토피아

조미형의 등단작은 2006년 국제신문 신춘문예에 당선한 「다시 바다에 서다」라는 단편이지만, 거대 자본이 암약하는 영화산업의 이면을 통해 사랑의 허무한 구렁을 보였다 할 이 당선작보다 나는 「씽푸춘, 새벽 4시」를 더 인상적인 작품으로 기억한다. 타인을 위한 희생이나 미래를 위해 아낌없이 자기를 버리는 혁명조차 무색하게 만들 세계의 비정성이 나를 압도하였기 때문이다. 이 단편을 관통하는, 개인의 희망과 기대를 부질없는 것으로 만드는 어떤 힘이 개인의 삶을 결정할 뿐 아니라, 심지어 사회정치적 함의까지 갖는다고 나는 생각했었다.

이번 작품집에 수록된 여러 단편에서 작중인물들은 개인의 의지나 선의를 보람 없게 만드는 냉혹한 힘의 지배를 받는다.

특히 그 힘이 개인의 복종과 희생을 당연시하는 공공재의 성격을 띠고, 빚진 죄인이라는 자본주의적 심리가 그 힘을 인준할 때, 무기력한 개인은 백척간두에 놓이게 된다. 그래서 자본주의적 풍경의 노예가 된 개인들은 꿇어앉은 낙타로 살거나 천길 단애에서 뛰어내릴 수밖에 없다.

「씽푸춘, 새벽 4시」에서 개인의 삶을 무참하게 유린하는 것은 비정한 시장가치이다. 작중인물 나는 큰 희망을 품고 상하이에서 시작한 화장품 사업이 망하자 불법체류자로 전락한다. 아내가 사채업자에게 끌려가 고초를 겪기도 하면서 나는 소도시 통링의 악덕 사채업자 장두목에게 인계되고, 생가죽 무두질을 하며 결코 줄지 않는 빚의 노예가 된다.

장두목과 그의 졸개 마쑹, 마쑹의 정보원 췌진은 범죄세계를 구성하는 암흑가의 인물로 여겨진다. 벌건 대낮의 번화한 시장통에서 "노인의 허벅지에 칼을 꽂아 두고" 태연하게 국수를 먹는 장두목과 그 일당들은 무자비하게 갈취하고 목숨을 돈으로 환산하는, 냉정하고 잔인한 악당들이다. 이들의 위협에 전면적으로 노출되어 있음에도 불구하고, 작중인물 나는 장두목의 물건, 양피와 양귀비를 훔쳐 감춘다. 아내의 약값과 귀국 비용을 마련하기 위한 것이라고 하지만, 그의 행위는 자신을 위태롭게 만들 뿐 아니라 그의 도덕성을 모호하게 만들기도 한다. 아내의 죽음을 인정하지 못하는 심신미약 상태에 있기 때문에, 그는 어떤 자원이 갖는 미래의 가치를 전망할 수 없다. 더구나 "이미 잃을 게 없"다면, 그에게 선악의 경계가 선명할 이치가 없다. 단판승부 카드노름에 목숨을 거는 그에게 장두목 일당의 칼끝이 이마를 파고들어도 웃음이 나고, 장두목의 살기어린 고함도 소음에 불과하지 않겠는가.

이렇게 볼 때, 음산한 도시의 냉혹한 범죄를 취급한 느와르 영화처럼, 「씽푸춘, 새벽 4시」는 비정소설로도 읽혀진다. 시장 논리의 냉혹성이 한껏 드러나는 것은 산 채로 짐승의 가죽을 벗기는, 다음과 같은 장면일 것이다.

> 칼집을 따라 산 채로 가죽을 벗겼다. 시뻘건 생살과 가죽이 분리되어 가는 동안, 거꾸로 매달린 토끼는 끊임없이 버둥거리고 생살에서는 피가 흘러내렸다. 또 다른 사내는 담배를 질근질근 씹으며 거꾸로 매다는 일조차 귀찮다는 표정으로 토끼의 머리를 발로 꾹 밟고는 칼끝을 세워 재빠른 동작으로 가죽을 벗겨냈다. 발목에서부터 머리가죽까지 벗겨진 토끼는 붉은 생살을 드러냈다. 털이 벗겨진 토끼들은 바구니로 던져졌다. 그들 중 일는 살아서 꿈틀거리고, 또 일부는 거친 숨을 헐떡거렸다. 토끼의 커다란 눈동자가

> 피로 물드는 순간, 나는 사채업자 손에 잡혀갔던 아내를 떠올렸다. 사채업자의 손에서 풀려난 아내는 한 달 동안이나 나를 알아보지 못했다. 늘 웃음으로 떨리던 입술은 비바람에 찢어진 봉숭아 꽃잎처럼 검었고, 생기를 잃은 눈동자는 창밖만 응시했다. (43쪽)

「씽푸춘, 새벽 4시」에서 생명체는 벗겨지고 터지고 깨지고 비틀리고 게워내며, 헐떡거리고 버둥거리고 꿈틀거리고 덜렁거리며, 떨리고 찢기고 부풀고 흘리고 부러진다. 이 기괴하고 불완전한 육체는 동물의 것만이 아니라 납치되었던 아내 그리고 학대, 착취, 강제에 노출된 작중인물의 것이기도 하다. 그러니까 위 장면에서 짐승의 비명과 고통은 벼랑 끝에 몰린 작중인물의 단말마이자, 삶의 수렁에 빠진 그의 경련과 참극이라 할 것이다.

그런데 산 채로 껍질이 벗겨지는 동물의 육체와 사채업자 장두목에게 예속된 작중인물의 육체가 유비될 수 있다면, 인물의 단말마는 시장가치의 지배하에 놓인 노동자의 고통으로 확장될 수 있을 것이다. 달리 말하면, 작중인물이 겪는 끔찍한 고통은 전 지구적 자본의 잔혹한 결정력 아래에 놓인 노동자와 그 현실에 대한 비유로 이해될 수 있다. 그렇다면, 고통을 강제하는 장두목 일당의 잔인한 걸태질, 비정한 갈취와 추심은 전 지구적 자본의 범죄적 성격을 암시한다고 하겠다.

오래전 쇠사슬 외에 잃을 것은 아무것도 없다며 나은 미래를 위해 노동자의 단결을 호소한 선언문이 있었다. 과연 그때의 노동현실과 지금의 노동현실 사이에 거대한 낙차가 생긴 것은 의문의 여지가 없다. 그러나 선언문의 예언과 달리, 오늘 전 세계를 얻은 것은 노동자가 아니라 전 지구적 자본이다. 신자유주의적 경쟁 상황에서 국적, 종교, 민족, 언어, 영토 등의 인식 표지는 더 이상 가시화되지 않는다. 자본의 가치가 이런 표지를 대체하기 때문이다. 작중인물이 중국에서 사업을 펼친 배경에도 이런 대체가 놓여 있다. 현재의 시장가치를 중시하면 할수록 미래의 보편주의적 가치에 대한 헌신은 의심되고 심리적으로 지지받지 못하게 된다. 더 이상 잃을 것이 없다는 인물이 살고 싶지도 않고 살아남을 가능성도 믿지 않는다면, 이는 출구 없는 노동자의 발치에 심연이 가로놓인 것과 같지 않겠는가. 「씽푸춘, 새벽 4시」가 군더더기 없는 문체로 무감동하게 행동이나 사실만을 기록하는 것도 이런 사정과 무관하지 않을 것이다.

「씽푸춘, 새벽 4시」가 강제와 착취에 노출된 벌거벗은 육체를 보여준다면, 「나비를 보다」는 인간을 기계화하는 도시 시스템의 비정성을 강조한다. 그 대표적인 시스템이 도시철도인데, 도시철도 시스템은 도시를 살아 있게 하는 동시에 무기력한 개인의 삶을 좌지우지하는 결정적인 힘으로 작용한다.

> "도시 철도는 사람의 혈관과 같은 역할을 하지 않습니까. 누군가의 실수로 흐름에 문제가 생기면 도시 전체가 마비된다는 걸 잊어서는 안 됩니다. 괜히 졸다가 나비를 봤네, 어쨌네 하지 말고, 신속 정확하게 도착과 출발에 신경 쓰도록!" (144쪽)

도시를 지탱하는 도시철도는 상호의존하는 네트워크의 총합이라고 할 수 있다. 그러나 거미줄처럼 얽힌 철도망이라 하지만, 도시철도의 체계는 어떤 결과에 이르기까지 무수한 매개변수가 존재하는 복잡계라기보다 단일한 인과관계가 작동하는 단순계에 가깝다. 지하철은 앞뒤의 전동차가 "약속된 간격"을 지켜야 하는 '직열운행'을 하기 때문이다. 따라서 도시철도에 유목생활과 같은 방향의 가변성이 있을 수 없다. 전동차는 파도를 타듯 어느 지점으로나 갈 수 있는 것이 아니라 정해진 경로를 따라 한 지점에서 다른 지점으로 이동한다. 따라서 도시철도에서 중요한 것은 '신속 정확'한 출발과 도착이다. 말하자면,

도시철도는 이동 자체보다 정해진 목적지에 도착하는 것이 중요한 시스템이다.

철도시스템 내의 모든 지점들이 결정적으로 고착되고 엄격한 인과성에 구속된다면, 기관사도 나아갈 방향을 주체적으로 결정할 수 없다. 그는 미리 규정된 시스템 속에 놓인 개체에 불과하기 때문이다. 기관사는 시스템 전체를 통제하는 조타수가 아니다. 그는 운전실과 '중앙통제실' 사이에 존재하는 서열과 명령체계에 복속되며, 이미 프로그램된 것을 행할 뿐이다.

도시철도는 도시의 삶 전체를 떠받치는 공공재산이다. 대규모의 시장이 의존하는 경제적 사회적 기반시설인 까닭에, 철도시스템은 시민, 납세자, 군인, 경찰의 도움을 필요로 한다. 이 도저한 공공성은 시스템 외부의 개인성을 인정하지 않고 공익을 위해 사익의 희생을 강요한다. 강팍한 팀장의 말처럼, 운행 중 "오줌보가 터지더라도" 위치를 지켜야 한다. 생리작용이 전적으로 사적인 사태를 가리키듯이, 개인적 삶은 시스템의 장애물로 간주된다. 기관사는 신진대사가 없는 비인격적 기계, 곧 사이보그가 될 수밖에 없다. 이런 의미에서, 「나비를 보다」는 사적인 것과 공적인 것의 날카로운 단절을 드러낸다고 하겠다.

공공성이 사인성을 압도할 때, "내 삶이 어둠에 질질 끌려가는 느낌"에 사로잡히며, 심지어 "내가 어디에 있는지"도 잊어버린다. 이처럼 자신이 놓인 공간에 대한 인식의 지도를 그릴 수 없을 때, 환경에 대한 주체의 장악력은 현저하게 축소될 수밖에 없다. 원래 인식의 지도는 미로 문제를 해결하고 음식이라는 목표에 도달하는 쥐의 공간능력을 기술하는 용어이지만, 프레드릭 제임슨에 의하면, 사회적으로 인식의 지도를 그리지 못할 경우 정치경험에 큰 타격을 받는다고 이해된다. 왜냐하면 미궁에 갇힌 것처럼, 자신이 놓인 위치를 가늠할 수 없는 주체는 세계를 변화시킬 행동방법을 생각할 수 없기 때문이다.

인식지도를 그릴 수 없는 미궁에 갇혔다면, 자유의지는 환영에 불과할 것이다. "내 의지대로 할 수 있는 것들이 없"는 인생에서 "연기처럼 사라지고 싶다"는 기관사 윤의 실종욕망은 그의 비장한 결기가 아니라 시스템을 벗어날 수 없다는 절망이 빚어낸 암울한 반사작용이라 할 것이다. 이런 맥락에서, 「나비를 보다」는 기계적이고 폐쇄적인 사회체계에 대한 디스토피아적 비전을 드러낸다고 할 수 있다.

2. 사랑이라는 허망한 심연

「씽푸춘, 새벽 4시」와 「나비를 보다」에서 본 것처럼, 잔인한 시장논리가 지배하는 이 세계의 폐쇄성이 시스템을 전복할 정치적 경험을 불가능하게 만든다면, 각자도생(各自圖生)만이 전

지구적 자본주의 사회를 살아가는 유일한 방안일지도 모른다. 아니, 사실 자기중심적 생존조차 의심스럽다는 것이 작가의 입장일 것이다. 이런 불모의 세계에선 사랑조차 우리를 구원할 버팀목이 되지 못한다.

「다시 바다에 서다」에서 외화 번역가인 정미아는 경주용 자동자의 카레이서이자 영화배우인 신제민과 깊은 관계를 맺는다. 제민은 마지막 촬영에서 사고를 당하여 사경을 헤맨다. 영화가 개봉된 날 정미아는 마지막 밤이 될지도 모를 제민을 만나러 병원에 들렀다가 이 모든 사태가 '대박'을 노린, 고도로 계산된 조작임을 발견하게 된다.

가까운 친구도 없이 혼자 살며 가족적 배경이 드러나지 않는 것으로 볼 때, 정미아는 세상과 동떨어진 외톨이로 여겨진다.

> 사람들을 만나면서 가장 힘든 일이 이름을 기억하지 못한다는 점이다. 그것은 사회생활을 하는 나의 치명적인 약점이었다. 그래서 내가 선택한 공간이 가상의 공간이었다. 나는 외화 번역을 하면서 영화를 통해 무수히 많은 사람들을 만났지만 그들에게 이름은 의미가 없다. 영화 〈위기의 주부들〉에서 정원사와 놀아난 여자가 '이디'이건 '브리'이건 혹은 '리네트'이건 관계가 없다. 그러나 현실에서는

잠시 스치는 사람이라도 이름을 기억해 주기를 바란다. 이름 석 자를 위해서 살아가는 사람도 있는 게 사실이니까. (16~17쪽)

고유명사가 개인의 개별성 혹은 유일성을 표나게 드러내는 것이라면, 사회생활에서 정미아는 타자의 완강한 저항감에 몹시 불편했다고 할 수 있다. 타자는 자기 마음대로 어찌해볼 도리가 없는 완고한 실체인 까닭이다. 그래서 「나비를 보다」에서 공간 장악력을 상실한 기관사 윤이 실종을 욕망하듯, 정미아는 사회로부터 고립되어 '가상의 공간'을 자신의 생태적 적소(適所)로 선택한 것이다.

생태적 적소는 생명체가 생존하고 번식할 수 있는 환경변수로 니치(niche) 혹은 생태적 지위라고도 한다. 적소 혹은 생태적 지위는 제한될 수밖에 없고, 다양한 근거로 그 지위가 세분화된다. 예를 들어, 나이가 늘어가면서 지위가 올라가는 연공서열이나 장남우대 불균등상속 등은 출생순서에 따라 서로 다른 생태적 지위를 갖게 됨을 보여준다. 이름을 기억하지 못하는 것이 "치명적 약점"이었다면, 정미아의 사회적 니치는 현저하게 지위가 낮다고 할 수 있다. 그렇기 때문에, 그녀는 자신의 사회적 인식적 환경을 재구성하고자 했고, 그 결과로 가상공간을 자신의 적소로 선호하였을 것이다. 영화라는 가상의 적소는 개별성을 지닌 타자의 변덕을 무화하거나 타자로 인한 충격을 봉합할 수 있다. 가상적 적소에서 고유명사는 무의미하기 때문이다.

그렇다면 정미아는 어째서 그렇게 쉽사리 신제민의 유혹에 이끌린 것인가? 첫째, 신제민이 그녀의 "이름을 기억"하고 그녀의 능력을 알아봐준 덕분이라고 할 수 있다. 그러나 정미아가 타인의 고유명사에 저항감을 느낀다고 보면, 그녀는 매우 모순적인 태도를 드러낸다고 할 것이다. 둘째, 신제민이 유명한 카레이서이자 신인배우라는 것이 중요한 요인으로 작용했을 것이다. 신제민은 여러 여성들이 호의를 드러내는 사회적 니치를 지닌다. 그런데 선호되는 생태적 지위를 소유한 배우 혹은 '스타'이기 때문에, 역설적으로 정미아는 신제민과 배타적이고 독점적인 관계를 유지할 수 없다. 신제민의 생태적 지위가 경쟁자들의 밀도를 높이기 때문이다. 그래서 정미아는 "제민과의 관계를 규정지을 만한 단어가 없다는 사실"에 당혹할 수밖에 없다.

정미아가 선호한 적소는 스크린 위에 구축된 가상공간이며, 그 가상성은 현실의 한계를 확장하는 잠재력이 아니라 현실을 대체하는, '편집된' 허상이다. 영화배우 신제민의 생태적 지위도 진짜일 수 없다. 사고로 사경을 헤맨다는 것이 "엄청난 돈이 걸린 대형 이벤트"인 것처럼, 제민의 사회적 니치는 문화상품으로

서의 이미지일 뿐이다. 장 보드리야르의 말로, 그 이미지는 있는 것을 은폐한다기보다 없는 것을 실재하는 것처럼 만들어놓은 시뮬라크르이며, 신제민 역시 소비자본의 하수인으로서 시장의 논리에 따라 행동한다고 할 것이다.

완고하고 비타협적인 타자성이 현실감의 근본인 까닭에, 가상의 이미지에 현혹된 정미아의 대가는 혹독하다. 현실이라고 믿은 사랑이 조작된 가짜임이 드러나기 때문이다. 플라톤의 동굴처럼, 그녀는 가상공간의 감각적 정보에 갇혀 있었을 뿐이다. 그렇다면, "무슨 일이 있었는지" 깨달은 정미아는 현실로 복귀할 수 있는가? 「다시 바다에 서다」는 새벽바다에 선 정미아의 모습을 결말로 삼는다. 그녀가 신은 '러닝화'가 제민의 선물인 것처럼, 정미아가 마주한 바다가 "아무것도 존재하지 않는" '빈 공간'이라면, 그녀가 구체적 현실의 역사적 차원과 사회적 감각을 회복할 것인지 자명하지 않다.

「잉커송」에서 프리랜서 사진작가인 여성인물에게 하룻밤 즐긴 박기수와의 인연이 전혀 엉뚱한 모습으로 들이닥친다. 재즈클럽 매니저였던 박기수가 동생 연수의 약혼자로 등장하기 때문이다. 상하이에서 청바지 가게를 하겠다며 연수는 박기수와 함께 떠나고, 아버지는 일주일 만에 숨을 거둔다. 박기수의 배신, 기수와 언니의 관계, 아버지의 죽음을 뒤늦게 알게 된 연수는 "사랑이란 애당초 없는 것"임을 깨닫는다. 그러나 사랑이라는 미망에서 깨어났으나, 그녀는 무엇을 다시 시작할 희망을 잃고 중국 황산의 벼랑으로 몸을 던진다.

연수의 행방을 추궁하는 인물에게 박기수는 그녀가 자신을 "쓰고 버린 휴지 취급"을 했기 때문에 동생 연수를 먹잇감으로 선택하였다고 항변한다. 그러니까 박기수는 자신이 너무나 부당한 취급을 받았기 때문에 이를 입증하기 위해 악의적으로 행동할 수밖에 없었다는 것이다. 그러나 클럽 매니저로서 "눈이 맞은 사람들을 연결"해주고 뒷돈을 챙겨온 박기수는 이기적인 계산으로 행동하는 인물이고, 따라서 합리적인 계산보다 복수 욕망을 우위에 둔 것은 의아하다고 할 것이다. 「씽푸춘, 새벽 4시」의 장두목이 인간사냥꾼인 것처럼, 같은 통링시에서 영향력을 넓혀가려는 박기수 또한 손쉬운 사냥감을 노린 악한일 뿐이다.

「잉커송」은 박기수가 낭떠러지 아래로 사라지는 대미를 보임으로써 타락한 악당을 징벌하는 것처럼 보인다.

> 나는 기수를 향해 몸을 굴리며 연수를 불렀다.
> "연수야!"
> 둔탁한 소리와 동시에 기수가 눈 위를 구르더니 곧 눈앞

에서 사라졌다. 그때 무언가 내 시선을 사로잡았다. 두 팔을 벌린 것처럼 서 있는 소나무 한 그루, 잉커송이었다. 그 나무가 나를 향하여 환하게 웃으며 손을 흔들고 있었다. (241쪽)

법이 당사자 간의 이해관계를 조정하는 제도일 뿐이라면, 친족을 잃은 작중인물에게 정의는 개인적인 선택을 통해 도달할 수밖에 없을 것이다. 그러나 박기수의 최후를 응보라 하더라도, 살아남은 인물 앞에 놓인 세계는 여전히 행복한 세계가 아니다. 더구나 박기수를 처벌한다 해도 그것이 동생의 죽음을 무효화할 수 없고, 박기수에 대한 응징이 상황을 악화시킬 수도 있다. 개인적인 정의의 실현이 이처럼 황폐한 결과에 이를 수 있다면, '잉커송'의 환한 웃음은 환영에 불과할 것이다.

3. 고양된 개인성 혹은 아우라

잔인한 시장논리와 비인간적 시스템이 지배하는 세계에서 사랑조차 불가능하다면, 우리는 이 비정한 세계에게 무엇을 할 수 있는가? 이 물음에 대한 응답을 작중인물들이 고통을 겪는 다양한 증상들에서 찾을 수 있음직하다. 가려움, 편두통, 불면증, 기억상실증, 공포증 등이 그러한 증상들인데, 이들은 비정한 시스템 속에서 익명화된 개인들의 사적 신호라고 할 수 있다. 따라서 이들 병리현상은 작중인물들이 냉혹하고 타락한 세계의 질서를 자기만의 규범으로 대체할 가능성을 암시한다. 문제는 그 자기만의 규범이 무엇인가에 있다.

「스노우 트리」에서 나(류지현)는 어머니가 병사하고 아버지까지 자살한 이후 고등학교를 졸업하자마자 형을 떠나 일본 북해도로 이동한다. 이 작품에서 흥미로운 존재는 아버지이다. 전문 사진작가로 여겨지는 아버지는 '스노우 트리'에 집착하여 눈만 내리면 카메라를 챙겨 집을 떠난다. 이들 형제가 태어나기 전에 아버지와 함께 그 나무를 본 적이 있는 어머니가 임종 시 남긴 마지막 말도 '스노우 트리'이다.

> '아버지에게 카메라는 세상을 바라보는 창이었어. 그 창에는 항상 어머니가 있었지. 어머니의 죽음은 세상 모든 창문이 닫혀버린 느낌이었을 거야. 숨을 쉴 수 없는 작은 상자에 갇힌 듯했겠지. 분명 그랬을 거야.' (106쪽)

형의 말처럼, 카메라가 세상을 바라보는 창이고 그 창에 어머니가 있었다면, 아버지는 오직 어머니만 바라본 셈이다. 심지어 "내 의지와 상관없이 뱃속에서 어머니를 힘들게 했다는 이유"로 아버지는 나를 못마땅하게 여기고 나의 뒤통수를 때리지 않았던가. 말하자면 아버지는 어머니와 단 두 사람으로 구성되는 사회성을 견지한 것이다. 따라서 아내를 잃었다는 상실감 때문에 아버지는 삶을 계속 이어가기 어려웠을 것이다.

아버지와 어머니가 왜 스노우 트리에 집착하며 그들에게 스노우 트리란 무엇인가에 대해 「스노우 트리」가 제공하는 정보는 매우 인색하다. 다만, 아버지를 추모한 사진전에서 아버지가 찍은 마지막 스노우 트리로부터 약간의 이해를 얻을 수 있다.

> 사진은 겨울 산 정상에 우뚝 서 있는 나무 한 그루다. 나뭇가지마다 눈꽃이 피어 있었다. 사진은 며칠째 이어진 눈보라가 그치고 일출이 시작되는 시간에 찍은 것이었다. 온전히 자신을 드러낸 나무는 고고하면서도 시리도록 처연해 보였다. 순간적으로 뒤통수가 뜨끔하다. 손끝으로 사진을 확대했다. 액자 아래 작은 글씨가 보인다. '스노우 트리-생명' 나는 뒷머리를 쓸어내렸다. (104~105쪽)

겨울산 정상에서 눈꽃을 이고 선 한 그루 나무는 세상사에 초연한, 혹은 세상과 결별한 개인의 슬픔을 가리키지 않겠는

가. 달리 말하면, 스노우 트리는 세상과 불화하는 개인의 도저한 사인성(私人性)을 상징한다고 할 수 있다. 「잉커송」에서 벼랑 끝에 고고하게 선 한 그루 소나무, 「다시 바다에 서다」의 대미에서 정미아가 마주한 새벽바다의 '빈 공간'도 북돋워진 자아의 회복을 암시할 것이다. 말하자면 작가는 「나비를 보다」, 「씽푸춘, 새벽 4시」에서 드러난 개인의 삶을 짓누르는 도저한 공공성에 고양된 사인성을 맞세웠다고 하겠다.

이 북돋워진 개인성은 자아의 신성성 회복까지 암시한다. 스노우 트리가 "신성한 힘"을 지닌다는 믿음이 이를 암시한다.

> "사진가들 사이에서는 대단한가 봐. 마음에 드는 사진 한 장 찍기가 정말 어렵대. 날씨가 딱 맞아떨어져야 하니까. 신이 허락해야만 찍을 수 있다는 말도 있지." (106쪽)

사진술은 재현기술이다. 근대예술의 근원을 전시가치에 둔 발터 벤야민의 지적처럼, 사진은 유일무이한 진품에서 발하는 아우라를 지닐 수 없다. 영화처럼 기계적으로 무한복제가 가능하기 때문이다. 그렇다면 아버지에게 사진 자체, 원판 필름 자체가 성배라고 할 수 없을 것이다. 그에게 중요한 것은 사진이 아니라 스노우 트리를 찾는 의례적(儀禮的) 행위이다. 그러니까 아버지에게 스노우 트리를 찾고 카메라에 담는 행위는 종교적인 숭배가치를 드러낸 비의(秘儀)라고 할 만하다. 이 비밀스러운 종교의식은 자본주의적 전시가치를 배격하고 개인의 아우라, 유일성을 회복한다. 물론 '생명'이라는 부제를 붙인 아버지가 자살한 것은 당혹스러운 사태이지만, 자식에 대한 의무감보다 스노우 트리에 집착했던 아버지는 비로소 아들에게 "아버지가 아닌 사내"로 인정받게 된다.

그러나 어머니를 잃은 아들에게 필요했던 것은 남다른 개인성이 아니라 영웅 아버지, 거인 같은 아버지일 것이다. 미성숙한 아들에게 목을 맨 아버지는 '괴물'의 공포로 다가오고, 어린 자식에 대한 양육 책임을 유기한 "비겁한 겁쟁이"일 수밖에 없다. 형을 떠난 것도 형이 부모처럼 자신을 버릴지 모른다는 두려움 때문이다. 형의 목에 걸린 아버지의 카메라가 이를 가리킨다. 얼어붙은 북해도의 거리에서 뽀얀 김이 서린 유리창 너머의 "편의점 안이 따뜻하게 보인"다면, 작중인물에게 비정한 세계를 견디는 힘은 가족이 아닐 것인가.

4. 가족의 가치, 도시의 감상

조미형의 소설에서 가족이라는 사적 영역은 매우 불안한 모습을 드러낸다. 「스노우 트리」에서 아버지는 냉혹한 세상에 어린 자식을 방치하며, 「잉커송」에서 연수는 첫 걸음마를 시작할 무렵에 교통사고로 엄마를 잃고, 아버지도 병마와 싸우다 비참하게 죽는다. 「우리끼리 안녕」에서 시연의 엄마는 시연이 갓난 아기일 때 가출했고, 어쩌다 전화하는 아버지는 돈을 부쳐달라는 말뿐이다. 시연이 애인인 나도 이혼 후 연락을 끊은 엄마의 얼굴을 기억하지 못하며, 도박장으로 가다 낭떠러지에서 굴러 두 다리 절단한 아버지는 걸핏하면 나에게 폭력을 행사한다.

그렇다면 작가는 엄마, 아빠, 나로 구성되는 가족에 대해, 부모자식 간의 감정적 유대에 대해, 어린 자식에 대한 양육투자에 대해 냉소적 시선을 견지하는가? 그렇지 않다. 예를 들어, 「씽푸춘, 새벽 4시」의 작중인물은 "아름드리 소나무로 둘러싸인 고향 집"에 "살아서 돌아갈 수 없다면 죽어서라도 가리라" 마음먹는다. 태생지에 대한 이런 감정적 성향은 어머니와의 유대에 그 기원이 있음이 분명하다. 또 다른 인물의 입을 빌려, "매일 싸워도 좋으니까, 마누라 궁뎅이 툭툭 치고, 앙앙 울어 밤을 꼴딱 새워도 좋으니 딸이 보고 싶다"고 하거니와, 조미형의 작중인물들이 냉혹한 세계를 견디게 하는 것은 가족의 가치라고 할 만하다. 「연지연 꽃이 피면」에서 왕의 호위장수인 무휘 역시 단 한 가지 소원으로 연을 "안해로 맞아 부부로 살아가"는 것이라고 말하지 않는가. 사적인 것과 공적인 것의 길항을 드러낸 「나비를 보다」에서 기관사 최가 아내와 손잡고 꽃구경도 가고 아들과 얼음낚시도 하고 싶다고 할 때, 이는 시스템이 지배하는 공적 세계에 대항하는 가치의 중심으로 가정을 내세운 것이라 할 것이다.

갑남을녀의 가족이 누리는 소박한 행복이 환멸적인 세계를 건너는 버팀목이 될 수 있음은 교실을 박차고 나온 미성년들이 용감하게 세상과 대면하는 모습을 그린 「우리끼리 안녕」에서도 확인할 수 있다. "어차피 안 되는 놈들"이라고 대놓고 말하는 학년부장이 교칙을 내세워 처벌하겠다고 위협할 때, 학교는 개인으로 하여금 지배적인 가치를 붙좇게 하는 제도로서 강압과 복종을 수반하는 서열적인 사회질서와 일치하게 된다. 그러나 "선생님이 말하는 부모는 어디에도 없"다면, 비로소 정신적 고아인 인물들은 나는 누구이고 무엇이 될 수 있는가를 질문할 수 있을 것이다. 들뢰즈가 지적한 것처럼, 고아는 모든 법의 피안, 국가장치의 외부에 있기 때문이다.

이런 맥락에서, 나의 친구 일오가 말하듯 우리는 '혼자'가 아니며 '우리끼리' '멋진 가족'이 될 수 있다. 이 새로운 가족유형의 '우리'는 셋만으로 구성된, 개체들의 배타적 결합을 의미하며, 기성질서나 성인세계에 일정한 태도를 표명한다. 그 태도의 하나는 가족구성원의 욕망을 억압하는 가부장적 집단에 대한 비판이고, 다른 하나는 '우리', 즉 공감과 신뢰에 근거한 소규모의 사적 공동체에 대한 지지이다. 억압적인 가족질서에 비판적이긴 하나, '우리'와 '그들'의 구분이 모자간의 긴밀한 유대에 뿌리를 두고 있는 것처럼, 「우리끼리 안녕」은 가족 제도에 대해 특정한 감상을 드러낸다고 할 수 있다.

미성년의 작중인물들이 학교를 뛰쳐나오는 행위는 합리주의에 대한 맹신을 공격하는 것과 같다. 왜냐하면 교육은 자원에 접근하고 사회적 평판을 얻는 데 여전히 중요한 발판이고, 학교와 같은 사회기반시설은 미래의 가치에 대한 합리적 계산에 근거한 공동재산인 까닭이다. 따라서 학교를 떠나는 행위는 합리적 행위, 즉 나에게 최적의 결과를 낳을 것이라는 계산에 입각한 이성적 선택일 수 없다. 그럼에도 불구하고, 「우리끼리 안녕」에서 인물들의 비합리적 행위가 심리적으로 옹호된다면, 그 근거는 무엇인가? 대게가게에서 일하는 인물들이 자신들의 일을 "학교 밖에서 배운 것"이라고 말한 데 그 단서가 있음 직하다. 말하자면 거리에서의 배움이 더 가치가 있다는 뜻이다. 제도를 벗어난 이들은 "셋이서 할 수 있는 모든 일"과 미래를 다음과 같이 상상한다.

> 할 수 있는 모든 일을 해서 돈을 모아 제일 먼저 가게를 연

다. 바다가 보이는 창가에 테이블을 두고, 그 옆에는 낡은 전축을 놓는다. 전축에서는 한 번씩 끊어지는 음악이 하루 종일 흘러나온다. 일오는 벽과 지붕을 파랗고 하얗게 페인트칠을 한다고 하고, 나는 시연이와 아기가 앉아서 쉴 수 있는 테이블과 의자를 준비하겠다고 했다. (132쪽)

이 "아련한 그림"은 이성적 합리적 분석이 아니라 감상적인 풍경에 가깝다. 유사한 풍경이 「씽푸춘, 새벽 4시」에서도 발견된다. 아내가 그리워한 장면, 즉 상하이 구도심 타이캉루 거리의 부겐빌리아 꽃, 파란 식탁보와 하얀 냅킨이 놓여 있는 노천카페, 모카라떼 커피 향기가 그러하다. 또 「잉커송」에서 여성인물이 신화의 도시 미케네의 노천카페에서 에스프레소를 마시며 한가롭게 시간을 보내는 장면과 함께, 이들 풍경은 목가적인 모습을 도시에 옮겨놓은 것이라 할 수 있다. 이런 목가적 풍경은 냉혹한 도시의 시장논리에 맞서 한가로운 목자(牧者)의 삶을 배치한 것이며, 레너드 카수토의 말로 이를 도시의 감상이라 할 만하다.

더 나은 세계를 꿈꾸고 미래를 계획하는 것이 인간 특유의 형질이긴 하나, 「우리끼리 안녕」의 작중인물들이 그려본 미래의 풍경이 그들의 실현된 적소가 될 것인지 불확실하다. 더구나 거리에서의 배움으로 이들이 자본주의 세계가 가르치는 대로 욕망할 가능성도 배제할 수 없다. "사는 게 오토바이 앞바퀴를 든 채 외나무다리를 건너는" 것일 수 없기 때문이다. 다른 한편, 제도교육의 부정이 사회의 집단적 가치나 신념에 대한 저항을 드러내지만, 작중인물들이 사회 전체로부터 소외될 가능성도 적지 않다. 대미에서 탱크로리 아래에 깔리는 오토바이 사고가 이를 암시한 것으로 여겨진다. 그럼에도 불구하고, 작가가 결말을 비극적으로 마무리한다고 할 수 없다. 이들 인물을 두고 "오월 청보리 같은 총각"이라 하거니와, 작가는 이들의 천진성과 도덕적 본성에 대해 낙관적 시선을 드러낸다고 할 것이다.

5. 남은 말

조미형의 이번 소설집은 삶의 심연을 드러내고 그 수렁을 건너는 것이 무엇으로 가능한가를 탐문한다. 나는 작가가 가리킨 그 무엇이 극단적으로 고양된 사인성과 극도로 제한된 배타적 공동체, 곧 가족이라고 생각한다. 그런데 극단적인 개인성이 어린 자식에 대해서도 비정한 태도를 견지하게 만든다면, 조미형은 가족 혹은 유사가족에 비중을 둔다고 할 것이다. 물론 이러한 이해는 전적으로 나의 편협한 독법의 산물이다. 사실 이번 작품집에서 조미형은 소설가로서 득의의 영역에 집중한다기보다 삶의 다기한 모습에 더 큰 관심을 드러낸다. 물론 신작 「나비를 보다」와 「연지연 꽃이 피면」을 포함해 일곱 편의 작품을 수록한 이번 소설집에 등단 이후 10여 년의 시간이 작용하는 것도 관심의 다양성에 일조하였을 것이다.

가족적 유대에 삶을 지탱하는 가치의 기원이 있다고도 하겠으나, 출구 없는 세계의 비정성에 철저히 육박하고자 한 데 조미형 소설의 특장이 있다고 생각한다. 나는 작가가 그 세계의 세부를 끝까지 밀고나가는 쪽을 지지한다. 몰풍스러운 세태일수록 가족의 친밀한 유대가 긴요하다는 것은 상식이다. 그러나 소설은 상식 이상이지 않겠는가. 더불어 단편소설의 경우, 더 이상 보탤 것도 뺄 것도 없는 완미한 경지를 요구한다는 점도 음미할 만하다.

작가의 말

아침 수영으로 하루를 시작합니다. 강습을 받으면서, 배우고 익히는 데 남들보다 느리고 실수가 많은 못난 저를 보았습니다. 같이 시작한 회원들이 중급반으로 넘어가는 동안, 저 혼자 반년을 기초반에 있었답니다. 오죽하면 강사가 '물에 빠져 죽을 것처럼 허우적거리는 사람은 처음 본다.'라고 하더군요. 당연히 제 얼굴은 시뻘겋게 달아올랐죠.

수영을 배우는 과정은 소설을 쓰는 일과 많이 닮은 것 같습니다. 느리고 실수 많다고 포기했다면 이 책이 나오지 못했겠지요. 되돌아보면 첫 창작집을 묶기까지 긴 시간이 걸렸습니다.

작품집에 묶은 이야기들은 길에서 태어났다는 공통점이 있습니다.

2008년, 중국 안휘성 통링에서 여름과 겨울을 보냈습니다. 겨울에는 이불을 뒤집어쓴 채 군밤을 까먹으며 책을 읽었죠. 무덥고 긴 여름밤, 선풍기 바람조차 덥게 느껴지면 슬리퍼를 끌고 씽푸춘으로 가서 삐걱대는 나무 의자에 앉아 맥주잔을 기울였습니다. 낮에는 선풍기 앞에서 글을 썼습니다.

『스노우 트리』는 홋카이도 눈이 준 선물입니다. 몸과 마음에 깊은 상처를 입고 떠난 눈의 여행이었습니다. 삿포로에서 출발한 눈의 여행은 아사히카와를 거쳐 에치코유자와 눈 내리는 거리를 한없이 걸었습니다.

장산역에서 출발한 지하철을 타고 수영역에서 환승을 하고 하단으로 가는 지하철로 갈아타면서 문득 한 가지 의문이 들었습니다. 지하철 기관사들은 화장실이 급하면 어떡하지? 다소 엉뚱한 생각에서 시작된 호기심이 인간의 가장 기본적인 욕구조차 통제 받아야 하는 삶에 대해 고민하는 계기가 되었습니다.

오토바이를 타고 도로를 질주하는 아이들의 모습은 저의 십대를 떠올리게 합니다. 여행과 가출의 모호한 경계에서 낯선 도시와 산을 많이 헤매고 다녔습니다. 딱히 얻을 것도, 찾을 것도 없는데 오대산, 치악산, 매화산까지 참으로 무모하게 돌아다녔습니다. 태풍주의보가 내렸는데도 산행을 했으니 말입니다. 아프고 힘든 기억이라 문장으로 만들어 내는 데 꽤 오랜 시간이 걸렸습니다.

평소에 하지 못했던 말들이 작품 곳곳에 담겨 있습니다. 저의 독백이기도 하고, 독자 여러분의 말이기도 하기를 바라봅니다. 방향을 잃고 헤맬 때 비로소 소설이 저에게 다가왔습니다. 앞으로도 저는, 낯선 도시의 뒷골목을 기웃거리며 사람들 틈에 끼여 소설을 쓰고 있겠지요.

작은 소망이 있습니다. 먼저 이 책을 읽는 모든 분들이 마음의 위로를 얻었으면 좋겠습니다. 2015년 가을, '세월호 기억의 숲'에 식재된 은행나무들이 뿌리를 잘 내려 무성한 숲이 되기를 두 손 모아 기도합니다.

첫 작품집이 나오기까지 도와주신 모든 분들께 감사의 인사를 드립니다. 세심하게 교정을 봐 준 정선재 편집자님 고마워요. 들쭉날쭉 엉성한 소설을 붙들고 해설을 써주신 황국명 교수님 진심으로 고맙습니다. 덧붙여 저를 아껴주신 모든 분들께 감사 인사를 전합니다. 고마워요. 여러분들과 오랫동안 함께 하고 싶습니다.

2015년 가을이 머무는 바닷가 길 위에서

조미형

수록 작품 발표 지면

다시 바다에 서다 -「국제신문」 2006년

씽푸춘, 새벽 4시 -「좋은소설」 2011년 가을호

스노우 트리 -「작가와 사회」 2013년 겨울호

우리끼리 안녕 -「좋은소설」 2014년 가을호

나비를 보다 - 미발표작

연지연 꽃이 피면 - 미발표작

잉커송 -「한국소설」 2006년 6월호

씽푸춘, 새벽 4시

초판 1쇄 발행 2015년 12월 21일

지은이 조미형
펴낸이 권경옥
펴낸곳 해피북미디어
등록 2009년 9월 25일 제2009-000007호
주소 부산광역시 연제구 법원남로 15번길 26, 2층 204호
전화 051-555-9684 | 팩스 051-507-7543
전자우편 bookskko@gmail.com

ISBN 978-89-98079-11-6 03810

*책값은 뒤표지에 있습니다.
*이 도서의 국립중앙도서관 출판예정도서목록(CIP)은 서지정보유통지원시스템 홈페이지(http://seoji.nl.go.kr)와 국가자료공동목록시스템(http://www.nl.go.kr/kolisnet)에서 이용하실 수 있습니다.(CIP 제어번호: CIP 2015032353)
*본 도서는 2015년 한국문화예술위원회, 부산광역시, 부산문화재단 지역문화예술특성화지원사업으로 지원을 받았습니다.

한국문화예술위원회 Arts Council Korea 부산광역시 PUSAN METROPOLITAN CITY 부산문화재단